BOOKS on DEMAND

Ich danke den Weiten der Uckermark,
die mir immer wieder Ruhe geben nach
aufregenden Wochen und Kraft nach
auszehrenden Tagen.

Wie Goethe schon sagte:
Hier bin ich Mensch, hier darf ich's sein.

Max Victor

Bibliografische Information der Deutschen Nationalbibliothek:
Die Deutsche Nationalbibliothek verzeichnet diese Publikation in der Deutschen Nationalbibliografie; detaillierte bibliografische Daten sind im Internet über http://dnb.d-nb.de abrufbar.

ISBN 9783744864503

1. Auflage

© 2017 by Max Victor

Lektorat: Julia Kischkel, Ka & Jott, Prenzlau (Uckermark)

Herstellung und Verlag: BoD – Books on Demand, Norderstedt

Max Victor

Das Uckerlamm

Uckerkrimi

Uckermark, Friedrichsfelde

Der blitzblanke Audi Allroad von Krause-M stand etwas abseits der großen Scheunenanlage, die seit Jahrzehnten dem Verfall preisgegeben schien. Ich kannte diesen Ort, so manches gute Stück Lamm hatte ich hier direkt beim Erzeuger geholt, lecker, frisch und bezahlbar. Etwas fehlte heute; das Geblöke der Herde war nicht zu hören.

Ich war gestern Abend mit der letzten Maschine in Tegel gelandet und nach einer sich ewig hinziehenden Kofferabfertigung erst kurz nach drei Uhr im Bett gewesen. Krause-Ms morgendlicher Anruf hatte mich aus dem Tiefschlaf gerissen. Er klang verwirrt.

»Andi, bist du im Lande? Ich hab hier einen unfassbaren Tatort mit über hundert Toten. Könntest du mal rüber nach Friedrichsfelde zum Schäfer Kurz kommen? Ich warte vor Ort.«

Ich brauchte keine halbe Stunde. So früh lag der durchschnittliche Uckermärker noch in der Falle und schnarchte sich in den trägen Sonntagmorgen. Krause-M stand mit Schäfer Jan Kurz am Wassertrog. Eben hatte er mich erblickt und winkte mit beiden Händen. Ein frischer Wind blies mir entgegen, die leichte Jacke war die falsche Wahl gewesen. Als ich den Trog erreichte, bot sich mir der Anblick eines Kriegsgebiets. Vor nicht einmal achtundvierzig Stunden hatte ich einen blutigen Ort im Nordirak verlassen, und jetzt sah es mitten im friedlichen Deutschland genauso aus. Auf der Wiese lagen unzählige tote Schafe, nicht fünf, nicht zehn, nein, einhundertachtundsechzig, wie Jan Kurz mit Tränen in den Augen leise murmelte. Aber was wollte Krause-M von mir? Selbst er als Leiter der Mordkommission in Eberswalde hatte hier eigentlich nichts verloren. Ich war weder Veterinär noch Seuchenbekämpfer. An einigen Schafen sah man Blutflecken. Vielleicht hatten die neuen Wolfsbewohner Brandenburgs ein Schlachtfest gehalten. Die Sinnlosigkeit dieses Gedankens erwischte mich in dem Augenblick, als er mir rausrutschte.

»Nein, Andi, das waren keine Wölfe, das waren Menschen. Die Schafe haben alle Schusswunden im Kopf.«

»Schusswunden?«

»Saubere Kopfschüsse, sorgfältig ausgeführt. Meist nur ein Schuss, so gesetzt, dass es keine Austrittswunde gibt. Das Projektil hat das Gehirn durchschlagen und dann alles im Körper zerlegt, was die kinetische Energie noch so erwischen konnte. Ich würde sagen, Profikiller.«

»Achim, willst du mir allen Ernstes weismachen, hier hätte ein Profikiller hundertsiebzig Schafe erschossen?«

»Gemeinschaftlicher Suizid wäre für mich auch eine angenehmere Erklärung, aber die Viecher haben nun mal alle ein Neun-Millimeter-Loch in der Stirn.«

»Quatsch, hundertsiebzig Schuss hier auf der offenen Weide, so oft hat's hier das letzte Mal fünfundvierzig geknallt. Nach den ersten zehn Schuss wäre das halbe Dorf hier gewesen. Vergiss es, Achim. Vielleicht haben sie ein Bolzenschussgerät benutzt.«

»Das ist auch nicht viel leiser als eine Pistole.« Schäfer Kurz hatte anscheinend die Stimme wiedergefunden. Als Sportschütze kannte er beide Abschussgeräusche, wie er erklärte. Okay, Bolzenschussgerät schied also auch aus. Dann musste es eine andere Erklärung geben. Der oder die Killer hatten Schalldämpfer benutzt. Langsam dämmerte mir, warum Krause-M und ich hier waren. Ich trat näher an ein ›Opfer‹ heran. Der Schuss musste aufgesetzt erfolgt sein, das Fell rund um die Einschusswunde war schwarz vom Schmauch. Der Gedanke »Das Opfer muss den Täter gekannt haben!« durchzuckte mich kurz, der einsetzende Verstand kommentierte: »Schon klar, Witzler.« Unwillkürlich musste ich über mich selbst lächeln.

»Wie schreckhaft sind denn Schafe, Herr Kurz?«

»Sie können mich Jan nennen, machen eigentlich alle hier.«

»Danke, ich bin Andi.«

Der junge Schäfer nickte, und der Blick auf die Weide ließ seine Stimme wieder dünn werden. »Einzelne Schafe sind an sich schreckhaft und vorsichtig. Wenn sie sich aber in der gefühlten Sicherheit ihrer Herde bewegen, sind sie kaum misstrauisch und trotten den anderen Schafen einfach hinterher. Sie verlassen sich darauf, dass die Führungstiere wissen, was sie tun. Ist dann noch ein Hütehund dabei, sind sie arglos wie Babys.«

»Hast du einen Hütehund?«

»Hatte.« Jan wies an den äußersten Weiderand. Seinen treuen Helfer hatte es also auch erwischt.

»Den will ich mir mal näher ansehen.«

Ich überquerte den Ort des Grauens. Krause-M hatte recht, alle Tiere waren auf dieselbe Art getötet worden, alle bis auf den hütenden Border Collie. Er lag mit verdrehten Gliedern in einer Bodensenke, als wäre er dort hingeworfen worden. Ihm fehlte auf der linken Seite der halbe Kopf. Das Ohr war von der zerschlagenen Schädelplatte abgerissen worden und hielt nur noch mit einigen Hautfetzen am Rest des Fells. Fernschuss, Gewehrschuss, großes Kaliber, hohe Trefferenergie, Profiarbeit, militärisch präzise ausgeführt. Ich kannte diese Art der Arbeit und hatte zahlreiche ihrer Opfer in meinem Leben gesehen, nur war bisher kein Hund dabei gewesen. Der Tatort erinnerte mich an Exzesse paramilitärischer Gruppen im Sudan oder anderen Krisengebieten, in denen zu allem bereite Banden ethnische Säuberungen vornahmen. Den äußeren Schutzring von Wachen und Männern durch Fernbeschuss aufgebrochen, dann eingedrungen und mit brutaler Gewalt alles niedergemetzelt, bis kein Lebenszeichen mehr erkennbar war. Bilder blitzten durch meinen Kopf, Bilder, die ich längst vergessen gehofft hatte.

»Sie haben sich zuerst den Hund geschnappt. Dann haben sie systematisch alle Tiere getötet, kaltblütig und wie es scheint ohne Eile. Höchstwahrscheinlich haben sie Kurzwaffen mit Schalldämpfer benutzt, sodass die anderen Tiere zwar mitbekamen, wie ihre Kameraden niedersanken, aber nicht in Panik gerieten, da nur das mechanische Geräusch der Waffen zu hören war, nicht der Abschussknall.«

»Waffen? Du gehst also von mehreren Tätern aus?«
Krause-M folgte meinen Ausführungen konzentriert.

»Fremde Nutztiere auf einer Weide zu töten, ist in Deutschland eine Straftat. Wie lange würdest du dich damit aufhalten wollen? Diese Leute wussten ganz genau, was sie taten. Ist dir etwas aufgefallen, Achim?«

»Es gibt keine Hülsen.«

»Richtig, eigentlich müssten hier einhundertachtundsechzig Messinghülsen herumliegen, ein halbes Buntmetalllager. Es ist aber keine zu finden. Wer immer den Job hier durchgezogen hat, wusste, was er tat und hatte sich bestens darauf vorbereitet. Das war ein ›Auftragsmord‹. Ich kann mir nicht vorstellen, dass militante Veganer durch die Uckermark ziehen und Schafen das Lebenslicht ausblasen, weil sie ihnen die heißgeliebten Kräuter wegfressen. Du wirst unter den Profis auch kaum einen Veganer finden. Ich glaube nicht, dass die Schafe Feinde hatten. Ich bin mir sicher, die Attacke galt dem Schäfer und nicht den Schafen.«

»Da sind wir einer Meinung. Ich habe Jan vorhin mal beiläufig gefragt, ob er einen Verdacht habe, aber der ist angesichts der Situation ziemlich im Eimer, glaube ich.«

Schäfer Kurz hatte sich auf seinen Hosenboden gesetzt und knabberte gedankenverloren auf einem Grashalm herum.

Krause-M wühlte in seinen Manteltaschen und zauberte zwei Schokoladenbonbons hervor.

»Hast Farbe gekriegt, Andi. Im Urlaub gewesen?«

Ich schüttelte lutschend den Kopf. »Dienst im warmen Süden macht einen gesunden Teint.« Ein versuchtes Lächeln konnte Krause-M nicht täuschen.

»Schlimm gewesen?«

Ich nickte. Erinnerungen flogen durch meinen Kopf. Mein Chef, der ebenfalls Krause hieß, hatte mich und zwei weitere BND-Agenten unmittelbar nach unserem Ermittlungserfolg mit dem ›Uckerrussen‹ in das nordirakische Kriegsgebiet kommandiert. Ein wichtiger Informant der PKK war ihm zwischen die Fronten geraten. Krause war sich nicht mehr sicher, ob Abdul Rasin jetzt für den IS arbeitete oder seine Vereinbarung mit uns noch Bestand hatte. Vor Ort hatten wir feststellen müssen, dass Abdul und zwei seiner Söhne spurlos verschwunden waren. Die Familie war völlig ratlos, sich aber darin einig, dass die Männer von IS-Terroristen auf dem Markt von Al-Qa'im gekidnappt wurden. Bisher hatten sie aber weder Informationen über den Aufenthaltsort, noch darüber, ob sie überhaupt noch unter den Lebenden waren. Wir drangen nach Erlaubnis von Krause mit einer Gruppe amerikanischer ›Freiberufler‹ tief in das IS-Gebiet ein. Nach mehreren Tagen konnten wir das Lager, in dem Abdul und seine Söhne gefangen gehalten wurden, lokalisieren. Praktischerweise befanden sich dort auch die von unseren ›Privatsoldaten‹ gesuchten US-Geiseln. In einer nächtlichen Aktion, die als Kampf zwischen hoch modern ausgerüsteten Söldnern mit Echtzeitsatellitenzugriff und einer auf Gott vertrauenden, wild um sich schießenden Bande ablief, konnten wir unsere Ziele befreien. Zwanzig Minuten später saßen wir in einem im Tiefstflug dahin jagenden Sikorski-Transporthubschrauber ohne Kennung, der uns sicher auf einem versteckten US-Stützpunkt absetzte. Wir vernahmen Abdul und seine Söhne zwei Tage lang. Alle Erkenntnisse teilten wir mehr oder weniger freiwillig mit den US-Spezialisten. Im heimatlichen Dorf gab es einen fürstlichen Empfang, man verwöhnte uns mit einem herrlich duftenden Gemüsecouscous und leckerem frisch gegrillten Lamm. Die von der hellen Sonne Arabiens gebräunte Haut war der einzige Zeuge meines Aufenthaltes.

Krause-M und ich gingen zurück zum Schäfer. »Wie viele Lämmer braucht man eigentlich, um neu zu starten, Jan?«

»Unter fünfzig brauchst du gar nicht anfangen, und dann sollten davon wenigstens zwei Drittel weiblich sein, damit du eine Herde aufbauen kannst. Je mehr Zibben, umso besser. Einen fremden Bock brauchst du sowieso, in einer frischen Herde darf man am Anfang keine Zucht untereinander machen. Für ein ordentliches Lamm muss man schon gute hundert Euro hinblättern, plus Impfung und Entwurmung, da biste schnell zehntausend Euro los. Was zu essen braucht man ja schließlich auch noch, und Geld für ein Bierchen wäre auch nicht schlecht. Tja, wie gesagt, mir geht der Arsch auf Grundeis. Ich werd mal sehen, ob ich bei meinem Schwager in Niedersachsen was finde.«

Berlin, Chausseestraße

»Morgen, Witzler, früh auf heute, aber 6.30 Uhr war Ihre Idee.« Krause zog sich einen Keks aus einer Papiertüte. »Ist mit Hafer, meine Frau meint, das wäre besser für die Verdauung, dabei hatte ich damit noch nie Probleme.

Warum mussten wir uns eigentlich so früh treffen?« Mein Chef schob sich den zweiten Keks in den Mund.

»Ich brauche eine Woche Urlaub. Ich möchte zu Mila nach Polen.«

»Nach Polen? Was macht Mila denn in Polen? Die ist doch noch krankgeschrieben, oder?«

»Ist sie schon, aber ihr Chef hat zugestimmt, dass sie ihre Verwandten besucht. Ich musste ja Hals über Kopf los, und da sie keine Lust hatte, sich in Eberswalde zu langweilen, ist sie halt rüber.«

»Haben Sie zwischendurch wenigstens mal angerufen?«

»Machen Sie Witze? Seit wann darf man im Außeneinsatz telefonieren? Manchmal überraschen Sie mich wirklich Chef, oder soll das ein Test sein?«

»Nein, nein, kein Test. Schon erstaunlich, ich hätte schwören können, Sie würden anrufen. Also ich in Ihrer Situation hätte es getan. Ich habe es getan, 1973 aus einem runtergekommenen Hotel in Bukarest. Damals musste man Gespräche in den Westen vom Ostblock aus noch anmelden. Ich habe volle sechs Stunden gewartet und die ganze Zeit Schiss gehabt, dass mein Führungsoffizier auftaucht und mir den Arsch aufreißt. Alles nur, um drei Sätze mit Hilde zu sprechen, dann ist die Scheißleitung zusammengebrochen.«

»Ja, vielleicht hätte ich es machen sollen, aber ehrlich, ich habe von dem Punkt an, als ich irakischen Boden betrat, so unter Spannung gestanden, dass ich an nichts außer an die vor uns stehende Aufgabe gedacht habe. Ich weiß, Chef, das klingt wie ein Werbevideo für den BND, aber ich war wirklich völlig abgekabelt.«

»Na gut, dass ich für Sie eingesprungen bin.« Ich sah Krause verdattert an. »Nicht was Sie denken, Witzler, dafür bin ich viel zu alt.« Krause lächelte.

»Mila hat zweimal angerufen und nach Ihnen gefragt. Ich habe jedes Mal ein wenig mit ihr geplaudert und ihr zu verstehen gegeben, dass sie sich keine Sorgen zu machen braucht. Sie sollten sich beeilen, Witzler, beim letzten Telefonat klang eine Menge Sehnsucht durch. Na los, hauen Sie schon ab.«

Er zog eine Blechschachtel mit Keksmischung aus der Schreibtischschublade und warf die Ökopapiertüte mit den gesunden Haferkeksen in den Papierkorb. »Fürchterliches Zeug.«

Polen, Kosztryn

Na super, das Navi war ausgestiegen. *Kein Satellit!* Was für ein Quatsch, auch über Polen kreisen Satelliten. Nach einem Neustart erschien die gleiche Ausrede der teuren elektronischen Wegführung. Mein Tiguan verfügte aber über umfangreiches Kartenmaterial. Wohlweislich hatten unsere Häuptlinge die immer spärlicher werdende Ausstattung der Dienstwagen auf ›BND-Standard‹ gebracht. Reservekanister, größeres Werkzeugset, Thermomatten, elektrische Heizdecke und eben gutes, neues Kartenmaterial. Was nutzte einem der alte Shell-Atlas, wenn der Leninplatz vor Jahren heimlich den Namen von Karl Friedrich Schinkel angenommen hatte. Dank der EU-Osterweiterung war das Kartenmaterial mitgewachsen. Hatte früher das Handschuhfach gereicht, gab es jetzt eine geräumige Box unter dem Beifahrersitz. Ich fand meinen Ort der Unwissenheit am knappen außerdeutschen Rand. In Kosztryn/Küstrin war ich über die ehemalige Grenze der Freundschaft gerollt. Vorbei an zwei großen Polenmärkten, auf denen man Plagiate aller gängigen Modemarken für ein paar Euro erwerben konnte, damit die markengeschädigten Blagen endlich Ruhe gaben. Dann hatten mich die Satelliten im wahrsten Sinne des Wortes im Regen stehen lassen.

Mein Finger fuhr die Landstraße 31 hoch Richtung Chojna, das musste sie sein. Der Scheibenwischer schob den heftigen Landregen mit jedem Wischerschlag von der Scheibe, aber der erwartete Durchblick blieb aus. Nach einigen Kilometern Blindflug tauchte verschwommen das Ortsschild von Sarbinowo auf. Ich sah rüber zur Karte auf dem Beifahrersitz. Dieser kurze Augenblick der Unachtsamkeit genügte, um auf den Ackerschlepper eines polnischen Bauern zu rauschen. Es knirschte nicht, es gab auch kein Geräusch von berstendem Metall, wie oft von Unfallopfern beschrieben. Es gab einfach nur einen satten, kurzen Knall. Vor der Haube des Tiguan verkündete eine Dampfsäule von schweren Kühlerproblemen. Kein Wunder, schließlich steckte in der Mitte des Kühlers der Edelstahlantriebszapfen des Traktors. Die Front des Tiguan hatte sich gründlich verändert. Konstruiert, um die Kräfte des Unfalls aufzunehmen und von den Insassen fernzuhalten, waren die Plastikteile ordentlich gestaucht worden, bevor sie sich zerfetzt vom Wagen entfernt hatten. Die Haube machte einen beachtlichen Bogen nach oben, beide Scheinwerfer waren geplatzt, vom

Kühlergrill nicht mehr viel vorhanden, insgesamt ein sauberer Treffer. Und das ausgerechnet in Polen. Auch wenn die Papiere eine deutsche Leasingfirma als Halter angaben, war es ein Dienstwagen des BND. Niemand wusste, ob die polnischen Dienste eine Liste besonderer Kfz-Kennzeichen besaßen. Wir hatten eine solche Liste, so viel stand mal fest. Der Bauer stieg bedächtig aus seinem dreckigen Trecker.

»Is mächtig viel kaputt, kannste nich fahren weiter. Kann ich Schwager anrufen, kann reparieren, hat Hänger für die Auto, Schwager kann gut machen ganz, gar nicht teuer, kann auch machen mit deutsche Versicherung, nix Problem.«

Ich besah mir den Schaden richtig. Der Mann hatte eindeutig recht. *War mächtig viel kaputt, die Auto.* Möglich, dass Krause über den Auffahrunfall noch lächeln konnte, wenn ich den Dienstwagen aber dem »Schwager, zum Machen ganz« überließ, würde er mir mehr als nur ordentlich Dampf machen. Ich zog mein iPhone aus der Tasche.

»Mila, ich stehe in Sarbinowo und habe einen Traktor gerammt, verdammte Scheiße.«

Mila gluckste vor Lachen. »Kannst du noch fahren, Andi?«

»Ich schon, aber ›die Auto ist völlig kaputt. Der Bauer hat Schwager mit Hänger, wollen holen Auto und machen ganz, kann gut rechnen mit deutsche Versicherung‹. Ich rechne aber eher damit, dass mir Krause den Kopf abreißt, wenn ich Bauers Schwager den Dienstwagen überlasse.«

Mila lachte schallend. »Gib mir mal den Bauern bitte, Andi.«

Der Bauer übernahm das Telefon und nickte während der nächsten Minute mehrmals zustimmend. Er gab mir das Telefon zurück, Mila hatte schon aufgelegt.

»Krieg ich zweihundert Euro von dir für Unfall. Deine Frau hat selber Schwager zu machen Auto ganz.«

Vier Fünfziger später stieg der Bauer wortlos in seinen Traktor, zog die Anhängevorrichtung für seinen Pflug aus meinem Motor und rollte davon. Milas Schwager erschien tatsächlich keine zehn Minuten später.

»Biste Andi? Kommste mit, machen Auto auf Hänger, fahren zu Mila, okay?« Wir luden den waidwunden Tiguan auf seinen Anhänger.

Kurze Zeit später stand ich auf einem stattlichen polnischen Bauernhof im Regen und zog mit Schwager Stephan eine blaue Plane über Anhänger und Wrack.

»Haben nix mehr Platz in Scheune, haben gekauft so viele Ferkel. Is nich genug Platz in Stall für Ferkel, versteh'n?«

Ich verstand, der Junge sprach wesentlich besser Deutsch als ich Polnisch. Die Tür vom Haupthaus öffnete sich, und Mila erschien auf der überdachten Veranda. Flotten Schrittes lief ich durch den prasselnden Regen, geschickt den großen Pfützen ausweichend. Drei Treppen noch, dann hatte ich sie im Arm. Eine kurze Umarmung, ein flüchtiger Kuss. Da hatte ich entschieden mehr erwartet, doch sie zog mich ins Haus, wo schon die gesamte Familie auf dem Flur stand und ›ihren‹ Andi in Augenschein nahm. Vorbei an der Familie ging es bis in die große Bauernküche. Milas Oma, eine polnische Bauernoma, wie man sich eine polnische Bauernoma eben so vorstellt – ein großes, gütiges Gesicht, eine kräftige Statur, eine ausgewaschene

Kittelschürze, dicke, wollene Kniestrümpfe, Füße, die in warmen Filzpantoffeln steckten und das berühmte rote Kopftuch mit den weißen Punkten – nahm mich in die Arme und wollte mich gar nicht mehr loslassen.

»Setz dich, Junge, haste Hunger, hab ich dir Suppe warm gemacht, weil hast du doch bestimmt in Regen gestanden mit die kaputte Auto. Komm, is schön heiß, is von Huhn mit Nudeln, macht stark, macht warm.«

Sie schob mich auf die grobe Fensterbank und stellte mir einen Teller dampfende Hühnerbrühe vor die Nase, der in Deutschland als solide Suppenschüssel durchgegangen wäre. Mila saß mir gegenüber und sah zu, wie ich die wirklich köstliche Brühe löffelte. So musste eine Hühnersuppe schmecken. Oma hatte ihren Abwasch beendet und setzte sich ebenfalls an den Tisch. Der Rest der eben noch so zahlreichen Familienangehörigen hatte sich anscheinend im großen Haus verteilt.

»Ist schöner Mann, dein Andi.« Oma streichelte meine Hand, Mila zwinkerte mir versteckt zu. Der leckeren Suppe folgte eine handgemachte Schale Zitronengrieß. Ich war angekommen, ich war satt, es fehlte eigentlich nur noch eines zu meinem und Milas Glück.

»Oma, jetzt ist es erstmal mein schöner Mann, später kannst du ihn noch mal haben.« Sprach's, nahm mich bei der Hand und brachte mich in eine Kammer unter dem Dach. Hinter der fest verschlossenen Tür gab es dann den Empfangskuss, den ich eigentlich erwartet hatte.

»Mach mit mir, was du willst, Andi, aber mach es gleich.« Mila zog mich auf ein ausladendes, stabiles Bauernbett. »Wir dürfen nur nicht zu laut sein, wir sind Katholiken!«

Als wir später runtergingen und in der geräumigen Stube mit der Familie einen Indiana-Jones-Film auf Polnisch sahen, versuchte ich in den Gesichtern zu ergründen, ob wir leise genug gewesen waren. Omas verschwörerisches Lächeln ließ mich vermuten, dass sich die Gläubigen mehrmals die Ohren zugehalten hatten.

»Wo warst du, Andi? Weit weg?« Mila lag in meinem Arm, es musste schon weit nach Mitternacht sein. Wir waren tief in den molligen Federbetten verschwunden. Das Haus hatte zwar eine nachgerüstete Zentralheizung aus den Achtzigern, aber der Heizkörper war für eine Wohlfühltemperatur einfach zu klein bemessen.

»Weit weg, Mila, weit weg. Ich darf nicht darüber sprechen.« Mir war die Situation unangenehm. Einerseits konnte ich verstehen, dass Mila sich Sorgen machte, zu Recht, wenn ich mich an den Kampf um das Lager der IS-Miliz zurückerinnerte. Zum anderen war es leider unmöglich, diese Erlebnisse mit ihr zu teilen. Es war schlicht und einfach verboten. Mila schien damit entspannter umzugehen als ich.

»Ist okay, ich kann damit leben. Eigentlich will ich es auch gar nicht wissen. Ich habe nur aus rein weiblicher Neugier gefragt. Hast einen coolen Chef, Andi.« Der letzte Satz ließ mich aufhorchen. Ich hätte Krause mit Tausenden von Adjektiven beschrieben, aber *cool* wäre mir nicht in den Sinn gekommen. Krause, der alte Charmeur.

»Er kann einem jungen Mädchen die Angst nehmen.«

»Einem jungen Mädchen? Mila, du bist auch schon 'ne Weile aus der Schule raus.«

Grinsend löschte ich die Nachttischlampe, und wir kuschelten uns aneinander.

»Musst du wieder weg?«

»Nicht heute und nicht morgen, versprochen, Pfadfinderehrenwort.« Milas Frage hatte sicher auf etwas anderes abgezielt, aber ein Nein wäre nicht ehrlich gewesen.

Wir schliefen bis weit in den Tag hinein. Milas Tante hatte Oma mehrfach davon abhalten müssen, uns Frühstück ins Zimmer zu bringen. Gute Tante.

»Sag mal, Andi, wollen wir zurück nach Joachimsthal?« Mila sah mich abschätzend an. »Ich muss hier raus. Die sind alle furchtbar lieb und nett zu mir. Ich kann aber nicht mehr, ich brauche eine Luftveränderung, brauche eine ordentliche Portion Schorfheide mit Kaminfeuer und gefülltem Uckerhuhn bei Markus im ›Grünen Baum‹.« Mehr brauchte sie nicht zu sagen. Ein Problem gab es aber, wir hatten kein Auto mehr. Milas BMW war bei ihrem letzten Aufenthalt in Polen geklaut worden, die Reste meines Tiguan standen sicher unter der blauen Plane auf dem Hof.

»Da werden wir wohl mit dem Zug fahren müssen. Wir können den Wagen ja später noch holen. Ich muss Krause sowieso noch anrufen deswegen, vielleicht kann er uns ja auch einen Wagen schicken.«

»Ich hab ein Auto von Papa hier, mit Hängerkupplung, steht hinter der Scheune. Wir müssen nur noch eine Ausrede finden, freiwillig lassen die uns nicht gehen, vor allem Oma, die ist total verknallt in dich.« Sie knuffte mir in die Seite.

Wir nahmen meinen ›coolen‹ Chef als Ausrede, der mich aus dem Urlaub zurückholte, weil meine Anwesenheit bei einer wichtigen Ermittlung unbedingt erforderlich war. Oma kaufte uns die Notlüge nicht so einfach ab, gab sich aber geschlagen, als Mila versprach, noch vor Weihnachten wiederzukommen, selbstverständlich mit Andi.

»Wo hast du den Schlüssel? Ich hole schon mal den Wagen und hänge meinen Schrotthaufen an.«

Mila lachte. »Den kannst du nicht fahren. Ist ein bisschen speziell. Sag mal artig Oma auf Wiedersehen. Ich hol den Wagen!«

Kurze Zeit später erwachte hinter der Scheune ein großer Sechszylinder-Diesel mit tiefen Grummeln zum Leben. Zweifelnd schaute ich über Omas Schulter auf den Hof. Ein knallgrüner Lkw im Renndesign schob sich mit tiefschwarzer Rußsäule am Auspuff langsam vor den Anhänger.

»Kannste mal helfen beim Ankuppeln, Andi, oder musst du Oma festhalten?« Ich war sprachlos.

»Was ist das, Mila?« Ich deutete auf den im unruhigen kalten Leerlauf grummelnden Lkw.

»Das ist ein IVECO Race Truck mit Straßenzulassung. Papa testet damit MONROEs neue pneumatische Stoßdämpfersysteme für Nutzfahrzeuge. Ich hatte die Wahl: entweder sein verlebter, alter Fiesta oder die Rennboulette hier. Ich habe mich für den Großen entschieden. Papa hat sich gefreut, denn er hat kaum Zeit für die vorgeschriebenen Kilometerleistungen. Der Truck hat eine Hängerkupplung für Pkw-Hänger, weil Papa immer den Wohnwagen anhängt, wenn er zum Lausitzring muss, um seine Protokollfahrten für MONROE aufzuzeichnen.«

Milas Vater war Vertreter für den Stoßdämpferhersteller

MONROE und hatte als mehrfacher polnischer Rallye-meister genug Rennerfahrung, um auch einen ›Dicken‹ gehörig zu scheuchen. Dass Mila die Ambitionen und das Talent ihres Vaters geerbt hatte, bewies sie mit meinem Tiguan immer wieder überzeugend. War abzuwarten, ob sie auch die gut elfhundert Pferdestärken des grünen Monsters bändigen konnte.

Sie konnte! Sanft wie auf Hasenpfoten schlich sie über die runden Pflastersteine des Hofes, drückte noch einmal ausgiebig auf das kompressorgetriebene Horn und legte auf der vor dem Haus gelegenen Asphaltstraße einen Start hin, bei dem sie, wie sie mir lautstark erklärte, nur dreißig Prozent des Drehmoments nutzte, weil der Motor noch nicht richtig warm war. Mich drückten die dreißig Prozent in die spartanische Sitzschale wie bei einem Flugzeugstart. Überhaupt hatte das Fahrerhaus eher Ähnlichkeit mit einem Jet-Cockpit. Es gab ein zentrales Informationsfeld, das alle Daten auf einem Zwanzig-Zoll-Bildschirm darstellte. Mila tippte sich per Touchscreen die für sie interessanten Daten in die Vergrößerung. Die meisten Flächen im Fahrerhaus waren abgerundet, es fand sich kaum eine scharfe Kante. Alles war aus Kunststoff und strahlte in Grellgrün. Der Motor dröhnte in solch einer Lautstärke, dass ich das Gefühl hatte, ich würde direkt auf ihm reiten. Mila zog sich einen Satz Kopfhörer von einer elastischen Halterung und zeigte auf eine ebensolche neben meinem Sitz.

»Der wird noch lauter, wir können uns nur über das Intercom unterhalten. Neunzig Grad!«

Damit verkündete sie das Erreichen der Betriebstemperatur. Sie schaltete das knackige Sechzehngang-Getriebe drei Stufen herunter und katapultierte uns in drei Sekunden auf Hundert. Dagegen war die Suzuki Hayabusa von Masslowitz nur eine lahme Nebelkrähe.

»Der Hänger!«, schrie ich in das Intercom.

»Upps.«

Mila bremste gefühlvoll ab und rollte an den rechten Fahrbahnrand. Mehrmals schlich ich um den Hänger, aber anscheinend kannte Schwager Stephan seine Schwägerin zu gut. Der Wagen war mit sechs dicken Spanngurten nach allen Seiten gesichert. Ein guter Katholik, der nicht ausschließlich auf Gott vertraute, der Stephan. Mila zog an der Anhängerkupplung – alles fest. Die Jagd konnte weitergehen. Von Milas Idee, den Wagen gleich in die Chausseestraße zu schleppen, war Krause begeistert, bis ich ihm eine Bildnachricht vom Zugfahrzeug sendete.

»Vergessen Sie es, Witzler, wenn man das Ding in unserer Einfahrt filmt, haben wir morgen hunderttausend Klicks bei Facebook, haha, ›BND flott unterwegs‹. Schleppen Sie den Schrott nach Eberswalde. Ich lasse den Fuhrparkleiter mal klären, ob das nicht ein VW-Händler da oben erledigen kann. Melden Sie sich morgen mal, ich habe eine ganz private Frage.« Na, da war ich ja mal gespannt.

Schorfheide, Joachimsthal

Mila bugsierte den Anhänger mit den traurigen Überresten meines Wagens geschickt rückwärts auf den großen Hof von Matthias' »Kaiserbahnhof«. In Matthias war beim Anblick des Renn-Lkw der große Junge erwacht, überall fummelte er herum, stellte tausend Fragen und verwarf den schnell gefassten Plan, sich auch so ein ›Teil‹ zuzulegen erst, als Mila ihm den vermutlichen Preis nannte.

Matthias bereitete uns ein leckeres Abendbrot im Kaminzimmer. Wurst- und Käsespezialitäten aus der Region mit selbstgemachtem Sauerkrautsalat und eingelegten Gurken vom letzten Jahr. Wir genossen die uckermärkischen Spezialitäten und freuten uns wie Bolle, wieder daheim zu sein. Matthias bekam von mir gleich eine Kaminholzorder. Wie viele andere Selbstständige in der Region war er ein wandelbarer Geselle. Ließen die Umsätze im Restaurant nach, hörte man seine Kettensäge in den Weiten der Schorfheide. »Brennholz ist so gut wie Bargeld« – Lebensweisheit und gelebte Realität bei Matthias. Die ständig steigende Zahl von Kaminen in Berlin und seinem Speckgürtel hatte den weitsichtigen Wirt vom »Kaiserbahnhof« letzte Woche erst eine neue Kettensäge von Stihl mit extra langem Blatt und neun PS kaufen lassen. Im Augenblick eine bessere Investition als der ebenfalls dringend benötigte Herd für die Küche.

Wir schliefen sehr spät ein in unserem trauten Heim. Zu groß war die Versuchung, Lärm zu machen, ohne irgendwelche Katholiken zu stören. Es war schon früher Vormittag, als ich uns ein einfaches Frühstück ins Bett holte. Mit dem ersten Biss ins Brötchen meldete sich allerdings das iPhone mit Krauses ›privater Frage‹.

»Na, Witzler, schön, wieder zu Hause zu sein, was? Sagen Sie mal, gibt es da oben bei Ihnen Schafe, ich meine junge Schafe, Lämmer?« Krause schien unsicher. Normalerweise kamen seine Fragen perfekt gestellt und auf sofortige Antwort ausgerichtet. Die meisten konnte man mit Ja oder Nein beantworten. Jetzt eierte mein Krause herum.

»Also, Hilde möchte ein Lammkarree machen. Ich habe ihr gesagt, sie solle das Fleisch aus dem Supermarkt holen wie Schnitzel oder Kotelett auch. Sie meint aber, die würden oft jungen Hammel als Lamm verkaufen, und der würde pissig schmecken. Nun weiß ich ja, was ich an Hilde habe, und ich weiß auch, dass ich erzählen kann, was ich will, sie wird bei jedem Stück Lamm, das ich anbringe, vermuten, dass es irgendwo bei EDEKA oder REWE über die Ladentheke gegangen ist. Ich glaube fast, ich muss das Lamm lebend in die Bude treiben, Witzler. Gibt es bei Ihnen Bauern, die Lämmer haben?«

»Ja klar gibt es Bauern, die Lämmer haben. Es gibt aber auch Schäfer, die Lämmer haben, Jungtiere vom Fachmann sozusagen. Einer von ihnen will seinen Hof aufgeben. Ihm wurde gerade die Herde getötet.«

»Herde getötet? Dann haben die doch sicher eine Krankheit, Witzler?«

»Sie wurden erschossen.«

»Erschossen? Lämmer erschossen? Verdammte Scheiße, in was für einer Ecke leben Sie denn?«

Ich erzählte ihm die Geschichte von Jan Kurz und seiner vernichteten Existenz, und eigentlich war schon nach den ersten Sätzen klar, dass Krause darauf anspringen würde.

»Das ist ja grausam, skurril, Witzler, erschossen von Handfeuerwaffen mit Schalldämpfern, hundertachtundsechzig Schafe, ich muss mir das ansehen. Liegen die da noch rum? Ich meine, ich würde ja Hilde gerne mitbringen, wenn die jedoch eine Weide voller toter Schafe sieht, gibt es bei uns nie wieder Lammkarree.«

»Nein, Chef, der Schäfer verkauft seine Restbestände aus der Kühlung. Alle Schafe, die durch Schüsse starben, wurden abgedeckt und entsorgt. Man hat ihnen das Fell über die Ohren gezogen.«

»Ich weiß, was abgedeckt heißt, Witzler. Aus den Fellen wird Lammnappa gemacht. Hab 'ne Jacke draus, gutes Material, Anfang der Neunziger gekauft, war nicht billig, aber Hilde lässt sie mich nicht mehr anziehen. Sie meint, ich würde damit aussehen wie ein armer Ostler auf der Suche nach Begrüßungsgeld. Vergleiche hat die manchmal. Heute ist Samstag, könnten Sie mit uns mal da hinfahren? Ich meine nur, wenn Sie nichts anderes vorhaben.« Na endlich, eine typische Krausefrage. Ja, ich habe was anderes vor, wäre die falsche Antwort. Ich probiere es mit: »Ich muss mal Mila fragen.«

»Bestellen Sie ihr einen lieben Gruß von mir.« Der alte Fuchs.

»Mila, lieben Gruß von Krause. Er fragt, ob wir mit ihm und seiner Frau zu Jan Kurz fahren können? Sie wollen Lamm kaufen.« Mila war natürlich Feuer und Flamme, als wenn Krause das nicht geahnt hätte.

»Okay, Chef, um zwei bei mir?«

»Halb zwei, Witzler, wir sind schon angezogen!« Es würde halb drei werden, Krause kannte die Baustelle auf der A11 nicht. Es war Samstagnachmittag, und alle Berliner waren raus auf dem Weg ins Umland.

»Andi, soll ich einen Kuchen backen?«

Ich drehte irritiert den Kopf. »Mila, er ist mein Chef, nicht mein Vater.«

»Ach, Andi, komm schon. Ich backe uns ein Blech Apfelkuchen, das können wir mit raus zum traurigen Schäfer Kurz nehmen. Mehl ist aber alle, kannst du zum Hunde-Netto fahren und eine Tüte holen? Mehl und Vanillezucker, davon ist auch keiner mehr da.«

Verschmitzt bat ich um den Schlüssel für den Lkw. Es erforderte einige Überzeugungsarbeit, ihr den aus den Rippen zu leiern. Mila wollte mich doch allen Ernstes mit dem Fahrrad losschicken. Schließlich gab sie sich geschlagen und erklärte mir die umständliche Startprozedur. Als der Motor kalt und laut ansprang, konnte ich ihrer skeptischen Miene entnehmen, dass sie sich um Papas Spielzeug sorgte. Ich ließ es langsam angehen und rollte mich gemütlich die Straße herunter, aber schon beim Abbiegen auf die Landstraße erwachte der Abenteurer in mir. Runter mit dem elektronischen Gaspedal und dem ›Dicken‹ ordentlich Diesel in die Brennräume gesendet. Der antwortete mit durchdrehenden Hinterrädern und einem wedelnden Arsch wie eine Sambatänzerin. Hoppla, das ging aber vorwärts. Jetzt hatte der ›Dicke‹ meinen Respekt. Als ich vor dem Netto mit vier qualmenden Reifen stoppte, hatte ich die Anerkennung des wie immer auf dem Parkplatz herumlungernden Jungvolks mit ihren Polos und Corsas sicher. Ich sprang elegant aus dem Führerhaus und verschwand zügigen Schrittes im Markt. Als ich nur wenige Minuten später mit der gelben Tüte in der Hand aus dem Laden stürmte und die grellgrüne Beifahrertür aufriss, um den Einkauf in die Sitzschale zu werfen, hatte das Jungvolk immer noch die Kinnlade unten. Mein Start und der saubere Drift um den Kreisverkehr erhöhten den Respektfaktor noch einmal um hundert Punkte.

»Kein Kratzer!«, rief ich. Mila äugte aus dem Küchenfenster, ob ihrem besten Stück auch nichts passiert war. Ich brachte ihr den Einkauf, und sie machte sich strahlend an den Apfelkuchen.

Krause rief kurz vor halb zwei an. »Na, Witzler, fertig?«

»Kein Stau auf der A11 gewesen?«

»Keine Ahnung, bin gleich über Prenden/Lanke gekommen, schöne Gegend, gute Straßen. Wir stehen in einer Minute vor Ihrer Tür, sagt mein Navi. Bis gleich.« Auf dem Weg zum Tor hörte ich den A6 mit seinem 3-Liter-Diesel heranröhren.

»Heißes Teil!« Krause begrüßte mich nicht einmal. Er lief schnurstracks zu Milas Rennmaschine. Überall fummelte er herum, strich über die Verkleidung der Hinterräder, zog am Spritzschutz herum, kurzum: Krauses Liebe für den Lkw war entflammt.

Als der Kuchen fertig war, machten wir uns auf den Weg. Krause fragte Mila auf dem Weg nach Friedrichsfelde ein Loch über den Lkw in den Bauch. Dieser Wagen schien ihn wirklich über alle Maßen zu beeindrucken. Seine Frau und Mila hatten das gleiche undefinierbare Lächeln auf den Lippen.

Uckermark, Friedrichsfelde

Vor der großen Scheune tuckerte Jans alter Russentraktor. Der Schäfer war dabei, große Heubunde von seinem Hänger zu laden. Als er uns sah, stellte er die Heugabel beiseite und strich sich die zahlreichen Überbleibsel des natürlichen Trockenfutters von den verblichenen Arbeitsklamotten.

»Hi Andi, ihr seid ja früher als erwartet. Ich mache nur noch schnell den Hänger leer. Eigentlich könnte ich das Heu auch auf der Wiese verfaulen lassen, Fresser hab ich ja eh nicht mehr dafür. Na ja, vielleicht verscheuere ich das Zeug über eBay. Fünf Minuten, dann bin ich bei euch. Ihr könnt euch ja schon mal vorn an den Tisch setzen.«

Auf dem alten verwitterten Holztisch hatte Jan ein grobes, naturfarbenes Leinentuch gelegt. Mitten auf dem Tuch stand ein tönerner, großer Topf voller Feldblumen, die Frauen waren mehr als entzückt.

»Ach, ist das schön. Ob er den Topf selbst gemacht hat? Ich würde auch so gerne wieder töpfern. Früher in Pullach war ich in einer Schüler-Mütter-Töpfergruppe, da haben wir so schöne Sachen gemacht. Willi habe ich eine große Vase für sein Büro gemacht, die hat er heute noch.«

Die große Vase wurde wöchentlich von Krauses Sekretärin mit neuen Blumen gefüllt. Ich sah zu Krause herüber, der verdrehte die Augen und Hilde drehte richtig auf.

»Willi, sieh nur, da drüben, ein ganzes Regal mit Vasen und Schüsseln, ach, ist das schön hier.« Sie stand auf und ging zum Regal, Mila im Schlepptau. Vier interessierte Hände wühlten die handgemachten Kleinode durch.

Schäfer Jan hatte das Heu verbracht und kam mit drei kühlen Bieren um die Hausecke.

»Und die Damen? Roten Wein, Wasser oder auch ein Bierchen?« Hilde entschied sich für ein Bier, Mila schlug den leckeren Roten aus und nahm ein Wasser.

»Herr Kurz, machen Sie die Töpferarbeiten selbst?« Hilde war neugierig und ließ sich vom abwiegelnden Krause nicht beirren. »Sind ja wirklich schöne Sachen dabei. Die kleinen Vasen sind ja allerliebst. Haben Sie eine Töpferscheibe? Ihre Arbeiten sind alle so symmetrisch.«

»Ja, habe ich, wenn die Damen Lust haben, können Sie gern ein bisschen töpfern, wenn Ihre Zeit das zulässt.« Der Schäfer lächelte sympathisch, dieser Mann wusste, was Frauen wollen. »Hinten im Quergebäude, die zweite Tür, da ist die Werkstatt. Am Regal hängen ein paar Kittel und im Becken steht gewässerter Ton. Die fertigen Arbeiten können Sie ins Brennregal stellen. Ich wollte heute Abend sowieso den Ofen anmachen.« Die Frauen verschwanden augenblicklich in Richtung Quergebäude. Wir stießen die Flaschen zusammen und tranken auf diesen wunderschönen Altweibersommersamstag. Krause setzte ab und wischte sich den Schaum von der Oberlippe. »Sagen Sie, Herr Kurz, ist es wahr, dass man Ihre Herde erschossen hat?«

»Nennen Sie mich Jan. Ja, das stimmt, alle Tiere, selbst den Hund.«

»Und Sie haben keinen Verdacht? Ich meine, da kommen so mir nichts, dir nichts ein paar Leute und knallen einfach eine komplette Schafherde ab, wir sind doch hier nicht im Wilden Westen?!« Krause hatte seinen skeptischen

Blick aufgesetzt und nahm Witterung auf. Der Schäfer sah gedankenverloren in den nahezu wolkenfreien Nachmittagshimmel. »Tja, schon komisch. Hier passieren in der letzten Zeit eine Menge seltsamer Dinge.«

Jetzt hatte Jan auch meine Aufmerksamkeit.

»Letzten Monat ist der Anton Degner rüber in den Westen, der hatte erst vor drei Jahren angefangen mit einer kleinen Bioherde Rindviecher, hat selber Käse gemacht. Schlachtfleisch konnte man auch bei ihm bestellen. Man kaufte eine Rinderhälfte, die er nach dem Schlachten ordentlich zerlegte, portionierte und einfror. Er hatte sich extra eine neue Kühlung angeschafft, man bekam sein eigenes Fleisch auf Abruf sozusagen. Gutes Geschäftsmodell, ein ganz Teil Berliner hatte bei ihm ›eingelagert‹, und dann macht der einfach von einem Tag zum anderen ab nach Nordrhein-Westfalen. Ist jetzt Schlachter bei Tönnies Fleisch in Rheda Wiedenbrück. Hab ihn gestern angerufen, aber der hat mir nur mufflig geantwortet, komische Type geworden.«

Jan hob die Flasche und nahm einen tiefen Zug. Er ließ die überflüssige Kohlensäure mit einem derben Rülpser ins Freie. Krause zog die Brauen hoch, hob die Flasche und folgte dem Beispiel des Schäfers. Ich erlag ebenfalls der Versuchung, scheiterte aber mit einem zischenden Laut, der mir die Kohlensäure durch die Nase trieb. Beide Herren schüttelten mitleidsvoll grinsend die Köpfe.

»Wollen wir mal nach dem Fleisch sehen?« Ich war drauf und dran, aufzustehen, aber Jan wiegelte ab.

»Noch eine?« Er winkte Krause mit der leeren Flasche und der nickte genüsslich. Jan griff in den Blecheimer unter dem Tisch und zog drei weitere Biere aus dem kalten Wasser. »Prost!«

Wir ließen noch zwei Biere folgen, mein Protest wurde von Krause und Jan abgeschmettert. Als wir dann endlich in der Kühlzelle standen, um Krauses Lamm auszusuchen, schwirrten in meinem Kopf schon die Schmetterlinge.

»Meine Fresse, Jan, was willst du denn mit dem ganzen Fleisch machen?« Krause klopfte auf einen Berg sorgfältig eingeschweißter, gefrorener Lammrücken.

»Dreißig Rücken hab ich an das ›Sabuck‹ verkauft, die machen eine orientalische Woche mit Lamm in allen möglichen Variationen. Da gehen auch fünfzig Packungen Rippen hin. Für Restaurants wie das ›Sabuck‹ ist das natürlich ein sprichwörtlich gefundenes Fressen. Die haben mir bei den Einkaufspreisen ganz schön die Hosen runtergezogen. Die wollten den ganzen Berg haben, aber die Summe war so unverschämt, nee, da schmeiß ich den Rest eher in die Grube. Ach ja, wenn ihr heute noch lecker Lamm essen wollt, Markus hat sich hundert Filets gesichert für einen ordentlichen Preis. Uckermärker halten zusammen.«

Krause stopfte seinen Einkauf in die elektrische Kühlkiste. Die Inventarnummer am Boden verriet zwar nicht auf den ersten Blick, dass es sich um einen ›Beamtenkühlapparat‹ handelte, ich kannte diese Boxen aber sehr gut. Manche Beweisstücke mussten halt gekühlt transportiert werden. Der Gedanke, dass sich schon ein menschliches Körperteil in dieser Kiste befunden haben könnte, ließ mich grinsend den Kopf schütteln.

»Ist eine Neue!«, zischte Krause. Er konnte scheinbat Gedanken lesen. Jan griff sich eine Flasche Aquavit aus dem Kühlregal und scheuchte uns aus der Kälte. Zurück am Gartentisch, zauberte er aus dem längst leer geglaubten Eimer noch drei Biere und schenkte großzügig eiskalten Aquavit in ein paar solide alte Senfgläser ein. Drei Proste später erschienen die Frauen. Hilde überblickte die Lage als Erste. »Mila, die sind besoffen!«

»Bestenfalls beschwipst!«, versuchte Krause abzuwiegeln. »Außerdem hab ich außer Frühstück heute noch nichts zwischen die Zähne bekommen. Kommt, wir fahren rüber zum Marko, der hat Lammfilet in der Pfanne!«

»Markus!«, berichtigte ich ihn.

»Ist doch egal, ob Marko oder Markus, ich habe Hunger wie ein Bär, los kommt, wir fahren dahin!«

Hilde sah ihrem Mann tief in die Augen, und mit eindeutiger Geste verlangte sie nach dem Autoschlüssel. »Oder wollen Sie fahren, Mila?«

Ich schüttelte den Kopf. »Nicht, wenn wir danach noch was essen wollen.« Was mir einen bösen Seitenblick einbrachte. Der Gedanke, Mila Krauses Dieselrakete zu überlassen, ließ mich erschaudern. Hilde hatte keine Ahnung von Milas Fahrkünsten. Uns wäre auf der Anreise mit Sicherheit der Appetit durch die G-Kräfte aus dem Bauch geblasen worden. So chauffierte uns die liebreizende Hilde in angemessener Fahrt durch die idyllische Schorfheide. Krause suchte ständig auf dem Radiodisplay nach einer ›anständigen‹ Musik, bis Hilde Klassikradio wählte und kategorisch festlegte, dass der Fahrer hier auch den Sound bestimmte. Privat gesehen schien Krause Befehlsempfänger zu sein, und ganz offensichtlich füllte er diese Rolle auch gewohnt und ohne Protest aus.

Die Damen übernahmen im »Grünen Baum« die Bestellung, und so standen nach fünf Minuten vier prickelnde Gläser mit Mineralwasser auf dem Tisch und ein grinsender Markus daneben.

»Ich trink so was nicht!«, Krause schielte zu Hilde. »Wasser, nee, da ficken Fische drin.«

»Willi, jetzt ist aber gut!« Hilde tat ziemlich erschrocken. Wer über dreißig Jahre mit Krause verheiratet war, hatte aber sicher schon Schlimmeres erlebt. Meine Konzentration galt einer Kreidetafel, auf der Markus »5 Kilo Kartoffeln vom Feld für 1 Euro« anbot. Das war nicht nur billiger als beim Hunde-Netto, das war knapp über kostenlos.

»Markus, warst du Kartoffeln klauen? Ein Euro, wie willst du da Geld verdienen?« Markus sah mich tiefgründig an.

»Der Hof vom Reisberger gibt auf, ich teile mir den Erlös mit dem Alten fifty-fifty. Die machen rüber. Seine Frau hat bei Stuttgart 'ne Stelle als Lehrerin gefunden. Als Beamtin hat sie ja ein sicheres Einkommen, und der alte Reisberger hat sich irgendwas für ein paar Stunden die Woche gesucht. Als er das letzte Mal hier war, erschien er mir ziemlich bedrückt. Ist schon scheiße, wenn de uff de alten Tage noch mal umgepflanzt wirst. Macht mal Platz, ich komme gleich mit eurer Suppe!«

Die Suppe war ein Gedicht. Pilzsuppe aus der Uckermark. Die Pilze hatten Markus' acht Kinder in den ertragreichen Mischwäldern der Umgebung gesammelt, die Kräuter kamen aus Katarinas Kräutergarten, einzig Salz und Pfeffer waren ›Importartikel‹. Krause verlangte ungeniert nach Nachschlag. Hildes Einwand, dass es ja noch Lammfilet geben würde, bügelte er einfach ab und gab erst Ruhe, als Markus ihm einen weiteren Teller »Pilzoase« vor die Nase stellte. Die Lammfilets kamen in einer scharfen Knoblauchkräutersoße mit mehlig gekochten Kartoffeln von Reisbergers Feldern, dazu ein Fenchelgemüse, einfach erste Sahne. Beim Nachtisch winkten die Damen ab, und so blieben die heißen Himbeeren mit Vanillesauce Krause und mir vorbehalten. Ein Verdauungsschnäpschen war bei Hilde mit keinem Mittel durchzusetzen, und so machten wir uns auf den Rückweg. Zu Hause ließ ich dem opulenten Mahl ein gepflegtes Schläfchen folgen. Krause hatte bereits im Auto vor sich hin geschnarcht.

Als mich kurz vor sechs die um das Haus gewanderte Sonne durch das kleine Dachfenster an der Nase kitzelte, erwachte ich mit bösem Kopfschmerz. Einer von Jans Aquavit schien schlecht gewesen zu sein. Nach einiger Suche im Haus machte ich im hintersten Teil des Gartens meinen uralten Liegestuhl aus. Mila lag an meinem nie fertiggestellten Gartenteich und rekelte sich in der Sonne. Ich griff mir einen Küchenstuhl und setzte mich neben sie.

»Na, wieder nüchtern?«

Meine Antwort »ich war ja gar nicht …« und so weiter, hätte ich mir sparen können. Mila griente. »Schon ein lustiges Pärchen, die beiden. Haben die eigentlich Kinder?«

»Ja, ich glaube, sie haben einen Sohn. Ich habe mal in seinem Zimmer geschlafen, als du in der Charité gelegen hast.«

»Du hast im Zimmer von Krauses Sohn geschlafen, und er nennt dich immer noch Witzler?«

»Mila, er ist mein Chef!«

»Ja und? Krause-M ist auch mein Chef und ich nenne ihn Achim.«

»Das geht bei euch vielleicht, bei uns ist sowas unmöglich.«

»Weil ihr ein Geheimdienst seid! Weil ihr so geheim seid, dass ihr nicht mal die Vornamen eures Kollegen wisst. Schwer zu sagen, ist das nun Geheimhaltung oder eine Wissenslücke?« Sie gab meinem ohnehin schon wacklig stehenden Stuhl einen Schubs, und wenn ich nicht der immer noch drahtige, agile Außenagent Andi Witzler gewesen wäre, hätte ich im Tümpel gelegen.

»Na warte!« Aber Mila war wie ein Blitz aus dem Liegestuhl und rannte kreischend in Richtung Haus. Ich erwischte sie an der Schlafzimmertür, genau der passende Ort für den Beginn eines wunderbaren Abends.

Drei Stunden später saßen wir frisch geduscht an der rostigen Feuerschale, starrten in die Glut und warteten auf die in Alufolie eingewickelten Kartoffeln. Schließlich hatten wir jetzt fünfundzwanzig Kilo für fünf Euro im Keller.

»Sag mal, Andi, hättest du auch gerne Kinder?« Ich schien ziemlich verdutzt zu wirken. »Ich meine irgendwann?«

»Definiere ›irgendwann‹.« Mir war gerade ein Blitz die Wirbelsäule entlang gerast.

»Was weiß ich, ein Jahr, drei Jahre, neun Monate? Nu guck nicht so blöd, Andi … Meine Regel ist seit zwei Wochen überfällig …«

Ein erneuter Blitz blieb aus, aber in der Herzgegend breitete sich Hitze aus.

»Ist das sicher?«

»Andi, Sicherheit ist eine Illusion! Eines ist aber sicher, dass ich seit vierzehn Tagen auf meine Regel warte. Das kann ich mit Sicherheit sagen!« Sie grinste. »Kann aber auch an einer Zyste liegen oder an den Kopfschmerztabletten, die ich manchmal nehme.«

»Nimmst du denn die Pille?«

»Echt cool, Andi, dass du das jetzt fragst. Ein bisschen spät, oder?« Sie lachte weiter. »Ja, ich nehme die Pille. Allerdings habe ich erst nach unserem romantischen Dinner auf dem Werbellinsee damit angefangen.«

Das war mir jetzt zu viel wenn und aber und wann und überhaupt. Ich zog mein iPhone aus der Hose, und die Apotheker-App verriet mir in vier Sekunden, wo ich selbst jetzt, um halb zehn abends, auf der Stelle einen Schwangerschaftstest herbekommen konnte.

»Komm, wir holen einen Test!« Schon war ich hoch und stürmte ins Haus. Drei Minuten später saßen wir im Renntruck. Entgegen aller meiner Argumente, dass Schwangere oder fast Schwangere nicht mehr ans Lenkrad sollten, hatte Mila das Steuer übernommen und flog mit dem Sound eines schweren Kampfpanzers die Seerandstraße entlang. Wir mussten gar nicht klingeln, der heranjagende Lkw hatte die Apothekerin in der Berliner Straße in dem ansonsten so beschaulichen Ort Groß Schönebeck schon an die Pforte gelockt.

»Wir brauchen einen Schwangerschaftstest! Kann sie den auch gleich hier machen?« Beide Frauen schüttelten lachend den Kopf. »Warum nicht?«

»Weil der mit dem Morgenurin gemacht werden muss, ansonsten ist er nicht sicher.«

»Okay.« Ich gab mich geschlagen. Wir trudelten gemütlich zurück. Die Kartoffeln waren nur noch klein, schwarz und hässlich, was aber kein Problem darstellte, da Aufregung meinen Hunger ersetzt hatte.

»Wie sicher wäre denn der Test, wenn du ihn jetzt machen würdest, Mila?«

Mila las im Licht des Lagerfeuers die Packungsbeilage. »Achtundneunzig Prozent!«

»Achtundneunzig Prozent? Ihr wolltet mich doch vorhin verarschen? Na los, mach schon!«

»Ich kann aber nicht.«

»Mila, ich hab noch zwei volle Kisten Preussenquelle im Keller!«

»Kannst du nicht bis morgen warten?«

»Kannst du denn bis morgen warten?«

Kopfschüttelnd vor sich hin lachend stand sie auf und wollte sich in Richtung Bad aufmachen.

»Stopp, stopp, stopp, unter Zeugen!«, grinsend hielt ich sie fest.

»Du willst doch nicht, dass ich hier im Garten auf den Tester pinkel, Andi?«

Ich grinste über das ganze Gesicht. »Genau das will ich!«

Mila bestand darauf, dass ich den Streifen hielt, und pinkelte mir lachend auf die Finger. Ich hielt den Streifen ins Licht, selbst nach fünf Minuten machte der zweite Strich keine Anstalten, wieder zu verschwinden. Mila erklärte mir, dass er ohne Schwangerschaft gar nicht erst erschienen wäre. Ich stand anscheinend ein bisschen auf der Leitung, schließlich waren wir das erste Mal schwanger. Mich erfasste ein unglaubliches Glücksgefühl und ich rannte ins Haus. Sekunden später hatte ich die seit Silvester im Kellerkühlschrank geparkte Champagnerflasche geöffnet und für Mila ein Mineralwasser unter den Arm geklemmt. Sie schielte neidisch auf meinen Champagner. »Tja, den muss ich wohl leider ganz allein austrinken.« Zwei Sekunden später lief mir ein Schwall Mineralwasser vom Gesicht. Mit schwangeren Frauen spaßt man nicht.

Berlin, Chausseestraße

Ich hatte den ganzen Sonntag einen Plan nach dem anderen gemacht und wieder verworfen. Das Haus brauchte ein Kinderzimmer. Wir brauchten einen vernünftigen Keller, einen Trockner, eine Wickelkommode und weitere sechsundsiebzig Anschaffungen und/oder Umbauten. So viel verriet der A4-Bogen, den ich am Schlüsselbord in der Diele mit einem dicken Magneten auf die Blechtafel gepinnt hatte.

Jetzt wartete ich schon seit einer halben Stunde auf Krause, der mich aus unerfindlichen Gründen so früh nach Berlin bestellt hatte. Doch der Alte kam an diesem Montagmorgen zu spät, hatte dafür aber eine Neuigkeit parat. Eine, die sich gewaschen hatte.

»Schönes Wochenende gewesen, Witzler, tolle Ecke. Wir waren gestern gleich noch mal oben. Guter Typ, der Jan, wäre doch jammerschade, wenn der wegziehen müsste. Ich habe gestern Abend noch lange mit ihm gesessen, fast anderthalb Flaschen Aquavit. Kurzum, Witzler, wir werden Nachbarn, Sie und ich! Keks?«

Er hatte die angefangene Freitagskeksmischungsschachtel aus der Schublade geholt und schob sich einen geléegefüllten Schokoladenkeks in den Mund.

»Hilde und ich haben beide schon geerbt. Beide Erbschaften liegen in einem Fonds. Bei den miesen Erlösen, die einem da winken, haben wir überlegt, ob wir aus dem Geld nicht besser Land machen. Ich habe dem Jan angeboten, den halben Hof zu kaufen, ist ja wahrlich groß genug und hat eine eigene Töpferei. Glauben Sie mir, Witzler, Ton hat Magie. Hätte ich Hilde letzten Monat gefragt, ob wir nicht ein Grundstück in der Uckermark kaufen wollen, hätte sie mir glatt einen Vogel gezeigt. Anderthalb Kilo Ton später macht sie mit Schäfer Jan Pläne für einen neuen Brennofen mit Fronttür, weil der sich besser beladen lässt. Töpfer müsste man sein! Ich muss nachher noch zur Bank und fragen, wie schnell die das Geld auf ein Notarkonto überweisen können. Ich hab um vierzehn Uhr einen Termin, hoffentlich ist der Jan pünktlich.« Krause legte sein gefürchtetes Arbeitstempo vor. »Ich will diese Woche noch eine Beurkundung, und sollte der Notar damit irgendwelche Probleme haben, machen die nächsten Beurkundungen für den Dienst eben andere Notare, gibt ja genug in Berlin.«

Krause, unerbittlich wie eh und je. Er drehte sich seinem Bildschirm zu und hämmerte in die Tastatur. Ich stand auf und wollte gehen, in der Annahme, mit ausreichend Neuigkeiten für einen Montagmorgen gefüttert worden zu sein.

»Warten Sie, Witzler, Ihr Part kommt erst noch.«

Ich kehrte um und nahm wieder brav auf dem Stuhl Platz.

»Witzler, ich werde nicht nur ›Uckermärker‹! Ich werde auch Landwirt, Herdenbesitzer, Latifundista und Schafmilcherzeuger! Ich habe eine neue Herde besorgt und dem Jan eine Partnerschaft vorgeschlagen. Ich die Herde, er die Arbeit. Den Gewinn teilen wir nach Abzug aller Kosten.« Entweder der Aquavit wirkte unglaublich lange nach, oder Krause hatte den Verstand verloren.

»Sie haben gestern eine Schafherde gekauft, Chef?«

»Besser noch, Witzler. Sie ist mir heute Morgen geschenkt worden. Fünfzig Zibben und hundertfünfzig Lämmer, scharf was?«

»Und wo haben Sie die her?«

Krause zog die Luft hörbar ein. »Das ist eben das Problem, was ich mit Ihnen besprechen muss, Witzler, denn es ist nicht so einfach. Wir müssen uns da was einfallen lassen.« Mein Krause eierte herum, das verhieß nichts Gutes. Meistens bestand die Lösung dieser Probleme aus einer Gleichung mit vielen Unbekannten.

»Die Viecher stehen im Nordirak!« Die Nachricht erwischte mich kalt. Ich hatte schon mit einer verrückten Nummer gerechnet, aber anscheinend hatte Krause der Geist der Globalisierung erfasst.

»Wissen Sie, Witzler, ich habe gestern so ganz beiläufig mit dem Jan über seine Herde gesprochen. Ich würde gewaltig auf den Putz hauen, wenn ich behaupten würde, dass ich auch nur die Hälfte der Sachen verstanden habe, die er mir wortreich erklärt hat, aber ich war gebannt von seinem Enthusiasmus und Elan. Wenn ich mich auf eines verlassen kann, dann ist es mein Gefühl, ob jemand das, was er sagt, auch ehrlich meint, sonst würde ich schon lange nicht mehr auf diesem Stuhl hier sitzen. Ist eine wirklich gute Type, der Jan, auch auf die Gefahr hin, dass ich mich wiederhole, ehrliche Haut und einer, der anpackt. Was soll der in Niedersachsen? Der wollte tatsächlich in der Spedition bei seinem Schwager anheuern. Nun stellen Sie sich doch den Jan mal in einem Vierzigtonner vor, ich würde mich ja nie wieder auf eine deutsche Autobahn trauen. Also musste eine Herde her. Was glauben Sie, was die in Deutschland dafür haben wollen? Die sind völlig irre hier. Heute Morgen, fünf Uhr, hatte ich die Erleuchtung.« Krause kicherte vor sich hin und drückte eine Taste auf seiner Telefonanlage.

»Frau Junkers, machen Sie uns mal zwei Dopios, Keksmischung ist noch an Bord, Danke schön!« Er ließ die Sprechtaste los und keine Minute später stellte Frau Junkers das Tablett mit unseren Espressi Dopio auf den gläsernen Konferenztisch. Krause schlürfte seinen Dopio in einem langen Zug ohne Zucker.

»Chef, wenn Sie sich im Nordirak eine Herde kaufen lassen wollen, sollten Sie Ihren Kaffee auf eine andere Art und Weise trinken, etwas ›arabischer‹, die würden Sie sonst glatt für einen Barbaren halten.« Ich schaufelte mir genüsslich drei knappe Löffel Zucker in die Espressotasse, ließ mir ordentlich Zeit mit dem Umrühren, legte den Löffel sanft und nahezu lautlos auf die Untertasse, lächelte Krause ruhig zu und nahm ohne Eile meine Tasse, um einen ersten kurzen, heißen Schluck zu schlürfen, behielt die Tasse in der Hand, starrte sinnierend in die dampfende Flüssigkeit, lächelte Krause wieder an und schlürfte ruhig und ungetrieben einen zweiten Schluck, länger als den ersten, nickte anerkennend zu meinem Gastgeber rüber, die Qualität seines Kaffees mit einer Geste lobend. Das dauerte Krause viel zu lange, er winkte ab.

»Ich muss die Herde ja nicht kaufen, ich habe sie ja schon geschenkt bekommen, Witzler, und Sie haben mir dabei geholfen.« Jetzt war ich aber sprachlos. Krause griente wie das berühmte Honigkuchenpferd.

»Soll ich Ihnen mal was zeigen, Witzler?« Er schob mir sein Tablet herüber. Das Display war mit arabischen Schriftzeichen und Koranzitaten dekoriert. In der Mitte drehte sich eine kunstvoll verzierte Kompassnadel in Richtung Osten.

»Das, Witzler, ist eine Gebets-App. Hier der Kompass und hier die Gebetszeiten. Den hochgeschätzten Abdul Rasin, der ja dank Ihres aufopferungsvollen Einsatzes wieder im Kreise der Familie weilen kann, hat Allah heute Morgen um 5.27 Uhr zum Gebet gerufen. Eine Aufforderung, welcher der gläubige Moslem auch gerne folgte. Ich hielt es für angemessen, ihm großzügig Zeit für sein Gebet zu lassen, bevor ich ihn anrief und daran erinnerte, wer ihm denn eigentlich den Engel seiner Befreiung gesandt hatte. Der gute Mann überschlug sich förmlich in Dank und Segnung. Als ich ihm zu verstehen gab, dass dies in diesem Fall nicht genug war, spürte ich förmlich, wie ihm die Hosen schlackerten vor Angst, ein Familienmitglied ans Messer liefern zu müssen. Dass es bei den Rasins einige schwarze Schafe in der Familie gibt, die das eine oder andere schmutzige Geschäft mit den IS-Leuten machen, wissen wir ja schon seit geraumer Zeit. Als ich ihm aber behutsam beibrachte, dass ich nicht Vetter Alis Fell, sondern eine Herde Lämmer auf dem Tablett serviert bekommen möchte, bekam er am Telefon einen Lachanfall. Als er endlich wieder reden konnte, hatte ich eine Herde, fünfzig Zibben, hundert Lämmer, wie Jan mir angeraten hatte. Dass Abdul noch fünfzig Lämmer drauflegen würde, war nicht vorgesehen, aber man sollte in meinem Alter mitnehmen, was man kriegen kann. Somit bin ich heute seit dem Morgengebet stattlicher Herdenbesitzer. Ärgerlich nur, dass meine Herde sich mitten im arabischen Kriegsgebiet zwischen finsteren IS-Milizen, wild gewordenen Kurdenkämpfern, marodierenden ehemaligen syrischen Armeegruppen, einer mehr oder weniger gezielt bombardierenden westlichen Allianz, russischen Bomberpiloten und amerikanischen Freischärlern befindet. Mein erster Gedanke war: ›Was für eine Scheiße!‹, dann fiel mir ein, dass ich ja einen Spezialisten für so etwas habe, der sowohl in der Familie Rasin gern gesehen wird wie auch beim späteren Chef der Herde, dem ehrenwerten Herrn Jan Kurz in Friedrichsfelde. Also, Witzler, wann geht's los?« Mein Krause saß da in einem beigefarbenen Oberhemd aus den Neunzigern mit einem grauen Westover und erwartete, dass seine Flamme auf mich übersprang. Ich knallte ihm eine Antwort vor den Latz, mit der er auf keinen Fall gerechnet haben konnte, Chef eines Nachrichtendienstes hin oder her. »Mila ist schwanger!«

Eberswalde, Kripo

»Na, Mila, wieder gesund? Warum willst du schon so früh wieder in den Dienst? Immerhin bekommst du hundert

Prozent Krankengeld, da wir deine Krankenversicherung ja schlecht auf den Kosten für die Schusswunde sitzen lassen können. Ich mache dir einen Vorschlag. Du beginnst mit vier Stunden am Tag.«

Mila schüttelte den Kopf. »Sechs Stunden, wie vereinbart und keine weniger!«

»Ich habe dein altes Büro neu einrichten lassen. Du hast im Augenblick ein eigenes, da dein letzter Ermittlungspartner ja wieder in Berlin ist. Schade eigentlich, guter Mann, oder?« Krause-M zwinkerte lächelnd.

Mila blätterte die Akten in ihrer Schreibtischablage durch. Ein gestohlener Bagger und ein Fall häuslicher Gewalt gegen einen Minderjährigen, nichts wirklich Aufregendes. Sie schlenderte in die Teeküche, und siehe da, ihr ausgeblichener MONROE-Kaffeepott stand im äußersten Eck des neuen Wandschranks. Neu war auch der Delonghi-Kaffeeautomat, eine Ausgeburt von Technik. Acht verschiedene Sorten von Kaffee. Mila suchte das Display gründlich nach Cappuccino ab. Fehlanzeige, aber Latte Macchiato war ein angemessenes Äquivalent. Vor dem Fenster hatte sich eine Traube um Milas Lkw gebildet. Krause-M zog etwas aus seiner Hosentasche und winkte mit einem Volkswagenschlüssel. »Neuer Polo mit 90 Diesel-PS. Nicht so viele Pferdchen wie der ›Dicke‹ da draußen, aber wesentlich unauffälliger, mit Klima und Kommunikationspaket.«

»Meiner? Allein?«

»Deiner, Mila, ganz allein!« Krause-M lächelte freundlich.

»Ist hier der Reichtum ausgebrochen? Kaffeeautomat, neuer Dienstwagen? Das letzte Mal war hier eine alte Kaffeemaschine, die es sicherlich mal beim Abschluss eines Super-Illu-Abos als Werbeprämie dazu gab, und die zerkratzte Edelstahlspüle war voller angeschlagener Kaffeepötte. Jetzt steht hier eine Einbauzeile mit Geschirrspüler, Mikrowelle und Kühlschrank. Achim, hab ich was verpasst?«

Krause-M griente. »Man wollte uns nach dem Ermittlungserfolg beim Russen belohnen und/oder sich auch unser Schweigen erkaufen. Schließlich war eine Menge ›Amt‹ in den Fall verwickelt. Was soll's, wir sollten zugreifen, solange sich der Wind nicht dreht.« Damit schob er Mila eine Dauerwaschkarte für die AGIP-Station vorn auf der Ecke zu. »Komm erst mal an, Mila, wir machen nach dem Mittag ein kurzes Teammeeting, dann ist ja auch schon Feierabend für dich, sagt mein Tablet.« Krause-M wedelte mit seiner neuen ledernen Aktenmappe, deren Außenseite eine Hülle für sein Samsung-Tablet hatte. Andis neue Methoden hatten es anscheinend auch Achim angetan.

Berlin, Chausseestraße

»12,7 mal 99 Millimeter Scharfschützenmunition, französischer Hersteller.« Krause warf eine kleine Plastiktüte mit einer Geschosshülse auf den Tisch. »Alle bei den Obduktionen lokalisierten Projektile und Projektilteile ließen keinen Rückschluss auf den Hersteller zu. Es gibt aber keine perfekten Tatorte. Ihre Schilderung des getöteten Hütehundes hat mich stutzig gemacht. Militärwaffen werfen die Hülsen mit mehr Kraft aus. Damit wird die Gefahr von Ladehemmungen verringert. Ich habe noch am Samstagabend auf der Heimfahrt eines unserer Spezialteams rausgeschickt. Die haben die halbe Nacht gesucht, gebuddelt und mir Sonntagvormittag dann ein Bild der Hülse gesendet. Das war eigentlich der Hauptgrund, noch mal zu Jan rauszufahren. Das mit dem Grundstück hat sich dann einfach so beim Aquavit ergeben, ist ja auch 'ne schöne Ecke, Witzler. Ich wäre Ihnen dankbar, wenn Sie eine Liste der Spezialeinheiten zusammenstellen, die Waffen dieses Kalibers einsetzen.« Krause drehte sich seinem Monitor zu und winkte mich, interessiert eine E-Mail lesend, aus dem Büro. Doch so leicht wurde er mich in diesem Fall nicht los.

»Woher wussten Sie denn, wo Sie suchen müssen?«

»Dank Ihrer genauen Beschreibung der Schussverletzung des Border Collies und der ausführlichen Tatortfotos konnte ich mir ungefähr vorstellen, aus welcher Ecke der Schuss gekommen sein musste.«

»Und wie kamen Sie an die Ermittlungsergebnisse, Chef?«

Krause wand sich wie ein Aal. »Ich habe sie in der Cloud gelesen, in Krause-Ms, zugegeben.«

»Haben Sie denn das Passwort von Krause-Ms Cloud?«

»Papperlapapp, Passwort, Witzler, unsere IT-Affen lesen alles, was sie finden, manchmal braucht es nur wenig, um dranzukommen. Ein bisschen Druck vom Chef beschleunigt so einen Prozess ungemein. Zufrieden, Witzler? Ich hoffe, Sie können mein schmutziges Geheimnis bewahren. Noch was?«

Ich schüttelte den Kopf und verschwand in mein Büro. Masslowitz' Arbeitsplatz war klinisch rein, über dem Monitor war eine Kunststoffhülle gezogen. Masslowitz war im Jemen, wenn ich mich recht erinnerte. Nach sechs Stunden Suche und Recherche hatte ich immer noch keinen Weg gefunden, Krauses Herde nach Deutschland zu bekommen. Der Nordirak und besonders die Grenzregion zu Syrien waren im Augenblick logistisches Niemandsland. Warum konnte sich Krause denn nicht eine Herde in Holland kaufen, die hatten Schafe ohne Ende. Krause war aber nun mal ein Querdenker, ein sympathischer zumindest. Um sechs gab ich mich geschlagen, ein letzter Blick auf die Verkehrslagekarte der Berliner Polizei, dann klappte ich den Laptop zu. Megastau am Kreuz Schwanebeck, ein umgestürzter Tanklaster war ausgelaufen und in Brand geraten. Die naheliegenden Umgehungsstraßen waren alle schon verstopft von den Nordbrandenburger Arbeitnehmern, die nach Hause strömten. Ich zögerte. In Berlin bleiben und eine Nacht in einem der Bereitschaftszimmer des Dienstes verbringen oder einen großen Bogen fahren? Ich hatte eine schwangere Frau zu Hause, verdammt noch mal.

Meine Fahrt führte mich über Oranienburg, Liebenwalde, Eichhorst, durch die südlichen Ausläufer der Schorfheide. Die Spätsommersonne brannte auf die frisch gemähten Felder. Am Horizont zogen zwei Mähdrescher gewaltige Staubfahnen hinter sich her. Ich dachte nur für einen winzigen Augenblick an die unglaubliche Staubfahne, die der Hubschrauber bei unserer Landung in Al-Qa'im aufgewirbelt hatte, roter sandiger Staub, turmhoch. Genau in diesem Augenblick kam ich auf die Idee, Krauses Viecher einfach auszufliegen.

Schorfheide, Joachimsthal

Mila war nicht da, ging nicht ans Telefon und meine Nachfrage per WhatsApp wurde auch ignoriert. Na super, zweieinhalb Stunden Stauumfahrung, Frau nicht zu Haus, Kühlschrank leer. Nicht ganz leer. Ich zog mir ein kaltes Bier aus dem Gemüsefach und setzte mich in den Garten. Wie ich da so am Tümpel saß, erwischte ich mich bei dem Gedanken, ob der Platz unter dem Nussbaum der richtige Ort für einen Buddelkasten wäre. Das dichte Laubdach würde im Sommer hervorragenden Schatten geben, aber dasselbe nasse Laub würde im Herbst in den Sand fallen und eine ziemliche Sauerei veranstalten. Die letzten vierundzwanzig Stunden hatten mein Dasein ganz schön auf den Kopf gestellt. Warum war ich mir eigentlich so sicher, dass Mila hier mit mir wohnen wollte? Bisher hatte es sich einfach so ergeben, dass wir uns fast nur hier trafen. Die meisten Treffen waren bisher aber auch dienstlicher Art gewesen, denn meine Mila hatte mich eine verdammt noch mal lange Zeit zappeln lassen. Gedankenversunken bemerkte ich gar nicht, wie sie plötzlich neben mir stand, einen Hugo in der Hand. Sie gab mir einen langen Kuss und ignorierte meinen mahnenden Gesichtsausdruck.

»Ist alkoholfreier Hugo, Andi. Gibt's nämlich auch im Netto, hab ich bisher nur nicht gebraucht.«

»Ich hab gerade an unseren schönen Abend auf dem Wasser gedacht.«

Mila lachte lauthals. »Treffer, versenkt!«

»Wie, was versenkt?«

»Ach, Andi, manchmal bist du wirklich süß.« Es gab einen weiteren Kuss. »Hast du mal nachgerechnet?«

»Was nachgerechnet?«

»Ach Andi, komm, überlege mal, wie lange du weg warst? Und seit wann war ich über der Zeit? Du Meisterschütze!« Sie lachte laut und herzlich. »Du hast anscheinend wirklich überhaupt keinen Plan, Andi. Mensch, du hast mich in der ersten Nacht, in der du mich flachgelegt hast, auch gleich geschwängert. Schuss, Treffer, versenkt. Die liebe Mila hatte gar keine Chance.« Jetzt musste ich auch lachen und hob sie aus ihrem Stuhl.

»Zur Sicherheit gibt's jetzt einen Nachschuss!«

Mila kreischte vor Lachen.

Der Herd blieb heute kalt, und der Kühlschrank wurde auch nicht gefüllt. Wir setzten uns am späten Abend drüben beim Fischer Wolff auf die Terrasse und verspeisten, was die hungrigen Berliner Ausflügler übrig gelassen hatten. Wolff kam mit zwei kalten Bieren und zwei Gläsern Weißwein auf dem Tablett, seine Frau servierte uns leckere Zanderfilets mit Möhrchen und selbstgemachten Kartoffelstampf. Zu viert saßen wir am ruhigen See, aus dem dann und wann ein Fisch sprang.

»Für mich keinen Wein, ich nehme eine Sprite. Kannst ruhig dasselbe Glas nehmen, Jens.«

Wolffs Frau fing an zu grinsen. »Keinen Wein heute, Mila? Was mit dem Magen?«

»Eher mit dem Bauch!«

»Na, herzlichen Glückwunsch aber auch.«

Französische Munition, französische Waffe, ein erster Denkansatz, und richtig, es gab in den Reihen der französischen Armee eine Scharfschützenwaffe mit diesem Kaliber, eine PGM Hécate II, die größte Waffe vom PGM-Konzern. Nach weiterem Stöbern fand ich heraus, dass auch einige Einheiten der Fremdenlegion diese Waffe nutzten. Bei mehreren Einsätzen in Afghanistan und Nord-Mali hatte sie sich bewährt, wie man zahlreichen Kommentaren der Söldnerforen entnehmen konnte. 12,7 mal 99 Millimeter war zwar NATO-Standardmunition, aber irgendwas ließ mich an die französische Variante glauben. Krause stürmte aufgeregt in mein Büro und warf ein weiteres Plastiktütchen auf den Tisch.

»Pistolenmunition 9 mal 19 Millimeter, anscheinend hat es beim Laden einen Munitionsverlust gegeben. Vielleicht ist beim Einschieben des Magazins eine Patrone herausgesprungen. Die Patrone wurde ein Stück entfernt auf dem Weg gefunden. Vermutlich haben sie die Schützen auf dem Weg zum Tatort verloren, also noch bevor das Massaker begann. Da sie nicht verschossen wurde, fiel der Verlust beim Einsammeln der verschossenen Hülsen nicht auf.« Überrascht drehte ich den kleinen Beutel vor meinen Augen hin und her.

»Raten Sie mal, woher die kommt, Witzler! Uralte französische Armeebestände! Ich habe vorhin ein paar Kollegen angerufen. Die kommt aus registrierten Beständen, die stammt nicht aus einem Raub oder Diebstahl. Diese Munition wurde ordnungsgemäß geliefert und gelagert und ging 1986 nach Berlin Tegel ins Munitionslager des

Quartiers Napoleon. Von welcher Dienststelle sie konkret bestellt wurde, hat mein französischer Kontakt noch nicht herausfinden können.« Krause war in seinem Element.

»Das sind Ermittlungsergebnisse, die für Krause-M wichtig sind, Chef. Das sind Beweisstücke, die nach Eberswalde gehören. Wie wollen Sie das erklären? Einfach mit: ›Ach, was ich noch sagen wollte, Herr Krause-Marciniak, ich bin da letzte Woche rein zufällig über eine Wiese in der Uckermark gestolpert und, plötzlich sah ich was Blinkendes im Gras!‹ Das ist nicht unser Fall, Chef, und wenn Krause-M später in einem Prozess nicht glaubhaft die Herkunft seiner Beweisstücke dokumentieren kann, gibt's mehr als nur ein bisschen Stress!«

Krause hob seine Hände vors Gesicht und rieb sich die Augen. »Stimmt, Witzler, stimmt. Ich mache mir Gedanken darüber. Denken Sie aber erst mal an meinen Fall, der Winter ist schneller ran, als man denkt, und dann wird es umso schwieriger, die Lämmer großzuziehen.« Schon war er aus der Tür. Manchmal fragte ich mich, ob Krause wirklich so kaltschnäuzig war oder mir nur Theater vorspielte. Auf jeden Fall hatte er sich in den Fall verbissen. Ob sich das gut oder schlecht auf die Ermittlungen der Kripo Eberswalde auswirken würde, blieb abzuwarten. Ich musste erst mal seine Herde aus dem Irak rausholen. Gedankenverloren stand ich am Fenster, schaute in den Innenhof der Dienststelle und beobachtete, wie zwei Rasentraktoren der Gartenbaufirma den Grünbestand kürzten. In dem Augenblick, als einer der Kollegen über den ausgetrockneten Sandweg fuhr, stieg eine kleine Staubwolke hinter ihm auf. Da war er wieder, mein Gedanke von gestern, die Erinnerung an die Hubschrauberlandung in Al-Qa'im. Wenn ich die Viecher im Augenblick mit keinem Lkw der Welt aus dieser heißen Zone bekam, dann würde ich sie einfach ausfliegen. Nur, dieses ›einfach‹ war eben einfach das Problem!

Das Leben wird grundsätzlich vom Zufall regiert. Mein iPhone vibrierte ungeduldig auf dem Schreibtisch. Das Display meldete einen sehr interessanten Anrufer.

»Na, Herr Lochner, wieder im Lande?«

»Na, Herr Witzler, auch schon ein paar Tage zurück?« Ich musste jetzt nicht erstaunt tun. Nach der Liquidierung des IS-Rebellenlagers waren mit Sicherheit Informationen durchgesickert, dass auch drei Deutsche beteiligt waren. Dass der russische GRU seine Ohren im Konfliktgebiet Syrien/Irak offenhielt wie ein Luchs, war so sicher wie das berühmte Amen in der Kirche.

»Ja, zurück und braungebrannt am Schreibtisch. Was gibt's denn, dass Sie persönlich anrufen?«

»Ich wollte einfach mal Hallo sagen und fragen, ob Sie nicht Lust auf einen russischen Tee haben. Ich habe mir einen uralten Samowar aus Russland mitgebracht, einen, den man noch mit Holzkohle befeuert. Ist doch viel zu schade, für eine Tasse Tee einen ganzen Samowar hochzukochen. Ich fange jetzt an, den Teesud fertigzumachen, wie sieht's aus, kommen Sie nach Feierabend auf ein Tässchen vorbei?« So eine eindringliche Einladung konnte ihre Ursache nicht nur in der Liebe zu gutem russischen Tee haben.

»Ja, gerne. Ich mache sowieso in einer halben Stunde Schluss, genug Akten gewälzt für heute. Bis später!«

Der Gedanke an eine frisch gebrühte Tasse Tee war vielversprechend, die eigentliche Verlockung war aber das zu erwartende Gespräch mit Lochner. Er hatte sich in den Ermittlungen rund um den toten Uckerrussen und die Bäckerburschen als zuverlässiger Partner erwiesen. Trotz aller Sympathie für Lochner und der unumstößlichen Tatsache, dass er Mila und vermutlich auch mir das Leben gerettet hatte, war er ein Agent und Mitarbeiter des russischen Militärgeheimdienstes GRU.

Ich steckte weisungsgemäß noch meinen Kopf in Krauses Bürotür und verabschiedete mich bei ihm mit der Information, von Lochner zum Tee eingeladen worden zu sein. Krause zog überrascht die Augenbrauen hoch und brachte den linken Zeigefinger vor die Lippen.

»Psst, Witzler, gut zuhören, nichts erzählen, nichts versprechen! Handy anlassen, Hose anbehalten!« Ich nickte lachend und verschwand in Richtung Aufzug. Wir hatten einen neuen Hosenknopf an unsere Hosen bekommen, einen, der hören und senden konnte, ich kam mir vor wie Bond, James Bond. So lustig, wie die Sache auf den ersten Blick aussah, so einfach war sie zu erklären. Einen Agenten, mit dem man sich trifft, fordert man als Erstes auf, den Akku aus seinem Handy zu nehmen oder steckt es unverzüglich in eine ›Tod-Box‹, die sowohl Empfang und Sendung als auch Aufnahmen jeglicher Art unterbindet. Die Hosen werden dem Gesprächspartner aber in den seltensten Fällen runtergezogen. Das würde sich schlagartig ändern, wenn unsere neue Masche publik werden würde. Ich dachte heute schon mit Schrecken daran.

Eineinhalb Stunden Fahrzeit meldete mein Navi, nachdem ich die komfortable Strecke über die A11 gegen die Landstraße über Liebenwalde, Liebenthal, Schluft gewählt hatte. Herrlicher Mischwald, offenes Fenster, dreiundzwanzig Grad und überall Pilzduft. Ich rauschte von hinten in den Ort und bog zackig in Lochners Einfahrt. Das Tor öffnete sich bei meinem Erscheinen von selbst, und wie von Zauberhand schloss es sich auch sofort wieder. Lochner saß auf seiner Terrasse.

»Na, Witzler, wieder hergefunden?«

»Kurtschlag ist wie eine eingebrannte Narbe, schließlich hätte ich ohne Sie hier damals ins Gras gebissen und Mila auch. Dafür kann ich Ihnen nicht genug danken.«

»Schon gut, schon gut, Witzler. Ich melde mich, wenn Sie meinen Kopf mal aus der Schlinge ziehen müssen. Jetzt trinken wir eine schöne Tasse Chai.« Auf einem kleinen Metalltischgestell stand ein uralter russischer Samowar. Im Gegensatz zu den heute bei eBay angebotenen Samowaren aus Edelstahl war dieser hier aus Kupfer. Oben drauf stand eine versilberte Schale mit Deckel, der Lochner jetzt den aufgesetzten Teesud entnahm.

»Geben Sie mir doch mal bitte die beiden Podstakanniks, Witzler.«

»Was, bitte schön?«

»Die beiden Teeglashalter«, schmunzelte er. Die dunkelbraune Flüssigkeit tropfte in die beiden vorgewärmten Gläser. Lochner behielt den Vorgang im Auge und füllte zur passenden Zeit heißes Wasser aus dem kleinen Hahn des Samowars in die Gläser.

»Na, Witzler, mit Zitrone und Zucker wie die Russen oder lieber mit süßer Sahne wie die Kasachen?« Ich hielt es mit den Russen, Milch im Tee hatte mich schon bei den Kollegen des britischen SAS-Dienstes immer wieder geschüttelt. Wir schlürften andächtig unseren Tee. Ein fürstlicher Feierabend für zwei Spione.

»Ich gebe Ihnen nachher einen Umschlag von meinen Vorgesetzten. Er ist an Krause adressiert, und zwar ausschließlich an Krause, deshalb ist er auch nicht mit der Diplomatenpost oder per Mail gekommen.« Ich sah ihn forschend an, aber Lochner hob abwehrend die Hände. »Keine Ahnung, was drinsteht!«

»Haben die Russen Bodentruppen im Nordirak, Lochner?«

»Hui, ziemlich direkte Frage, Witzler! Gegenfrage: Haben die Amerikaner Bodentruppen in Syrien, führen deutsche Dienste Operationen im Nordirak durch?« Er deutete auf meine sonnengebräunte Haut. »Was soll die blöde Frage? Wir sind doch beide keine Amateure? Was wollen Sie wirklich, Witzler?«

»Die Frage war nur bedingt dienstlich. Ich hab von Krause eine ziemlich kitzlige Hausaufgabe an die Backe genagelt bekommen.«

»So kitzlig, dass Sie mich um Hilfe fragen?«

»So kitzlig!« Ich grinste. »Was soll's, Lochner, Sie sollen auch was zu lachen haben.« Während Lochner anfänglich genauso verwirrt über das Schafmassaker war wie ich, konnte er sich am Ende der Geschichte nicht mehr halten vor

Lachen und verschüttete einen nicht unerheblichen Teil seines kostbaren Tees auf den Terrassendielen. »Nicht wahr?«

»Doch!«, nickte ich, lauthals lachend.

»Dass Krause seine Ohren in der Kurdenfront hat, war uns bekannt, dass die Rasins da mitmischen, war uns auch klar, aber dass die ihm eine Schafherde schulden, das haut den schärfsten Russen um.« Er gluckste weiter vor sich hin. »An welcher Stelle komme ich ins Spiel, welchen Teil von Hilfe brauchen Sie, Witzler?«

»Unsere Freunde haben das Geheimnis Ihrer Nachschubflüge mit uns geteilt.«

»Nachschubflüge, wir?«

»Nachschubflüge, russische Transporter, AN-74 ›Tscheburaschka‹, der Vogel, den man auf einer Briefmarke landen kann.«

»Okay, Witzler, erwischt! Sie meinen unsere Transporte nach Rawa am Euphrat. Wir sind übrigens die Einzigen, die da mit einem solchen ›Pott‹ runtergehen können. Am Ende der provisorischen Bahn liegt das Wrack einer ›Hercules‹. Das Bugleitwerk abgebrochen, der Bug nach oben gebogen und mittlerweile von den Kurden komplett leer gefressen. Die haben selbst die Tragflächenbleche mitgenommen und sich Schuppendächer draus gemacht. Das Ding liegt da wie ein Sauriergerippe. Wir haben übrigens damals die beiden Piloten ausgeflogen, weil wir praktischerweise bei der Landung fast an ihrem Arsch angeklebt waren.«

Ich kannte die Landebahn und auch die abgestürzte Maschine der sogenannten US-Logistikfirma. Was Lochner verschwieg, war die Tatsache, dass die Russen den Amis gefährlich nahe auf den Pelz gerückt waren. Böse Quellen behaupteten, wenn der Pilot die Mühle nicht bei der Landung zerlegt hätte, wären russische Feststoffraketen von den Waffenpylonen unter den Tragflächen der AN-74 mit der Zerstörung beauftragt worden. Über die Ladung schweigen sich beide Seiten bis heute aus. Aber egal, ich wollte ja nur eine Herde Schafe nach Deutschland schmuggeln.

»Rawa liegt gut hundert Kilometer von Al-Qa'im entfernt. Abdul Rasin behauptet, dass sie die Distanz in fünf Tagen locker schaffen. Die Hirten hauen aber sicher ein bisschen auf den Putz, sie sind mit Schafen unterwegs und nicht mit Windhunden. Gehen wir mal von zehn Tagen aus. Wenn ich denen heute den Marschbefehl gebe, wären die bis Ende nächster Woche in Rawa.«

»Stopp, stopp, Witzler! Ich kann so eine Aktion nicht selber entscheiden, bleiben Sie kurz sitzen.« Er verschwand im Inneren des Hauses. Zwei Tassen Tee später erschien Lochner grinsend wieder auf der Terrasse.

»Sie ahnen gar nicht, was Sie Krause damit angetan haben, Witzler. Krause hat auf jeden Fall ab heute ein ›Alleinstellungsmerkmal‹ bei meinen Kollegen. Wenn Sie Ihre Schäfer auf die Reise schicken wollen, müssen vorher ein paar Hürden genommen werden. Zum Beispiel, wie wir einen russischen Militärtransporter in den streng überwachten deutschen Luftraum rein- und auch wieder rausbekommen. Wir brauchen einen Landeplatz, keine lange Bahn, zur Not auch eine Grasbahn. Auf dem Platz muss aber Jet-A1-Treibstoff verfügbar sein, denn wenn wir den Vogel ohne Zwischenlandung bis in die Uckermark fliegen lassen, sind wir völlig trocken in den Tanks. Um wieder nach Russland zu kommen, brauchen wir mindestens fünfzehn Tonnen Kerosin. Also, das waren die wichtigen Punkte, die paar Kleinigkeiten, die sonst noch schiefgehen werden, lösen wir im Prozess, wie meine und sicher auch Ihre Vorgesetzten immer beteuern. Was für eine bescheuerte Idee, Witzler! Aber schon deswegen sollten wir die Nummer durchziehen.« Ich erbat mir einen Augenblick ›Einsamkeit‹, setzte mich in meinen neuen Tiguan und rief Krause an. Nach einem ersten Anschnauzer, weil ich Lochner ins Vertrauen gezogen hatte, erkannte er, dass es die einzige Möglichkeit war. Eine Transall C-160 der Luftwaffe würde sich bei der kurzen Landebahn als Wrack neben die Hercules legen. Er befahl mir, Lochner grünes Licht zu geben und versprach, bis morgen Mittag die wichtigsten Dinge geregelt zu haben.

Schorfheide, Joachimsthal

Es war schon Abend, als ich mit einer wunderschön bemalten Konfektbox voller russischer Köstlichkeiten auf den Hof rauschte. Mila saß am Gartenteich und war hocherfreut über die Köstlichkeiten.

»Warst du bei Lochner? Wie geht's ihm? Was wolltest du bei ihm?« Ich hob die rechte Hand und spreizte den Daumen ab, unser vereinbartes Zeichen für ein Geheimnis, das ich nicht teilen durfte. Sie winkte ab und steckte sich noch eine köstliche Pistazienschokokugel in den Mund. Fünf Minuten und die halbe Box war leer. Schwangerschaftsgier? Mir knurrte der Magen, Tee machte nicht satt, nicht mal russischer. Eine halbe Stunde später nahm ich zehn leckere Lammkoteletts vom Grill und zauberte einen frischen Salat für ein leichtes Abendbrot. Eine junge Mutter brauchte ordentliches Essen, ein junger Vater auch! Die Aufteilung ging 6:4 für mich aus, dafür hatte Mila zweimal Salat.

Krause weckte mich kurz nach sechs. Ob er überhaupt geschlafen hatte, war fraglich, mir aber auch völlig egal. Anständigerweise nahm ich das vibrierende iPhone vom Nachttisch und ging runter in die Küche. »Morgen, Chef! Na, die Nacht vorbei?« Mittlerweile konnte ich mir einen solch lockeren Ton am Morgen erlauben.

»Mensch, Witzler, ich hab die Lösung! Ist vielleicht nicht ganz koscher, aber wer immer koscher isst, der wird nie erfahren, wie Sünde schmeckt. Kennen Sie die Burgerbau AG?«

»Die haben zuletzt in Osteuropa die Baubranche ganz schön aufgemischt mit ihren Betonwerken. Ich habe da vor einiger Zeit eine Einschätzung im Netz gelesen. Was sollen die für uns tun, eine Betonpiste in den Wüstensand gießen?«

»Quatsch, Witzler, die haben einen eigenen Firmenjet, eine King Air C-90, zweimotorig, mit Instrumentenflugausrüstung.«

»Chef, da kriegen Sie maximal zwanzig Schafe rein, außerdem brauchen Sie danach eine neue Innenausstattung, ist keine gute Wahl.«

»Blödsinn, Witzler, wir nehmen nicht den Jet, wir nehmen nur die Kennung! Ich habe das gestern mit unseren Logistik-Affen durchgespielt. Wir lassen die Burgermühle nach Malatya in die Türkei fliegen und landen dort. Wenn die Russen spät abends in Rawa abheben, schicken wir die Burgermaschine wieder hoch. Die Russen machen raus auf das Schwarze Meer, ebenso wie die King Air. Über See stapeln wir die Maschinen übereinander, die Russen übernehmen Burgers Flugzeugkennung und fliegen nach Deutschland, Burger geht auf Sichtflugregeln und pirscht sich nach Moskau. Den Transporter lassen wir auf Burgers Hausflugplatz in Werneuchen runter, Schafe raus, vollgetankt und ab nach Moskau. Die King Air steigt mit ihrer eigenen Kennung zwei Tage später wieder auf. Burgers Leute haben eine Geschäftsreise nach Moskau unternommen. Das passt ins Firmenprofil.«

»Weiß Burger schon davon?«

»Keine Sorge, Witzler, da gibt es ›alte Familienbande‹ im Dienst. Ich rufe Walter Burger um acht an. Ich gebe Ihnen sofort das ›Go‹, wenn ich Burgers Zusage habe. Ihre Hirten können Sie trotzdem schon mal losschicken, die müssten gerade mit dem Morgengebet fertig sein, wie mir meine App sagt. Bis später! Sind Sie eigentlich heute im Haus, Witzler?«

»Ja, Chef, in meinem Haus! Ich fahre mit Mila zum Arzt. Dafür habe ich gestern Ihre Zustimmung bekommen.«

»Echt? Lassen Sie das Handy an, Witzler, over und aus!«

Schorfheide, Eberswalde

Mila war über eine halbe Stunde im Sprechzimmer, bis sich die Tür wieder öffnete und sie lachend mit einer Handvoll Unterlagen erschien. »Mensch, Andi, hätte ich gewusst, dass Sex mit dir mit so viel Papierkram verbunden ist, wärste bloß mein Kollege geblieben. Ich habe jetzt einen Mutterpass!« Sie wedelte mit einem kleinen unscheinbaren Heftchen.

»Und? Junge oder Mädchen?«

»Du bist ja noch ungeduldiger als dein ständig getriebener Chef. Das einzige Mal, dass ich den ruhig erlebt habe, war auf dem Schäferhof.«

»Der gehört ihm übrigens ab Montag auch zur Hälfte!« Jetzt hatte ich das Überraschungsmoment endlich mal auf meiner Seite und eine Geschichte, über die ich auch sprechen durfte, ohne ein sicherheitsrelevantes Geheimnis zu verraten, wenn man mal vom Herdentransport absah. Mila hielt wirklich bis vor die Tür die Klappe, nicht ein Wort, bis auf: »Dann kann ich ja mit Hilde töpfern.«

Mittags um zwölf brummte mein Handy auf dem Gartentisch. Es war Krause. »Witzler, ich habe jetzt das Okay von Burger. Geben Sie Lochner Bescheid. Aber bitte persönlich, ich möchte darüber keine Speicherdaten, nicht mal verschlüsselte. Mein Wort sollte Lochner reichen. Ich sende Ihnen nachher eine Telefonnummer, da rufen Sie an und besorgen die fünfzehn Tonnen Kerosin. War gar nicht so einfach, das Zeug zu bekommen. Kommen Sie morgen um 6.30 Uhr ins Büro, ich habe etwas, was Sie interessieren dürfte, Witzler. Schönen Gruß an Mila.« Punkt, tut, tut, tut, aufgelegt.

Mila erschien auf der Terrasse, freute sich über Krauses Gruß und stellte eine große Schüssel frisch gebratenen Hering auf den Tisch. Anteilsvoll verzichtete ich auf kühlen Weißwein und schenkte mir reichlich vom Wasser ein. Unwillkürlich musste ich schmunzelnd an Krauses Meinung über Wasser denken, »Da ficken Fische drin!«, und jetzt wollte Krause Uckermärker werden, na, herzlichen Glückwunsch. Ob der Jan überhaupt wusste, auf wen er sich da einließ?

Lochner hatte nach meinem Anruf den Samowar in Gang gesetzt. Wir saßen diesmal unter dem Carport und tranken dort Tee ›russischer Art‹, da die Spätsommersonne noch voll auf seine Terrasse schien. Immer wieder warf er lachend den Kopf in den Nacken, während ich ihm Krauses grandiosen Plan vortrug.

»Und dafür hat er wirklich ein Okay vom Burger bekommen? Der deutsche Mittelstand scheint dem Wahnsinn zu verfallen. Wo soll das hinführen, Witzler? Und der Krause wird Schafhirte! Ein Berufszweig, dem in der christlichen Geschichte übrigens eine besondere Bedeutung zuteilwird. Na ja, bisher hatte er ja seine Herde immer gut im Griff, bis auf die Nummer mit dem abgehörten Kanzlertelefon.« Er zwinkerte mir zu. »Ich melde mich bei Ihnen, wenn es Neuigkeiten gibt. Grüßen Sie mir die werdende Mutter.« Damit überraschte er mich, war ich mir doch sicher, bisher kein Wort darüber verloren zu haben. Er lachte und zeigte seine Goldkronen, russische Goldkronen vermutlich. »Keine Angst, wir überwachen Mila nicht. Die Sabine Schmidt, die kleine blonde Sprechstundenhilfe, ist meine Nachbarin.« Zum Abschied winkte er mir freundlich nach. Agentenromantik.

Berlin, Chausseestraße

Punkt 6.30 Uhr trat ich durch die Tür, gefolgt von Frau Junkers mit zwei Espresso Dopio und einer Blechdose Keksmischung. Sie musste meinen kleinen Seitenblick auf den Gebäckbehälter bemerkt haben und griente. »Der Chef kommt gleich, der ist noch unten in der IT. Sie können sich ja schon mal reinsetzen, Herr Witzler.«

Von meinem üblichen Platz am Konferenztisch stellte ich zum ersten Mal fest, dass Frau Junkers bei offener Tür Krauses kompletten Arbeitsplatz und den größten Teil des Konferenztisches im Auge hatte. Nur der kleine Bereich in der Ecke, wo das selbstgemalte Bild von Krauses Enkel hing, entzog sich ihrer Wachsamkeit. Das war überwachende Raumgestaltung aus den Achtzigern, als es noch keine miniaturgroßen Kameras und hochauflösenden Bildschirme gab. Krause stürmte herein und schloss die Tür hinter sich.

»Morgen, Witzler! Alles klar zu Hause? Kotzt Mila eigentlich schon?« Meinen ungläubigen Gesichtsausdruck übersah er einfach.

»Hilde hat ab der achten Woche gekotzt wie ein Reiher, egal was auf den Tisch kam. Ich hatte schon Angst, das Baby verhungert. Hab sogar den Frauenarzt angerufen deswegen.«

»Danke der Nachfrage, Mila geht's gut. Sie haut sich alles rein, was da ist, und behält auch alles drin, die Verdauung scheint völlig fehlerfrei zu funktionieren!« Irritiert sah Krause von seinem Tablet auf.

»Hier, Witzler, der Flugplan. So haben wir ihn jetzt fertig gemacht. Die IT-Affen haben ihn vorhin mit Burgers

Serverkennung versehen und zur Deutschen Flugsicherung geschickt. Wenn alles gut geht, haben wir die Viecher in acht Tagen in Werneuchen. Sie müssten die da morgens übernehmen.«

»Wie, wann, Werneuchen? Ich bin kein Schäfer.«

»Beim ersten Büchsenlicht kurz nach fünf auf dem ehemaligen Russenflugplatz. Jan wird auch da sein. Sie müssen den Russen helfen, aufzutanken, die müssen sofort wieder hoch, bevor einer den Beschiss mitkriegt. Haben Sie eigentlich den Sprit schon besorgt, Witzler?«

Mist, das hatte ich in der Hektik völlig vergessen. »Mache ich nachher!«

»Nicht vergessen! Wenn wir da einen leeren Russenkahn auf der Landebahn zu stehen haben, ist das Geschrei groß. Witzler, dann geht's um mehr als nur um Jans Existenz. Dann wollen die auch meinen Arsch, und ich fühl mich hier so verdammt wohl auf meinem Stuhl. Also, nicht vergessen.« Er hob die volle Espressotasse, und weg war der edle Italiener, Schokokeks hinterher, mit der Serviette die Lippen abgewischt, Krause hatte gefrühstückt.

»Es winkt auch eine Belohnung für Sie, Witzler.« Jetzt wurde es interessant. Krause hatte meine ganze Aufmerksamkeit.

»Also, Witzler, irgendwie verdanke ich Ihnen ja meine Herde, und wenn Sie die jetzt auch noch nach oben zum Jan bringen, stehe ich ja noch tiefer in Ihrer Schuld. Außerdem hat Hilde mir ein schlechtes Gewissen gemacht. Ich hätte sie damals in der Schwangerschaft viel zu oft allein gelassen. Stimmt leider auch, aber zu der Zeit spielte der Ceauşescu völlig verrückt. Der baute einen Bunker nach dem anderen. Ich war fast die ganze Zeit in Rumänien, und Hilde wusste nicht mal, wo. Kurzum, ich will gar nicht so lange um den heißen Brei reden. Was halten Sie davon, wenn ich Sie wieder an die Kripo Eberswalde ›ausleihe‹? Mit den Hülsen im Gepäck haben Sie auch gleich ein paar Asse im Ärmel an Krause-Ms Tisch. Wir haben schon eine Cloud für Sie eingerichtet mit allen Ermittlungsergebnissen. Die IT-Affen haben der Cloud einen tollen Namen verpasst: ›Uckerlamm‹, geil, oder?« Krause schaute erwartungsvoll.

Die Vorstellung, wieder in Eberswalde zu arbeiten, war wirklich verlockend. Ich hatte gute Erinnerungen an die Zeit mit Krause-M und seinen Ermittlern. Irgendwo in mir steckte ein wenig Sehnsucht nach der gemütlichen ›Piefigkeit‹ der Büros, dem rüden, aber doch immer versteckt herzlichen Ton, mit dem die Mitarbeiter miteinander umgingen. Das war der blanke Kontrast zu unserer angestrebten, maximal technisierten Perfektion. Krause hatte gewusst, an welcher Stelle ich verwundbar war. Er lächelte verschlagen über den Tisch. Da schlummerte aber noch etwas anderes auf Krauses befleckter Seele. Er vermutete hinter dem ›Massenmord der Lämmer‹ wahrscheinlich weit mehr als einen Nachbarschaftsstreit oder einen Racheakt unter Konkurrenten.

»Deitzmann.« Zackige Ansage, der Lärm im Hintergrund ließ vermuten, dass sich mein Gesprächspartner ebenfalls im Auto befand.

»Witzler mein Name. Ich soll Sie wegen Jet A1 anrufen.«

»Ich bin in einer halben Stunde im Büro, rufen Sie mich dann noch mal an.« Deitzmanns Lautsprecher plärrte: »Nehmen Sie die Ausfahrt!«, dann brach das Gespräch ab. Vier Stunden später saß ich in Deitzmanns Büro auf dem Flugplatz Kyritz.

»Ja, ich habe noch einen großen Tankhänger voll Jet A1. Wir hatten mal eine Maschine mit einer Turbine, Airtraktor, gutes Flugzeug. Leider hat einer unserer Agrarpiloten eines Morgens vergessen, den Sicherungsbolzen aus der Rudersicherung zu ziehen. Als er abhob und seinen Fehler bemerkte, war es zu spät. Der Druck auf die Ruder war zu hoch, der Sicherungsbolzen klemmte, und der Vogel knallte in ein stillgelegtes Bahnhofsgebäude. War nichts mehr zu retten. Dass der Pilot damals noch rauskam, war blankes Glück, sah aus wie ein Brathuhn, der Teichler.« Deitzmann schüttelte sich, als versuche er, die Bilder aus dem Kopf zu bekommen. »Übrig geblieben ist nur der Hänger mit dem restlichen Sprit. Sie haben ein Paket für mich?« Er machte die berühmte Reibebewegung mit Daumen und Zeigefinger, Zahlungsaufforderung in jeder Landessprache. Ich schob ihm das kleine Päckchen rüber, welches ich heute Morgen aus der DHL-Packstation in der Töpferstraße geholt hatte. Deitzmann nahm ein Taschenmesser von seiner Schreibtischschale, schnitt den Deckel auf, zog einige Bündel Fünfziger raus, sah mich an, schob's zurück und warf das Päckchen in den offenen Pilotenkoffer neben seinem Drucker.

»Krause hat mir gesagt, Sie wollen den Hänger am 21. nachts holen, richtig?«

»Wenn Krause das so gesagt hat, wird's wohl stimmen.«

»Okay, der Hänger steht hinter der Flugzeughalle. Da ist ein großes Schleppdach für die Mähdrescher vom Agrotech-Betrieb. Er steht hinten in der Ecke unter einer Plane. Ich lasse Ihnen den Weg freimachen. Sie brauchen aber ein kräftiges Zugfahrzeug, das Ding wiegt knapp zwanzig Tonnen. Bitte machen Sie so wenig Lärm wie möglich, es muss ja keiner mitkriegen.« Sicher war der Sprit schon lange aus den Büchern, und Deitzmann machte hier den ›Schnapp des Tages‹, steuerfrei versteht sich. Woher kannte Krause nur immer wieder Leute wie diesen Deitzmann, der rein zufällig fünfzehn herrenlose Tonnen Kerosin auf dem Hof zu stehen hatte? Den angebotenen zweiten Kaffee lehnte ich ab und machte mich auf den Weg nach Eberswalde.

Eberswalde, Landeskriminalamt

Krause-M saß mir an seinem neuen Glastisch gegenüber, elegantes Modell wie auch der Rest der neuen Büroausstattung. Er blätterte gerade in der Uckerlamm-Cloud auf seinem großen Bildschirm.

»Woher habt ihr diese Informationen, Andi?«

Er zeigte auf die Analyse der Geschosshülsen. Ich langte in meine Laptoptasche und schob ihm wortlos die beiden kleinen Plastiktütchen rüber.

»Wir haben deine Beweismittel überprüfen lassen.«

»Ihr habt in unserem Revier geschnüffelt?«

Ich versuchte, mich aus der Geschichte rauszuhalten.

»Krause hat Blut gewittert und dann ist er schwer an die Leine zu legen, Achim.«

»Dem werde ich die Leine kürzen, auf Schnürsenkel-länge, verlass dich drauf! Das ist Ermittlungsbehinderung in schwerem Fall!«

Krause-Marciniak war außer sich vor Wut. Genau vor diesem Augenblick hatte ich Krause gewarnt. Sein Rezept war gnadenlose Gegenwehr, ob die half, würde ich jetzt erfahren.

»Achim, da liegen zwei Tüten mit Beweismitteln vor deiner Nase. Die hat Krause drei Tage nach eurer ›gründ-lichen‹ Tatortüberprüfung gefunden und freundlicher-weise auch noch analysieren lassen. Ich würde mal sagen, das ist ›Unterstützung von Ermittlungen‹. Schönen Gruß von Krause, er stellt dich vor die Wahl. Entweder du nutzt die Möglichkeiten seiner Unterstützung, oder er wird demnächst bei der einen oder anderen Gelegenheit die Zuverlässigkeit deiner Behörde infrage stellen. Ich per-sönlich würde mir das gut durch den Kopf gehen lassen. Krause hat sich das halbe Grundstück vom Jan Kurz in Friedrichsfelde gekauft. Er sitzt dir damit direkt im Pelz, Achim. Und wenn ich mich hier so umsehe, hat der letzte gemeinsame Fall einen positiven Schatten auf deine, ver-zeih, auf unsere Behörde geworfen.« Er konnte jetzt den Brocken schlucken oder sich bockbeinig stellen. Im zwei-ten Fall kannte ich den Ausgang. Krause war Krause und genau aus diesem Grund an einer Position der Macht, die ihm Möglichkeiten wie diese hier bot. Achim Krause-Marciniak war viel zu intelligent, um sich aufzubäumen und dann letztendlich doch nur von Krause einen bösen Tritt ans Schienbein zu bekommen.

»Freunde, Andi?«

Ich lächelte und schlug ein.

»Ihr seid schon ein paar komische Vögel in eurem Verein. Was kümmern den Krause eigentlich die toten Schafe? Warum will der jetzt in die Uckermark ziehen?«

»Er ist infiziert. Kennst du so was nicht? Du bist irgendwo im Urlaub und sofort sagt alles in dir, hier will ich leben. Man transportiert alles Positive an diesen Ort mit der irrigen Vorstellung, dass man das Negative beim Umzug ja zu Hause lassen kann. Ich war nach einem Radwanderwochenende in der Uckermark völlig davon überzeugt. Drei Wochen später hatte ich den Maklervertrag für das Joachimsthaler Haus in der Tasche. Habe ich bis heute nicht bereut, auch wenn ein Teil der Sorgen und Probleme mit umgezogen ist. Die Cleveren lassen sich in der ersten Zeit noch ein Schlupfloch, indem sie den alten Wohnsitz behalten. Ich kann mir nicht vorstellen, dass Krause sein Haus in Berlin verkaufen wird, vorerst auf keinen Fall.«

Krause-M trank seinen Kaffee aus und reichte mir zum Abschied die Hand. »Schön, dich wieder an Bord zu haben, Andi.«

Gemütlich fuhr ich heim zu Haus, Hof und Handwerkern. Mila und ich haben beschlossen, das Obergeschoss in meinem Haus auszubauen, um Platz für den Nachwuchs zu schaffen, und heute sollte es endlich richtig losgehen.

Schorfheide, Joachimsthal

Auf unserer Baustelle herrschte das mehr oder weniger organisierte Chaos. Nachdem Dieters treue Mitarbeiter die alten Ziegel vom Dach genommen hatten, begannen sie, die Balken zu versetzen und das gesamte Dach neu zu richten. Unpassenderweise platzte eine Unwetterwarnung in ihren Tagesplan. Und richtig, die ersten Windböen zerrten bereits an der schwarzen Plane, die Dieter und Karl am Notdach befestigen wollten. Die große Fläche blähte sich auf wie ein riesiger Ballon. Wäre ich nicht geistesgegenwärtig gewesen und hätte zugepackt, wären die beiden Alten auf Flugreise gegangen.

»Jut, dass de da bist, Andi. Ick hol mal den Nagler und 'n paar Latten.« Der Wind war ›stark auffrischend‹. Karl hatte sich mit einem Bein am Stumpf eines abgeschnittenen Balkens festgeklemmt, mir zogen die Böen die Arme lang. Neben mir schlug ein Bündel Dachlatten ein, Dieter erklomm die Holzleiter mit dem großen Akkunagler in der Rechten. Er zog sich eine der Latten in die Ecke und setzte den Nagler an. Klack, Klack … nix mehr Klack, Akku alle.

»Scheiße, so eine Scheiße, Andi, der Akku is alle. Ick hol den andern aus'm Auto, kannste noch halten? Ick hab schon zwee Nägel drinne.« Er klopfte mir auf die Schulter und war wie ein geölter Blitz die Leiter runter. Die zwei einsamen Nägel in der wild herumtanzenden Dachlatte waren nur eine Illusion von Sicherheit. Die nächste Böe riss erst die Nägel aus den Latten und dann die Plane hoch. Ich wurde wie von Geisterhand über den Boden gezogen und flog in hohem Bogen über den Dachüberstand auf den großen Pferdemisthaufen, den Mona noch im letzten Jahr sorgsam aufgeschichtet hatte. So musste ich wohl oder übel meiner Ex dafür danken, den Dung nicht schon damals unter die Hecke geworfen zu haben.

»Pferdemist muss ablagern, Andi! Der ist viel zu scharf für den Boden!« Ich hatte ihr einen Vogel gezeigt. Und jetzt lag ich sprichwörtlich in der Scheiße. Verbissener Hund wie ich war, hielt ich aber immer noch das Planenende in der Hand. Am Dachüberstand erschien Dieters erschrockenes Gesicht. Erfreut stellte er fest, dass sich sein wichtigster Kunde nicht das Genick gebrochen hatte.

»Allet okay, Andi?« Ich nickte, obwohl ich weit von »Alles okay« entfernt war. Wir kämpften anderthalb Stunden mit den Urgewalten, dann hatten wir das Notdach soweit dicht und sicher.

»Andi, hast ma 'n Bier? Ick bin völlig ferdich. Wat für 'ne Scheiße, wa Karl?« Der antwortete nicht, nickte nur kurz rüber und strich sich immer wieder über die glänzende Beule auf der Glatze. Ab heute Helm statt Basecap, hatte er soeben beschlossen. Wir ließen die Flaschen klingen und nahmen einen Schluck auf das gebändigte Unwetter.

»Wo sind eigentlich Peter und der Lehrling?«

»Die hab ick nach de andre Baustelle jeschickt, die müssten aber eijentlich längst wieda hier sein.« In diesem Augenblick hielt Deckerts alter W-50-Ost-Lkw vor dem Haus. Die rechte Seite war völlig eingebeult, die Frontscheibe rausgesprungen. Der Lehrling saß neben Peter auf der Haube, die den Motor abdeckte. Dieter hatte seine Sprache wiedergefunden.

»Wat is mit euch denn passiert?«

»Wir wurden vom Mammut angegriffen!« Der Lehrling konnte sich kaum halten vor Lachen.

»Ick knall dir gleich eene, vom Mammut angegriffen!« Dieter war auf Konfrontationskurs.

»Stimmt wirklich, Dieter!« Auch Peter bog sich vor Lachen. Scheinbar hatten alle beide den Verstand verloren, und doch sagten sie die Wahrheit. Eine heftige Böe hatte das große Mammut, das oben an der Kreuzung der L23 für den Eiszeitpark warb, aus seiner Verankerung gerissen und quer über die Straße in Deckerts herannahenden Lkw geschleudert. Einer der Stoßzähne hatte die Frontscheibe bersten lassen, des Lehrlings Ohrläppchen gestreift und sich dann in den Beifahrersitz gebohrt. Das Restmammut zerstörte das Führerhaus und konnte erst von der freiwilligen Feuerwehr aus dem Lkw gezerrt werden. Kopfschüttelnd bewunderte Dieter seine Mammutjäger.

»Machen wa Feierabend, Andi. Wir kommen morjen wieda, wenn bessret Wetta is.«

Werneuchen, ehemaliger Militärflugplatz

Gegen halb drei Uhr nachts rollten wir vom Flugplatz Kyritz. Ich hatte mir eine Zugmaschine von Mercedes gemietet. Der Lkw fuhr sich einfacher als erwartet, sein voll automatisches Getriebe hatte die schwere Last bemerkt und bis in die unterste Abstufung heruntergeschaltet. Der kräftige Motor brummte zwischen Jan und mir, aus den Boxen verkündete der Deutschlandfunk, dass vor Köln sechs Kilometer Stau war, was für ein Glück, dass wir nur nach Werneuchen mussten. Wir brauchten gemütliche zweieinhalb Stunden für die gut einhundertdreißig Kilometer und warteten auf die Maschine. Krause hatte Stellung in seinem Büro bezogen. Auf seinem Bildschirm beobachtete er den Anflug der Russen. Bis jetzt hatte sein

Vorhaben geklappt wie am Schnürchen. Der dicke Transporter war schnurgerade durch den kontrollierten Luftraum über Europa geflogen. Sein Transponder sendete alle paar Sekunden die Kennung von Burgers King Air.

»Witzler, die müssen jeden Augenblick am Horizont auftauchen. Seit Bautzen sind sie im Sinkflug. Alles vorbereitet?« Ich beruhigte Krause. Wir standen bereit. Jan schaltete auf mein Zeichen die Scheinwerfer des Lkw ein. Im schummrigen Morgengrauen machte ich ein entferntes Brummen aus. Kurze Zeit später waren die Landescheinwerfer zu sehen. Zwei Minuten später setzte die Maschine in Werneuchen auf und rollte direkt auf unseren Lkw zu. Noch während sich die Maschine wieder in Startposition drehte, öffnete der Pilot die Laderampe. Sobald die Rampe aufsetzte, strömten die Schafe aus dem Laderaum, herausgetrieben von zwei dick angezogenen Burschen, die hinter der Herde zum Vorschein kamen. Der Copilot war als Erster von der Rampe gesprungen und hatte sich den von mir gehaltenen Tankschlauch gegriffen.

»Was sind das für Leute?« Ich zeigte auf die beiden Kerle, die im Begriff waren, die Herde von der Landebahn zu treiben und zwischen den ehemaligen Bunkern der ruhmreichen sowjetischen Luftarmee zu formieren.

»Nje ponemaju.«

Er verstand mich nicht oder wollte mich nicht verstehen. Sicher wollte er nur so schnell wie möglich zurück nach Mütterchen Russland. Tank eins war voll, er riss die Verriegelung der Kupplung zurück, und ich schleppte den Schlauch rüber unter die andere Tragfläche. Die Pumpe am Tankhänger jaulte sofort wieder auf und pumpte die restlichen siebeneinhalb Tonnen Kerosin in den zweiten Tank. Der Pilot sah aus dem Seitenfenster und ließ den erhobenen Finger kreisen, los, los, los. Sechs Minuten später dröhnten die beiden Lotarjow Mantelstromtriebwerke auf Startleistung und katapultierten den leeren Transporter förmlich in die Luft. Ich sah auf die Uhr, die ganze Nummer hatte genau vierzehn Minuten gedauert. Ein leichtes Brummen am Horizont war noch zu vernehmen, dann war nur noch Schafgeblöke auf dem riesigen Areal des Flugplatzes zu hören. Jan rollte den Tankschlauch auf und arretierte die Schlauchrolle. Er grinste und zeigte in Richtung Herde.

»Tja, mit den Leuten hat Krause wohl nicht gerechnet. Die haben die Gelegenheit beim Schopf gepackt. Raus aus Krieg und Verderben und eine neue Chance gesucht. Kann ich verstehen.« Mein Verständnis hatten die Leute auch, kannte ich doch ihre Situation noch viel besser als Jan. Hoffentlich hatte Krause auch Verständnis dafür. Mein iPhone vibrierte.

»Alles geklappt? Ging ja wirklich schnell. Haben alle Schafe überlebt?«

»Keine Ausfälle, wir haben sie noch nicht gezählt, aber sie hatten zwei Betreuer dabei.«

»Betreuer, was für Betreuer, Witzler?«

»Keine Ahnung, wir haben hier jedenfalls zwei Kurden, die mit der Herde von der Rampe gehopst sind. Ich versuche mal rauszukriegen, was los ist. Ich melde mich gleich wieder.«

»Hello, Mister Andi, nice to see you.« Ein junger Mann hatte sich von der Herde gelöst und lief auf mich zu. Es waren zwei von Abduls Neffen. Sie wollten ein neues Leben in Deutschland beginnen, wie viele andere in diesen Tagen auch. Im Augenblick war ihr Status aber eindeutig »illegal«. Ich rief Krause zurück und teilte ihm mit, wer uns da überrascht hatte. Krause nahm es gelassen.

»Anscheinend kennen die sich ja mit der Herde aus, das macht Jan die Sache leichter. Sie kümmern sich um den Hänger. Over und aus!«

Als ich um neun Uhr morgens den Hänger in Kyritz unter Deitzmanns Schleppdach stellte, war Jan mit seinen beiden Hirten schon am Sydower Fließ. Er hatte beim Bäcker in Wilmersdorf eine große Tüte Kuchen geholt. Man saß am Fließ und unterhielt sich mit Händen und Füßen. Jans Englisch beschränkte sich auf einige wichtige Worte wie Whisky, Beer und Steak, alles was ein Mann zum Überleben brauchte. Sie wollten später aufbrechen in Richtung Finowfurt. Jan hatte dort eine Übernachtung der Herde auf dem alten Flugplatz vereinbart. Morgen sollte es in aller Frühe weitergehen nach Friedrichsfelde, sportlicher Plan. Ich machte mit Jan aus, noch mal bei ihm vorbeizusehen, sobald sie dort angekommen sind.

Uckermark, Friedrichsfelde

Der Hof war verlassen, aber alle Türen standen sperrangelweit auf. In der Küche sah es aus wie auf einem Schlachtfeld. Der massive Eichentisch war umgestoßen, überall lagen Scherben, das Topfregal war aus der Wand gerissen, die Töpfe lagen in der ganzen Küche verteilt. Hier hatte zweifellos ein Kampf stattgefunden. Ich riss meine Glock

19c aus dem Holster und stürmte durchs Haus. In den anderen Zimmern herrschte Ordnung, man hatte anscheinend nichts gesucht. Wo waren Jan und die beiden Kurden, hatte man sie mitgenommen oder Schlimmeres? Ich verließ das Haus durch den Hintereingang, nicht ohne vorher einen Blick in den Innenhof geworfen zu haben. Da war nichts Auffälliges zu sehen, auf der Weide stand die Herde. Ich durchstöberte das Nebengelass. Hinten am Waldrand nahm ich eine Bewegung wahr. Augenblicklich war ich im Einsatzmodus, sprang in den Schatten von Jans Schleppdach und tastete mich an der Wand entlang, verließ die Deckung und huschte hinter der Hecke in den Wald. Einen großen Bogen ziehend, pirschte ich mich von hinten an die Stelle, wo ich die Bewegung gesehen hatte. Im Dickicht versteckt lag Mustafa und starrte auf den Hof. Ich näherte mich vorsichtig. »Mustafa, psst.« Der Junge zuckte zusammen und drehte sich ruckartig um, sprang auf mich zu, umarmte mich und wollte mich gar nicht mehr loslassen. Er war sichtlich verängstigt und nur schwer zu beruhigen. Ich wollte schnellstens rausbekommen, was hier passiert war. Mustafa sprach nicht so gut Englisch wie Khalid, aber er fand seine Stimme wieder.

»Sie Jan mitgenommen!«

»Wo ist Khalid?«

»Khalid fahren hinterher, gucken wo gehen!«

»Fahren hinterher?«

»Fahrrad hinterher.« Er machte mit den Armen die drehenden Bewegungen der Pedale.

»Welche Richtung?« Er zeigte in Richtung Autobahn. Ich bedeutete ihm, er solle in Deckung bleiben. Er wollte mich aber nicht gehen lassen. Es bedurfte aller meiner Überredungskünste, ihn zu beruhigen.

Mein Tiguan sprang wie ein wild gewordener Maulwurf durch die Kuhlen des Waldweges. Es war die einzige Zufahrt zur Autobahn, wenn auch eine höchst illegale. Die meisten Anwohner jedoch kannten die Lücke in den Leitplanken, die breit genug für einen Pkw war. Die Spuren vor mir ließen darauf schließen, dass die Kidnapper in Eile waren, in einer Rechtskurve war ihnen der Wagen hinten gehörig ausgebrochen. Kurz vor der Lücke kam mir Khalid entgegen, eine Pistole auf mich gerichtet. Der Tiguan duckte sich tief, als ich die Bremse durchtrat, hoffentlich behielt der Junge die Nerven.

»Khalid, ich bin's, Andi, steig ein!« Ich hatte das Seitenfenster runtergelassen und schrie in den Wald. Khalid kam zögernd näher, die Waffe immer noch im Anschlag. »Komm rein, Khalid, los mach hin!« Die Pistole verschwand in seinem Hosenbund, Sekunden später saß er neben mir. Ich jagte den Tiguan durch die Lücke, rechts hinten war es etwas eng. *Rrrrrscht*, sechs Tage alt und schon eine tiefe Schramme im Blechkleid.

»Khalid, gib mir die Waffe!« Er schüttelte den Kopf. »Khalid, in Deutschland darfst du keine Waffe tragen ohne Berechtigung!«

»Verteidigung ist Berechtigung!«

»Die Verteidigung seiner Bürger übernimmt in Deutschland der Staat, Khalid.«

»Macht aber nicht gut der Staat, frag Jan!« Es hatte keinen Sinn, ihm einen kurzen Grundkurs in deutscher Gesetzgebung und Demokratie zu geben, das musste ich auf später verschieben. Wir donnerten mit gut zweihundert über die A11. Bernau Süd fuhr ich runter und wendete. Es machte keinen Sinn, nach Berlin reinzufahren, die Wahrscheinlichkeit, auf den Wagen der Entführer zu treffen, war zu gering. Während der Rückfahrt nach Friedrichsfelde informierte ich Krause über den Stand der Dinge. Er fluchte. Entgegen seiner sonstigen professionellen Herangehensweise schien ihn die Entführung von Jan persönlich tief getroffen zu haben.

Khalid und Mustafa saßen an Jans Küchentisch. Ich hatte uns einen Tee gebrüht, bisher hatten sie keinen Schluck angerührt. »Gib mir deine Waffe, Khalid!« Er schüttelte wieder den Kopf. »Kein Spaß, Khalid, Waffe her!« Die Ernsthaftigkeit meines Blicks überzeugte ihn endlich. Er legte die Pistole auf den Tisch. Eine Makarow, russisches Armeemodell, hässlich, praktisch, selbst voller Schmutz noch funktionierend. Ich zog das Magazin aus der Waffe und drückte die Patronen aus dem Magazin. Fünf!

»Hast du geschossen, Khalid?«

Er nickte und hob drei Finger.

»Hoffentlich hast du Jan nicht getroffen.«

Erst jetzt schien Khalid sich über die Folgen seiner Handlung Gedanken zu machen.

»Was war es für ein Auto?«

»Mercedes ML«, kam es wie aus der Pistole geschossen, sicher einer von Khalids Träumen.

»Kennzeichen?«

»CB-876-SZ französisch. War mit kleinem F auf Nummernschild.« Khalid war anscheinend ein guter Beobachter.

»War da noch eine Nummer auf dem Schild?«

Khalid nickte. »Eine Dreißig, sehr klein.« Ich hatte seine Aussagen alle auf meinem iPhone aufgenommen und schickte die Angaben mit Google auf die Suche. Das Kennzeichen war aus Nimes in Südfrankreich. Die Erfolge meiner Suche wollte ich wie gewohnt in Krauses Cloud senden. Nach einer kurzen Überlegung fügte ich eine knappe Zusammenfassung hinzu und sendete die Erkenntnisse in die Uckerlamm-Cloud für Krause-M, meinen Krause trug ich als Verteiler ein. Wenn ich im Eberswalder Team mitspielen wollte, musste ich auch mein Blatt offen zeigen, so offen wie möglich.

Die Cloud stand bei Krause unter ständiger Beobachtung, wie sich zwei Stunden später herausstellte.

»Der Wagen wurde in Berlin Wittenau gefilmt, Witzler. Im ehemaligen französischen Militärlager ›Cité Foch‹ im Berliner Norden. Hier war bis Anfang der Neunziger die Direction Générale de la Sécurié Extérieure, kurz DGSE, stationiert. Wir haben mit diesem Ableger des französischen Auslandsmilitärgeheimdienstes so manche Information teilen müssen. Ich selbst war zweimal dort. Es gab einen ziemlich großen unterirdischen Bereich, den man über einen versteckten Zugang in der Tiefgarage der Mannschaftsunterkünfte betrat. Soll mich doch der Affe lausen, wenn die da noch was am Laufen haben. Ich schicke sofort zwei Leute rüber. Witzler, machen Sie sich auf den Weg. Ich will Sie auch hier haben.« Als ich sechsundfünfzig Minuten später am unauffälligen Betongebäude der Tiefgarage stoppte, war Krause schon vor Ort.

»Der ML steht hinten in der Ecke. Sie haben das Heck an die Wand geparkt, sind zwei Einschüsse drin.«

»Neun Millimeter Makarow, es war Khalid Rasin.«

Ich zog die Waffe aus dem Hosenbund. Krause nahm sie mir aus der Hand. »Ich glaube, die sollte besser verschwinden.« Krause ging voran und blieb vor einer stählernen Feuerschutztür stehen. Hinter der unverschlossenen Tür befand sich eine geräumige Betonkammer, in der eine Kiste mit Streusand und unzählige Schneeschieber, Besen und Schaufeln standen. Krause ging zielgerichtet auf den voluminösen Heizkörper in der Ecke zu. Nach einiger Fummelei schien er das Geheimnis gelüftet zu haben, denn der Heizkörper schwenkte nach rechts und gab eine kleine Luke frei. Krause zog mutig an einem vorstehenden Stahlbolzen und die Luke öffnete sich.

»Hallo, ergeben Sie sich, Resigner!« Keine Antwort. Vorsichtig schielte er um die Ecke, aber es war niemand zu sehen. Meine Glock in der Linken zwängte ich mich durch die Luke und stürmte durch die von einer Leuchtstofflampe erhellten Kammer zur nächsten offen stehenden Tür, aber auch in den anderen völlig leer geräumten Zimmern war niemand zu finden. Der einzige Hinweis auf die Entführer war der Mercedes ML, den Krauses Spezialisten nach einer gründlichen Prüfung auf Sprengfallen aus der Tiefgarage gezogen hatten und der jetzt schon auf einem Trailer zur Untersuchung unterwegs war.

»Ist der ML jetzt eigentlich ein Beweismittel der Uckerlamm-Ermittlung?«

Krause sah mich verärgert an. »Witzler, scheißen Sie sich bloß nicht ein.«

»Chef, Krause-M ist im Augenblick formell mein Boss und die Untersuchungskommission ›Uckerlamm‹ meine Arbeitsstelle.«

»Hat er den Fall tatsächlich ›Uckerlamm‹ genannt? Scheint Geschmack an unserer Cloud gefunden zu haben, der Krause-Marciniak. Ich rufe ihn nachher an, Witzler, Indianerehrenwort.«

Sechs Stunden später löste er sein Versprechen ein und mehr noch. Er hatte eine umfassende Videodatei der Untersuchung des Mercedes und unzählige Detailaufnahmen in die Uckerlamm-Cloud hochgeladen. Es gab auch nichts zu verheimlichen. Wie erwartet waren die einzigen verwertbaren Fingerabdrücke die von Jan Kurz, ebenso wie die gefundenen Faserspuren und Haare. An den Vordersitzen fand man einen winzigen Schnipsel eines handelsüblichen Plastikmüllsacks, Profis halt. Die Täter schienen über alle Berge zu sein, vielleicht waren sie sogar schon in Frankreich, wenn man die Indizien in diese Richtung auslegen wollte.

Eberswalde, Landeskriminalamt

»Achim, hast du nachher mal eine Minute?« Mila steckte den Kopf in Krause-Ms offene Bürotür. Er nickte und zeigte auf das Handy an seinem Ohr, wichtiges Gespräch anscheinend, seine Geste wies Mila an, die Tür zu schließen. Zehn Minuten später setzte er sich auf den unbequemen Bürostuhl vor Milas Schreibtisch.

»Was gibt's denn so Dringendes?«

Mila schob ihm den Mutterpass herüber. »Oh!« Mehr kam erstmal nicht über seine Lippen. Er brauchte einen Augenblick, dann räusperte er sich.

»Okay, Mila, war ja eigentlich irgendwann zu erwarten. Und, was sagte der Vater dazu, ich meine, Andi ist doch der Vater, oder?«

Mila sah Krause-M scharf an. »Der werdende Vater ist in froher Erwartung.«

»Und sein überaus weitsichtiger Chef hat ihn erstmal mit einer Abkommandierung nach Eberswalde belobigt. Jetzt verstehe ich auch die ungewohnte Mitteilsamkeit von Krause, diesem alten Hundesohn.«

»Achim, du hast mir doch eine Vier-Stunden-Variante angeboten, steht das Angebot noch?«

»Du warst doch erst nicht mit Geld und guten Worten davon zu überzeugen?«

»Da mussten wir auch noch nicht dem Haus ein neues Dach verpassen, den Hof pflastern, den Zaun dicht machen, und die restlichen bestimmt noch fünfzig Punkte abhaken, die Andi auf seine To-do-Liste gesetzt hat. Was ist, Achim, geht's?«

»Nur, wenn wir den Deal haben, dass du auch mal von zu Hause arbeitest und die Ermittlungen koordinierst, wenn uns hier der Arsch voller Geigen hängt. Mit der Cloud müsste so was doch funktionieren.«

»Versprochen, Achim, das ist der Deal.« Ein kräftiger Händedruck besiegelte ihn. »Ach ja, bei vier Stunden bin ich jetzt schon zweiundzwanzig Minuten drüber. Tschuldigung, aber ich muss nach Hause, die neuen Dachsteine kommen.«

Mila schnappte sich ihre rote Collegejacke. Mit einem »Tschüss, Achim« huschte sie aus der Tür. Rein in den Polo, iPhone in den Halter, die Google-Maps-App öffnete sich automatisch auf Spracheingabe.

»Nach Hause!« Sechsundzwanzig Minuten für dreiundzwanzig Komma vier Kilometer. Das musste schneller gehen, in siebzehn Minuten wollte Deckert mit den Dachsteinen vor dem Tor stehen. Der Polo sprang knurrend an, und schon beim Verlassen der Dienststelle rutschte Mila in einem imposanten Querdrift auf die Bernauer Heerstraße.

Die Schwangerschaft drosselte eindeutig das Tempo. Dachdeckermeister Deckert hatte das Rennen gewonnen. Er hatte auch nur eine Strecke von drei Kilometern mit zwei leichten Kurven zu absolvieren. Jedoch hatte er das Handicap, auf einem ziemlich zugigen Sitzplatz zu agieren, denn der Lkw sah immer noch aus, als hätte ihn eine Horde Yetis richtig in den Schwitzkasten genommen. Aber gewonnen ist gewonnen. Dieter hatte ein unschuldiges Lächeln auf den Lippen.

»Na, Frau Levandowski, aufgehalten worden?«

»Nein, ich war noch Milch holen. Du kannst die Steine hinter den Zaun stellen, Andi hat den Müll Freitag noch zur Kippe gebracht, da ist jetzt Platz. Kriegst du das allein hin, ich muss mal aufs Klo. Bis später!« Sie knallte das Gartentor zu und stürmte ins Haus.

»Mann, wat ist der denn über die Leber gelaufen?« Er konnte nicht ahnen, wie sehr sein vom Mammut getroffener Lkw eine stolze Rennfahreremanze gedemütigt hatte.

Nach zwei Stunden hatte Dieter die letzte Palette hinter den Zaun gehoben. Milas sportliche Seele hatte die

Niederlage überwunden, zumal der Sieger nichts von seinem Erfolg wusste und schwitzend dabei war, eine Rolle Dachspannbahn durch das Gartentor zu wuchten. Sie goss ihm ein großes Glas Mineralwasser ein, lächelte und stellte eine Flasche kaltes Bier daneben.

»Sag ma, Mila, wozu braucht ihr eijentlich oben so 'n großen Flur? Also ick würde da inne Ecke een kleenet Bad mit Dusche inbau'n. Is doch jenau über det Bad von unten, brauchta doch bloß die Medien hochlegen. Denn hat der Bengel oben och 'n eignet Klo.«

»Der Bengel? Dieter, da weißt du ja mehr als ich. Die Idee mit dem Bad ist aber nicht schlecht, Mädchen mögen auch sehr gerne eigene Bäder.«

»Ick weeß, Mila, und die könn son Bad och stundenlang in Beschlach neh'm.« Dieter hatte zwei Töchter und wusste, wovon er sprach.

»Und das geht einfach so? Ihr habt die Konstruktion doch schon fertig.«

»Da setz'n wa einfach zwee Balken um und bau'n drei Spanner rin und dann hält dit wie Bombe, dit jeht schon. Red ma mit Andi drüber. Ick mach los, Mila, meine Olle will heute noch innet Oder-Center nach Schwedt. Ick sag ihr imma, da jibt et nischt, wat et nich och inne Rathaupassage in Eberswalde jibt, aba meene Schnäppchenjägerin is ja nich zu überzeugen. Mach's jut und grüß ma Andi. Sacht einfach morgen früh Bescheid, ob wa die Balken umsetzen soll'n oda nich.«

Schorfheide, Joachimsthal

Um acht Uhr morgens warf ich die werdende Mutter aus dem Bett, ich hatte bereits Brötchen geholt, Kaffee gemacht, den Tisch gedeckt, einen Obstsalat geschnippelt und wie jeden Morgen hundert Liegestütze in den Fliesenboden genagelt. Mitten im romantischen Liebesfrühstück polterte Dieter die Dielentreppe runter.

»Morjen, ihr beeden, wat is nu mit dit Klo für't Kind, jibt et eens oda nich? – Is dit die selbstjemachte Grobe vom Fleischer Ortlieb?« Dieter besah sich mein Leberwurstbrötchen.

»Ja ist es, guten Appetit!« Ich schob ihm das Brötchen rüber.

»So war dit nich jemeint, Andi.«

Ich musste lächeln. »Schon gut, Dieter. Iss mal ordentlich auf und dann könnt ihr die Balken umstellen. War eine gute Idee von dir, ist eben von Vorteil, wenn man mit Fachleuten zusammenarbeitet.«

»Is jut, mach'n wa.« Er schmatzte davon, und ich machte mich auf den Weg ins Büro nach Eberswalde. Mein Tiguan bot mir den wundervollen Sound einer Boseanlage, ein kleines Extra, welches unser Fuhrparkleiter auf der ellenlangen Zutatenliste des Volkswagenkonzerns mit einem Häkchen versehen hatte, schließlich sollten dienstliche Telefongespräche über die Freisprecheinrichtung immer gut verständlich rüberkommen. Mir versüßte gerade der Klang von Karl Jenkins »Palladio« die Ohren. Im Überschwang der Sinne hätte ich beinahe meinen auf einem uralten Drahtesel heran eilenden Freund Heinrich Gerst über den Haufen gefahren. Ruckartig riss ich das

Lenkrad rüber, die Stoßstange touchierte vorne eine kleine Birke am Wegesrand. Nach dem Kratzer hinten rechts jetzt auch einer vorn links, 1:1 Ausgleich. Heinrichs Abgang gestaltete sich spektakulärer. Er rauschte durch einen kleinen Wacholderbusch und entnahm dann dem Staketenzaun von Bachmanns drei solide Latten. Sich den linken Ellenbogen reibend, kam er näher.

»Sach ma, Andi, haste Tomaten uff de Oogen, Mann, um een Haar hättste mir umjekachelt. Aba jut, dat ick dich treffe, ick wollte grad zu dir.«

»Okay, schließ das Fahrrad an, wir fahren zu mir, Heinrich.«

»Ach wat, anschließen. Ick hab jar keen Schloss, keene Lampe, keen Licht und keene Bremse, wer soll die Karre klau'n?! Ick lass die hier bei Bachmann am Zaun steh'n, kannst mir ja später wieda hier absetzen, denn jeb ick den Bachmann 'n Zehner für seine Scheißlatten.« Heinrich zog das Fahrrad aus dem Zaun, richtete den Lenker grade, stellte es vorn am Tor ab und sprang auf meinen Beifahrersitz. Er wischte sich mit seinem karierten Taschentuch den Schweiß von der Stirn.

»Hast du dich verletzt, soll ich dich zum Arzt bringen?«

»Ick hab nüscht außer Arthritis und Durscht. Haste wat zu trinken, Andi?« Ich gab ihm meine noch ungeöffnete Coladose rüber.

»Is ja sojar kalt. Is aber pur, oda?«

»Ja, Heinrich, völlig pur und vor drei Minuten aus dem Kühlschrank genommen, deshalb immer noch kalt. Wenn wir zu Hause sind, kannst du gerne was zum Verdünnen haben.«

»Nee, Andi, is schon okay so. Lass uns ma lieba nach Kaakstedt rübafahr'n. Ick kann mein alten Kumpel Manne schon seit Tagen nich erreichen, ick mach mir Sorjen. Hoffentlich issa nich dot.«

»Vielleicht ist er ja krank oder im Urlaub, muss ja nicht immer gleich das Schlimmste passiert sein, Heinrich.«

»Quatsch, im Urlaub. Andi, der hat die letzten fuffzich Jahre keen Urlaub jemacht und jenau so lange war er och nich krank. Da stimmt wat nich. Ick meene, seita alleene da wohnt, seine Elli is letztet Jahr jestorb'n, da issa 'n bisschen komisch jeworden. Er hat ma erzählt, dat sein Bengel ihn vom Hof haben will, damit er den Hof verhökern kann. Is ja och 'ne Menge Land, wat da dranhängt. Manne hat nach de Wende dit janze Bodenreformland wiedajekricht, wat ihm die Sozis jeklaut hatten, bestimmt hundert Hektar. Der Bengel war wohl völlich heiß druff, dit zu vakofen, hatte wohl een juten Anbieter. Ick kann mir dit aba jar nich vorstell'n, in unsre Ecke kriegste Acker- und Weideland doch für 'n Appel und 'n Ei. Irjendwie hab ick son Jefühl, deswegen wollt ick mit dir da ma rüberfahren, wenn et jeht?«

Heinrich Gerst war einer der wahren Gutmenschen, einer, der mir vom ersten Wort an ans Herz gewachsen war. Während der halben Fahrstunde versuchte ich, mehr Informationen aus Heinrich herauszuholen.

»Sag mal, Heinrich, wie alt ist dein Kumpel Manne eigentlich?«

»Achtundsechzig und jesund wie ick, also nüscht außer Arthritis und Durscht. Jesund wie 'n Fisch im Wasser.«

»Sei mal nicht sauer, Heinrich, aber du und ›jesund wie 'n Fisch im Wasser‹? Hundert Hektar Land bekomme ich beim besten Willen nicht mehr mit dir zusammen addiert. Du wüsstest doch morgens nicht mal mehr, wo du abends den Treckerschlüssel hingelegt hast.« Ich lachte zu ihm herüber, er steckte mir aber einfach die Zunge raus.

»Blödmann, ick hab ja och keene Ahnung vonne Landwirtschaft, ick war ja meen janzet Leben lang Lehrer. Wenn ick die janzen Bekloppten bei uns im Ort manchma sehe, frage ick mir och, warum ick mir die Strapazen überhaupt solange anjetan hab. Aba Manne, der is'n richtich juter Bauer. Der hat schon inne LPG imma die größten Kartoffeln und die meiste Milch jehabt. Nach de Wende hat der janz schnell begriffen, daste dit einfachste Jeld mit Brachland machen kannst. Vor fünf Jahren hatta dann een janz'n Teil von die Flächen mit Mais für die Bioethanolbude in Schwedt volljemacht. Ja jut, reich jeworden issa nich, aba immer jut und frei jelebt. Und dann kommt dein eigener Bengel und will dich in son ollet Pflegeheim abschieben, is doch scheiße, oda?«

»Ja okay, ist nicht das Ende, was man sich so wünscht. Aber warum wollte dein Kumpel Manne denn nicht verkaufen, wenn der Junge einen wirklich guten Käufer an der Hand hatte? Ich meine, bei fünftausend Euro auf den Hektar kommt ja schon eine hübsche Summe zusammen. Da kann man bis zum letzten Seufzer gut von leben.«

»Mann, Andi, die wollt'n ihm ja sojar dit Doppelte jeben, dit wär 'ne janze Million jewesen, aba Manne warn die Typen nich koscher.«

»Hat er denn die Käufer persönlich je kennengelernt?«

»Sein Sohn hat een Treffen vermittelt, der wohnt ja drüben bei Lüchow Dannenberg, du weest schon, da wo se den Atommüll lagern. Jedenfalls hatta die Typen zu Manne jeschickt. Die sind da och mit 'n teuren Mercedes-Jeländewagen vorjefahr'n und ham ihn von alle Seiten bearbeitet. Zum Schluss ham die doch tatsächlich 'n janzen Koffa mit Jeld uff'n Tisch jestellt. Manne hat jesacht, er kam sich vor wie in een Hollywoodfilm, hat die Typen aba abblitzen lassen. Da ham se ihn beschimpft, und eener von die Franzosen hat ihm eene jeknallt, dassa Sterne jesehn hat.«

Franzosen? Mit gut hundertfünfzig Sachen jagte ich die Abfahrt Pfingstberg runter, links abgebogen und sofort wieder Vollgas in Richtung Suckow, Kaakstedt. Heinrich verlor die Stimme und versuchte, sich so gut wie möglich am Angstgriff über der Tür festzuhalten.

Das Tor war zu, aber nicht verschlossen, ebenso der Zugang zum Bauernhaus. Wir liefen laut rufend durchs Haus und die Stallungen, nichts zu finden von Manne. Im Schweinestall fanden wir ihn dann, oder besser seine Reste. Das, was die hungrigen Schweine übrig gelassen hatten. Im abgenagten Schädel prangte ein Loch. Damit wurde der Hof zum Tatort, den ich sofort nach Eberswalde meldete.

Krause-M erschien knapp zwanzig Minuten später mit Frank Beimler. Der blasse Frank und der knackende Auspuff verrieten, dass dem Turbolader auf der Strecke Höchstleistung abgefragt worden war.

»Wo ist das Opfer, Andi?«

»Hinten im Schweinestall, kein schönes Bild, Achim. Wir brauchen ein paar Leute, die die Schweine da rausbugsieren.«

»Wieso sind die denn noch im Stall, Andi? Konntest du die da nicht raustreiben?« Ich sah ihn ungläubig an.

»Hast du dich schon mal mit fünf hungrigen Schweinen angelegt? Ich hab versucht, mit einem Forkenstiel dazwischen zu gehen. Die haben mir glatt die Forke aus der Hand gerissen. Ich kann sie dir abknallen, kein Problem, aber erwarte nicht, dass ich da ins Gatter steige. Ich bin ja nicht von Sinnen.«

»Mit dem Rumgeknalle lockst du den ganzen Ort an.«

»So laut wird das gar nicht werden. Ich habe einen Dämpfer im Wagen. Ihr könnt schon mal aufteilen, wer wie viel Schnitzel haben will.«

Ich verließ den Stall und nahm meinen Freund Heinrich mit.

»Sag mal, Heinrich, ich hab Brand wie eine Bergziege. Gibt's hier nicht eine Kneipe oder einen Laden? Ich könnt echt ein Bier vertragen, die Sache schlägt mir irgendwie auf den Magen, und du siehst auch ganz blass aus.« Heinrich schien die Sprache verloren zu haben. Meine Worte entrissen ihm das schreckliche Bild, was er vor Augen hatte.

»Hier jibs dit ›Gans anders‹, is 'ne jute Jaststätte. Die ham och Flaschenbier, weeß ick.«

»Heinrich, bring einfach ein paar Flaschen mit und am besten auch gleich noch eine Flasche Schnaps.« Ich zog ihm den Zwanziger wieder aus den Fingern und schob ihm einen Fünfziger rein, Gaststättenpreise, sicher war sicher. Nachdem ich Heinrich losgeworden war, holte ich den Schalldämpfer aus meinem Tiguan und schraubte ihn auf die Glock.

»Andi, knallst du die jetzt wirklich ab?«

»Letzte Chance, Achim, da hinten steht noch eine Forke, deine Show.« Ich ließ das Magazin aus dem Griff schnappen und steckte ein Magazin härtester Mannstopper rein. Diese Geschosse waren verboten, und doch wurden weltweit alle Eliteformationen für den Häuserkampf damit ausgerüstet.

Eine Minute später hatte ich die Tiere getötet. Wir gingen zurück auf den Hof und sperrten den Tatort umfangreich ab. Die ›Spurenfüchse‹ mussten gleich hier aufschlagen, sicherlich auch motiviert durch den fürchterlichen Anschiss, den Krause-M ihnen nach dem Fund der Hülsen auf Jans Wiesen verpasst hatte. Wichtiger war mir aber, dass Heinrich den Schlamassel in der Schweinebucht nicht zu sehen bekam. Der hatte für heute genug Schicksal verpasst bekommen, und genau deshalb hatte ich ihn auch Bier holen geschickt.

»Achtung, die Herren, über das eben Erlebte wird kein Wort verloren. Diese Schweine wurden mit normaler Polizeimunition erschossen. Ich hätte mir das auch gerne erspart, aber es gab keine andere Wahl, und kein Wort zu Heinrich Gerst, klar?« Frank und Achim nickten, immer noch ziemlich mitgenommen. So schnell hintereinander abgefeuerte Salven und jeder Schuss ein Treffer, das war ihnen offensichtlich unheimlich. Sie sahen mich, den Kollegen aus Berlin, auf einmal mit ganz anderen Augen an. Heinrich war schneller als die Spurenleute. Mit einem

Jutebeutel, den Marion, die Wirtsfrau, ihm freundlicher-
weise überlassen hatte, eilte er heran, drückte jedem ein
Bier in die Hand und machte sich am Deckel der Dop-
pelkornflasche zu schaffen.

»Ich bin im Dienst!«, wollte sich Frank aus der Affäre
ziehen, Achims strenger Seitenblick ließ ihn aber mit-
prosten und einen tiefen Schluck aus der herumgehenden
Kornpulle nehmen. Das waren wir dem Alten, der gerade
einen seiner besten Kumpels auf so gemeine Art und Weise verloren hatte, einfach schuldig.

»Komm, Heinrich, ich bring dich nach Haus zu Lorchen.« Er nickte Achim und Frank zu. »Macht's jut.«
Eine kurz gehobene Hand, dann schlurfte er in Richtung
Auto. Kurz vor der Tür stoppte er, ging zurück und stellte
die noch fast halbvolle Pulle Korn auf einen flachen Feld-
stein der Torbegrenzung.

»Ihr braucht dit dringender als ick, ihr müsst ja noch
hierbleiben.« Er drehte sich ohne ein weiteres Wort um
und nahm auf dem Beifahrersitz Platz. Ich machte Achim
ein Handzeichen, dass ich ihn später anrufen würde. Vorher würde ich mit Krause telefonieren, das musste mein
Eberswalder Chef aber nicht wissen, manche Dinge waren eben ›familiär‹.

»Ach du Scheiße!« Krause war platt. »Ist das sicher,
Witzler?«

»Chef, gefressen ist gefressen. Wenn Schweine Hunger
haben, nagen die auch den letzten Fetzen vom Knochen.«

»Danke, Witzler, es reicht. Ist das Opfer schon in der
Gerichtsmedizin?«

»Krause-M macht gerade den Tatort klar. Die Spurenheinis müssten mittlerweile vor Ort sein. Ich denke, die werden die Reste erst vermessen und fotografieren, vermutlich ist das Opfer noch dort, Chef.«

»Wir müssen die Überreste sofort in unser Labor überführen. Ich schicke umgehend einen Wagen los.«

»Das Opfer muss aber nach Frankfurt/Oder in die Gerichtsmedizin, Chef. Ich bin mir nicht sicher, wie Krause-M reagiert, wenn unsere Leute hier einfach auf der Bildfläche erscheinen und sein Opfer verladen.«

»Das kläre ich gleich mit ihm. Wir haben einfach die besseren Möglichkeiten. In Frankfurt wartet er doch ewig und drei Tage auf seine Ergebnisse. Außerdem sind die mit so einem Fall völlig überfordert. Ich melde mich, wenn ich mich mit Krause-M geeinigt habe. Sie können schon mal Ihren Bericht abfassen und in die Uckerlamm-Cloud stellen. Danke!« Krause war schwer angeschlagen, das konnte ich seinem Tonfall anmerken. Überwog die Sorge um Jan oder die um die gemeinsame Investition? Nach all den Jahren tippte ich auf Ersteres. Krause war sicher ein knallharter Knochen und mit allen Wassern gewaschen, aber immer noch empathiefähig.

Auf dem Heimweg sah ich Heinrichs herrenloses Fahrrad bei Bachmanns am Zaun stehen. Ich hielt, reichte dem alten Bachmann einen Zwanziger über den Zaun und schilderte ihm den Unfallhergang, was ihn sichtlich erheiterte. »Ihr habt och 'ne janz schöne Meise, Andi.« Wo er recht hatte, hatte er recht.

Ich war selten so froh, wieder zu Hause zu sein. Mila merkte sofort, dass etwas nicht stimmte.

»Alles klar, Andi?«

»Nicht so richtig. Wir haben ein Mordopfer, ein alter Kumpel von Heinrich Gerst.« Natürlich wollte sie sofort alles wissen, mir fehlte aber die Kraft für eine lange Erzählung. »Komm, Mila, ich muss sowieso den Bericht schreiben. Nimm dir deinen Saft und schau mir einfach über die Schulter.«

Beim Hochladen der Fotos überlegte ich einen Augenblick, ob das wirklich gut für eine schwangere Frau war. Aber laut Milas Aussage war sie ja noch gar keine richtige Schwangere, nur eine ein bisschen angebuffte Kriminalistin. Der Kriminalistin blieb gerade die Spucke weg, so etwas hatte sie noch nicht gesehen. »Heilige Scheiße, Andi, die haben den ja völlig aufgefressen.«

»Nicht völlig, Mila, hier vorn ist noch etwas Lungengewebe und der Hals hat auch kaum etwas abbekommen.« Die drei Detailaufnahmen ließen die junge, angebuffte Dame hinter mir hörbar ausatmen.

»Wer macht denn so was? Wie konnte Heinrich ihn denn identifizieren, da ist doch vom Gesicht gar nichts mehr übrig?«

»Heinrich hat ihn an der Goldkette erkannt. Sein Ehering und der Ring seiner verstorbenen Frau hingen immer noch dran. Er trug seinen Ring immer an einer Halskette, weil er als Bauer bei seiner Arbeit keine Ringe an den Fingern tragen konnte. Seit ihrem Tod war auch ihrer an der Kette. Heinrich wusste das.«

»Und wie geht's Heinrich?«

»Keine Ahnung. Er hat seit Kaakstedt kein Wort mehr geredet. Ich habe ihn zu Hause abgesetzt und Lorchen gebrieft. Sie kümmert sich um ihn. Ist schon eine ziemliche Sauerei gewesen.« So langsam bekam auch mein Panzer Risse. Ich nahm mir die Literflasche Tullamore aus der Anrichte und goss mir etwas ein.

Drei Gläser später war ich bettfertig und schlief auf der Couch ein. Mila stellte das iPhone auf lautlos und sendete Krause eine kurze Mitteilung per SMS: *Ermittler Witzler nach Berichterstattung unter aktiver Mithilfe eines halben Liters irischen Whiskys erfolgreich auf dem Sofa eingeschlafen.*

Zudecken nicht vergessen!, kam es zurück.

Eberswalde, Landeskriminalamt

Keine Ahnung, wie Krause es wieder gedreht hatte, aber die Leichenreste lagen am nächsten Tag bereits in Berlin bei Professor Arndt auf dem Edelstahltisch. Vor einer halben Stunde hatte es Entwarnung gegeben, wenn man es denn so nennen wollte. Arndt hatte festgestellt, dass Bauer Manfred Hornig durch einen glatten Schuss quer durchs Stammhirn gestorben war. Von dem Horrorszenario mit den Schweinen hat er also nichts mehr mitbekommen. Das Loch in der Stirn hatte, was für ein Wunder, einen Durchmesser von genau neun Millimetern. Schmauch an den noch vorhandenen Hautfetzen verschaffte Sicherheit, aufgesetzter Schuss, vermutlich mit Schalldämpfer, denn niemand in der Nachbarschaft hatte etwas gehört. Krause-M beendete die Präsentation und schaltete den Bildschirm ab.

»Das ist erst mal alles, was wir haben. Die Spurenleute stülpen gerade jeden Winkel im Stall um auf der Suche nach einer Hülse oder dem Projektil.«

»Der Schuss kann auch schon vorher im Haus erfolgt sein, oder an einem völlig anderen Ort«, warf Mila ein.

»Kann schon sein, aber wie kommst du darauf?« Achim spielte den Zweifler, meist ergaben sich interessante Ergebnisse, wenn die beiden das Wieso-Weshalb-Warum-Spiel spielten.

»Warum sollte er freiwillig mit den Leuten in den Stall gehen, die wollten ja schließlich sein Land kaufen und nicht sein Vieh.«

»Es müssen ja nicht die Kaufinteressenten gewesen sein.«

»Nach den bisherigen Ergebnissen würde ich aber schon davon ausgehen. Franzosen, Pistole mit Schalldämpfer, neun Millimeter, aufgesetzter Schuss, nur dass der Hornig kein Lamm war.«

»Der wird sich aber nicht einfach sang- und klanglos eine Knarre an die Stirn halten lassen.«

»Heinrich Gerst hat berichtet, dass schon bei einem Vorgespräch einer der Franzosen dem Hornig eine geknallt hat. Höchstwahrscheinlich mit der offenen Hand, deswegen hat er auch nur Sterne gesehen. Diesmal gab's die Hand als Faust zu schmecken, das hat den Bauern zu Boden gezwungen. Knarre raus, auf die Stirn und boom, tot, rausgeschleppt und in den Schweinestall geworfen.« Mila warf den Kopf in den Nacken, sie hatte ihre Tatversion auf den Tisch gelegt. Herausfordernd sah sie in die Runde. Achim wackelte abschätzend mit dem Kopf, Frank spielte wie immer an den Fingernägeln. Willi stand völlig auf dem Schlauch. Er war erst gestern aus seinem Urlaub in Dubai zurückgekehrt und fühlte sich vom Alltag erschlagen. Die Tatortbilder hatten den Couscousresten in seinem Magen mehrfach die orale Entleerung vorgeschlagen. Ist schon eine verdammte Sauerei, von einer Herde Schweine aufgefressen zu werden.

»Wo spielt sich denn das Leben in einem Bauernhaus zu neunzig Prozent ab? In der Küche!« Alle Augen drehten sich zu mir, dem Berliner. Achim schnappte sich sein Telefon und rief sofort die Spurenleute an, die gerade jede nur erdenkliche Kuhle auf dem Hof mit Gips ausgossen auf der Jagd nach einem brauchbaren Schuhabdruck.

»Hallo Jens, Achim hier. Geh doch mal bitte sofort in die Küche vom Haupthaus.« Der Angerufene hastete über den Hof und meldete sich keuchend, in der Küche stehend zurück.

»Hier ist nichts, alles blitzeblank!«, kam über den Freisprecher seine immer noch nach Luft schnappende Stimme.

»Steht irgendwo dreckiges Geschirr, Speisereste, eine angefangene Tasse Kaffee, steht irgendetwas herum?«

»Negativ, Andi, hier ist absolute Ordnung, der Geschirrspüler ist auch fertig, das Display zeigt: ›Ende des Waschprogramms‹.«

»Lass mich raten, der Boden ist so sauber, dass man davon essen könnte, richtig?«

»Fast, Andi, ist gewischt, alles picobello, aber irgend so ein Hornochse ist hier einmal quer durch mit seinen Dreckbotten.«

»Diese Spuren sind vermutlich von Gerst oder von mir.« Schon komisch, dass so ein alter Kauz wie der verwitwete Bauer Hornig ausgerechnet in seiner Küche eine nahezu militärische Ordnung hielt. Achim hatte den gleichen Gedanken.

»Jens, nehmt die ganze Küche auseinander, jeden Winkel, jedes Möbelstück. Es ist gut möglich, dass unser Opfer in der Küche erschossen wurde, bevor man ihn den Schweinen zum Fraß vorgeworfen hat. Haut ran, Jungs, wir brauchen Ergebnisse.« Krause-M warf noch einen fragenden Blick in die Runde und beendete das Meeting.

Uckermark, Kaakstedt

Jens sah mit seiner roten UV-Licht-Brille aus wie Puck die Stubenfliege. Seit drei Stunden kroch er auf dem Boden herum. Hunderte Fussel hatte er mit der Pinzette aufgenommen und in kleine Plastiktütchen gesteckt. Der Boden war saubergewischt, zeigte aber unter UV-Licht unzählige Flecken, aber keiner stammte von Blut. Er spähte unter die alte Küchenkommode, auf der ein Brotkasten stand. Nichts! Als er hochkam, stieß er sich auch noch gehörig den Kopf. So einen Scheißtatort hatte er lange nicht gehabt. Seine Spürnase verriet ihm aber: Hier ist es passiert! Jedes Detail schien zu schreien: »Ich wurde abgewischt und wieder richtig hingestellt.« Selbst die Raumluft flüsterte: »Hier wurde gekämpft!«

Jens kämpfte um den letzten Eukalyptusbonbon in der Hosentasche. Was an sich schon schwierig genug war, wenn da nicht noch der zu knapp bemessene, weiße

Tatortoverall gewesen wäre. Er schob die Hand immer tiefer in die Tasche, und das enge Taillenbündchen des Anzugs schnitt immer fester in seinen Unterarm. »Verdammt noch mal, komm schon raus!« Dann hatte er es zu packen gekriegt. Selig wickelte er das klebrige Kleinod aus seiner grünen Papierhülle. In den Mund gesteckt und die Augen geschlossen. Was für ein Lichtblick der Sinne an diesem beschissenen Abend. Als er die Augen wieder öffnete, entdeckte er im Schein der UV-Lampen einen winzigen Krümel an der hinteren Kante der Kommode. Menschliches Gewebe! Jens zog die Kommode vor und richtig, da waren unzählige Blutspritzer, zum Teil klebten noch kleine Knochenstücke drin. Schädeldecke!, war sein erster und richtiger Gedanke, wie ihm Professor Arndt später bestätigen sollte. Draußen auf dem Hof sammelte sein Zwillingsbruder Jochen die abgetrockneten Spurenplatten ein. Jede bekam eine eigene Tüte, ein Foto und eine Eintragung des Fundortes. Technikfreak Jochen hatte sich eigens eine Software des FBI für sein Tablet besorgt, als er direkt nach ihrem gemeinsamen Studienabschluss einen ›Schnüfflerkurs‹ in Quantico auf der FBI Academy absolviert hatte. Es war eine Auszeichnungsreise des Lehrstuhls. Jochen war ein hochbegabter Nerd, der ausschließlich Note »Sehr gut« in seinen Leistungsnachweisen hatte, aber nicht, weil er wie verbissen büffelte, sondern eher, weil ihn seine permanente Neugier schier auffraß. Das Bundeskriminalamt hatte sich den Mund fusselig geredet, aber Jochen hatte mit Jens ausgemacht, dass es nach dem Studium zurück in die Uckermark zu Muttern geht. Der großzügige Dreiseitenhof bot genug Raum für den wuchtigen Jens, den drahtigen Jochen und etwa hundertfünfzig Hühner, um die sich die immer noch fitte Endsiebzigerin kümmerte. Die komplette Dienststelle in Eberswalde wurde mit echten Bioeiern bestens versorgt.

»Bingo, ich hab's. Die Küche ist der Tatort. Ich hab's gewusst!« Jens tanzte wie eine Litfaßsäule auf Ecstasy.

»Krieg dich mal wieder ein, Digga! Da wartet noch die Schweinebucht auf uns. Ich mach schon die ganze Zeit einen Bogen drum. Aufgefressen von Schweinen, mein Gott, was für ein Abgang, na los.«

Jochen drückte Jens einen Alukoffer in die Hand und zog sich die Leiter aus dem Sprinter der Spurensicherung.

»Was willst du mit der Leiter? Die Schweine liegen am Boden.« Jens sah seinen Bruder fragend an.

»Ich mache mir Übersichtsfotos, da kann ich später alle Fundstellen drin markieren, habe ich vom Hof auch schon gemacht. Ist wirklich geil, und du brauchst keine lästigen Tatortskizzen mehr pinseln. Haste Muttern schon angerufen, dass es heute später wird?«

»Jep, schon erledigt, sechs Rouladen stehen im Backofen, Nachtisch ist im Kühlschrank. Mutter ist drüben bei Anna, sie spielen mit Lenchen Skat.« Jens lief förmlich das Wasser im Mund zusammen, wenn er an die Rouladen dachte, mit Rotkohl und Stampfkartoffeln. Jochen würde wieder eine Stunde an seiner herumnagen, blieb ihm der karge Rest von fünf. Davor stand aber noch die Untersuchung des Schweinestalls. Es war nachts um drei, als sie den Sprinter auf Mutters Hof stellten.

Eberswalde, Landeskriminalamt

Die Küche war eindeutig der Sterbeort von Manfred Hornig. Jens' gründliche Spurensuche hatte jeden Zweifel ausgeräumt. Jochen kam soeben in den Raum und ging schnurstracks auf den großen Monitor zu.

»Achtung, ich hab etwas wirklich Interessantes gefunden. Einer unserer Mörder hat ein Holzbein!«

Krause-M prustete und verschluckte sich. »Ein Holzbein?«

»Eine Prothese, ein künstliches Bein.«

Jochen zeigte ein wirres Panoramafoto vom Hof mit hunderten von kleinen Zahlen und Notizen quer über das Bild verteilt.

»Hier ist das Spurenpaar von Witzler, man sieht, dass Witzler seine gut neunzig Kilo ordentlich auf beide Beine verteilt.«

»Siebenundachtzig!«, warf ich ein.

»Okay, seine siebenundachtzig Kilo hatten wechselweise durch die Füße Kontakt mit dem Boden. Dabei sorgen verschiedenste Muskeln dafür, dass der Auftritt gedämpft erfolgt, damit der Knochentorso geschont wird. Mit einer Prothese ist ein sanftes Auftreten so gut wie unmöglich. Dadurch ergibt sich eine disharmonische Spurenstruktur bei einem Mann mit ›Holzbein‹.« Er nahm einen tiefen Zug aus seiner RedBull-Coladose.

»Die Schweine müssen so schnell wie möglich rüber in die Gerichtsmedizin, die haben wir gestern Nacht nicht mehr verladen.« Jens schüttelte sich.

Ich sah zu Krause-M rüber, der nickte kurz. Die Schweine würden nicht nach Schwedt gehen. Professor Arndt würde sich der Sache annehmen und nach der Untersuchung die schweinischen Überreste inklusive der Projektile, die in ihnen steckten, in die Verbrennung geben.

Kurz bevor ich die Segel streichen wollte, rief mich Krause an. »Witzler, können Sie mal bei den Rasin-Brüdern vorbeisehen? Sie finden in der Paketstation eine Sendung für die beiden. Damit Sie nicht im Regen stehen, will ich gleich Klartext mit Ihnen reden. Im Päckchen finden Sie auf Khalid und Mustafa ausgestellte Papiere, sie haben auf den 21. September datierte dauerhafte Aufenthaltsgenehmigungen und gültige irakische Pässe. Morgen früh fliege ich nach Marseille und treffe mich mit einem alten Kontakt, der hier in Berlin Mitte der Achtziger gedient hat. Witzler, Sie sind im Augenblick mein Auge, mein Ohr und, wenn es nötig wird, meine Faust da draußen. Was denken Sie über die Rasin-Brüder?«

»Gute Bengels, Chef. Streng muslimisch erzogen im guten Sinne, Familienehre, Höflichkeit gegenüber den Alten, strebsam im Rahmen ihrer Möglichkeiten. Khalid hat sogar ein halbes Jahr einen Englischkurs in der Schule besucht. Leider fehlte dem Vater das Geld, Mustafa auch eine Bildungsmöglichkeit zu geben. Außerdem musste einer bei der Herde bleiben. Khalid ist sicher der Clevere von beiden, der würde dem Papst auch einen Pinguin verkaufen. Mustafa ist ein einfacher Junge, aber ich denke, loyal bis in den Tod. Wenn der an die falschen Leute geraten wäre, hätte er schneller eine Sprengstoffweste angehabt, als wir ›Boom‹ sagen können. Beide ergänzen sich wie eine kleine Kampfeinheit, was ja von großem Vorteil ist, wenn man so weit fort ist von zu Haus. Ich werde alle wichtigen Dinge

106

mit den Jungs klären, die werden sich auf die Herde konzentrieren und den Hof sauber halten, Chef.«

»Apropos Hof sauber halten. Im Päckchen liegt auch die Makarow von Khalid, ich habe noch eine zweite Makarow und vier Schachteln Munition dazu gelegt. Fahren Sie mit den Jungs in den ›Bunker‹ und überprüfen Sie ihre Schießkünste. Und machen Sie denen um Himmelswillen klar, dass Waffeneinsatz letzte Priorität hat, vorher kommt dreimal Abhauen und fünfmal Verstecken.«

»Wollen Sie denen wirklich die Pistolen überlassen, Chef, das wirbelt eine Menge Staub auf, wenn es öffentlich wird.«

»Witzler, ich lass die Jungs nicht mit runtergelassenen Hosen auf meinem Hof stehen. Nicht nach dem, was ich in der letzten Stunde in der Uckerlamm-Cloud gesehen habe.«

»Alles klar, Chef, ich mach mich auf den Weg. Ich schicke nachher noch eine Einschätzung. Over und aus!«

»Witzler, ›Over und aus‹ ist meine Phrase, das ist oldschool, wie Sie sagen würden. Machen Sie es gut. Ich melde mich, wenn ich aus Marseille zurück bin. Over und aus!«

Unser kleiner Ausflug in den ›Bunker‹ in Prenden offenbarte Überraschendes. Beide Kurden kannten sich mit Waffen ganz leidlich aus, aber Mustafa schien ein Wilhelm Tell der Makarow zu sein. Der Bengel hatte alle acht Schuss in den Kreis einer Zweieuromünze gestempelt und dies nicht nur einmal. Wie sich herausstellte, hatte er beim Weiden der Schafe ein kleines, verstecktes Munitionslager gefunden. Immer wenn Khalid in der Schule war, hatte er die Pistole aus dem Versteck geholt und geübt, indem er frische Datteln vom Strauch schoss.

Auf der Rückfahrt hörten wir arabische Musik von Khalids iPod. Ich fühlte mich zurückversetzt in die karge Gebirgslandschaft, schmeckte den Staub auf der Zunge, hörte den Muezzin von Weitem die Gläubigen rufen. Mustafa bereitete uns nach der Ankunft in Friedrichsfelde eine Mahlzeit aus Lamm, Gemüsecouscous und frisch gebackenem, arabischem Brot. Meine Geschmacksnerven explodierten förmlich, es war unglaublich lecker, es war unglaublich scharf, es war unbeschreiblich gut. Der Bengel war eine gute Mischung aus Schäfer, Schütze und Koch, damit sollte man durchs Leben kommen. Zum Abschied schob mir Mustafa eine Plastikschüssel für »mein Frau« rüber.

Die brauchte dafür keine zwanzig Minuten und leckte zum Schluss die Schüssel aus.

»Und solche Leute lernst du bei deinen Einsätzen kennen? Den müssen wir bei uns in der Kantine unterbringen. Mensch, das war ja der Hammer.«

»Krause hat die Jungs bei Jan im Haus untergebracht. Sie kümmern sich um die Herde. Vielleicht fahren wir am Wochenende mal hoch.« Mila wäre am liebsten gleich los, Nachschlag holen. So blieb ihr nur mein geeistes Zitronenmousse, das ich mithilfe einer Onlineanleitung von meinem Tablet selber herstellte. Wir löffelten das Dessert am Tümpel, denn der gewohnte Platz vorn am Terrassendach war durch Ralfs Pflasterstapel immer noch blockiert. Drei Kreuze, wenn dieser ganze Zauber endlich vorbei war. Mila schwang sich urplötzlich aus dem Sessel und schaffte es gerade noch bis zum Pferdemisthaufen. Dort ließ sie sich das Essen noch mal durch den Kopf gehen.

»Kann ich dir irgendwie helfen?« Eine Hand mit ausgestrecktem Mittelfinger war Antwort genug.

Marseille, Hotel Pullmann
Schorfheide, Joachimsthal

Krause saß auf dem Bett seiner Hotelsuite im Pullmann Marseille und blickte auf die gekräuselten Wellenkämme des Mittelmeeres. Er dachte an die unzähligen Nächte in den unzähligen Hotels dieser Welt. Die Erinnerung an dieses verdammte heruntergekommene Hotel in Bukarest am Boulevard Marasesti, das ... das ... – verdammt, er kam nicht drauf, das ... das »Dalin«! Keine Demenzerscheinungen, Gott sei Dank. Wie oft hatte er auf der durchgelegenen Matratze gesessen und an Hilde gedacht, die schwanger in Pullach im Hause seiner Eltern war. *Ich hab sie wirklich zu oft allein gelassen.* Krause kniff den Mund zusammen, griff sich sein Tablet und buchte die Kreuzfahrt auf dem Mittelmeer, die er sich schon vor Wochen als Lesezeichen in seinem Browser gesichert hatte. Mit Hilde in den Sonnenuntergang segeln und Fisch an Deck essen ... Krause, du alter Träumer. Los, jetzt noch Witzler anrufen und dann runter zum Abendbrot.

»Hallo Witzler, was gibt es Neues bei Ihnen? Haben Sie irgendwas, was mich erheitern könnte?«

Ich sah auf mein Display, war das wirklich mein Krause? »Unsere Spurenaffen haben festgestellt, dass einer der Mörder ein Prothesenträger ist.«

»Prothesenträger?«

»Holzbein, Chef!«

»Ach was? Ich bin noch gar nicht dazu gekommen, auf die Uckerlamm-Cloud zu gehen. Wie geht es Mila?«

Das war nicht mein Krause, niemals! Oder er nahm Tabletten zur Verstärkung der Wiedererlangung von Sympathie und Sentimentalität.

»Seit gestern wird gekotzt, Chef.«

»Gut, Witzler, sehr gut, dann wird es ein Junge! Alle Freundinnen werden ihr nun einreden, dass es ein Mädchen wird. Alles Quatsch, Witzler, Hilde ist das beste Beispiel, tägliche Entleerungszeremonien, und dann hat sie uns Gerolf geboren. Was wollen Sie eigentlich, Witzler, Junge oder Mädchen?«

»Ich weiß nicht, Hauptsache gesund.«

»Quatschen Sie doch nicht so einen Scheiß, Witzler, Mann, ich kenne Sie länger als jeder andere im Dienst. Mit mir können Sie offen reden.«

»Ist das eine sichere Leitung, Chef?«

»Bombensicher, Witzler, und ich halte dicht, versprochen.«

»Ich kann mich schwer entscheiden. Ich meine, klar haben Väter mehr gemeinsam mit Jungs, Angeln, Radfahren, Sport und so weiter.«

»Auto fahren!«, ergänzte Krause.

»Da sind Sie noch nicht mit Mila gefahren, Chef. Die würde selbst Walter Röhrl als Beifahrer den Schweiß auf die Stirn treiben. Die Frau kann Auto fahren, da sind wir beide nur Schuljungs. Und genau daran muss ich immer denken. Unsere Tochter würde ja durch uns erzogen werden, höchstwahrscheinlich wäre sie mit sechzehn im Schützenverein, hätte 'ne Eins in Sport und würde unter den ersten drei im Norddeutschen Kartpokal fahren. Schwer zu entscheiden, ich wäre gern der stolze Vater so einer Püppi.«

»Genug herumgeeiert, Witzler, Junge oder Mädchen?«

»Junge!«

»Warum?«

»Wenn der Scheiße baut, kann ich ihm eine knallen, damit er wieder weiß, wo oben und unten ist. Mein Vater hat gesagt, ›Junge, man muss den Verstand immer da pflegen, wo er sich gerade befindet, und deiner steckt gerade in deinem Arsch!‹, und dann gab's was hintendrauf.«

»Haben Sie oft Prügel bekommen, Witzler?«

»Einmal! Mit zehn hab ich versucht, unseren Opel Kadett aus der Garage zu fahren, um an mein Angelzeug zu kommen. Dabei bin ich von der Kupplung abgerutscht, habe vor Schreck statt Bremse das Gaspedal getreten und bin durch unser geschlossenes Gartentor, über die Straße, durch das Tor von Plietzners, dann durch das Garagentor geschossen. Aufgehalten hat mich erst der breite Arsch von Plietzners Ford Granada.«

»Und da gab's Kloppe!«

»Reichlich, ich konnte zwei Tage nicht richtig sitzen.«

Krause schüttelte sich vor Lachen. »Sie sind mir schon ein Früchtchen, Witzler, jetzt erklärt sich auch Ihr überproportionaler Verschleiß an Dienstwagen. Nein, nein, ich glaub's einfach nicht.« Er gluckste vor sich hin. »Aber mal im Ernst. Ich bin da auf etwas gestoßen, Witzler. Im September 1990 startete in Berlin Tegel ein ziviles Transportflugzeug von Air France nach Hafar al Batin in Saudi Arabien, an Bord fast der gesamte Bestand an Schützenmunition der Forces Françaises à Berlin. Mit dabei war auch die von uns gefundene Pistolenmunition. Richtig interessant ist die Geschichte aber, weil der Empfänger gar nicht die französischen Truppen waren, die sich in Saudi Arabien auf den beschlossenen Waffengang mit den USA in Kuwait vorbereiteten. Nein, Witzler, die Munition wurde komplett an die Fremdenlegion geliefert, die seinerzeit in Ar Ruqi, direkt an der kuwaitischen Grenze lag. Von dort machten sich die Truppen in kleinen Gruppen schon lange vor dem Einmarsch in Kuwait auf den Weg, um Stellungen der irakischen Invasionsarmee auszukundschaften und Ziele für die Luftangriffe der Alliierten auszuwählen. Da war die Crème de la Crème der Legion im Einsatz. Damit haben wir zwei eindeutige Anhaltspunkte, Witzler. Legionäre mit einer qualitativ hohen militärischen Ausbildung und französische Munition. Eigentlich sogar drei, Empathielosigkeit eingeschlossen, wenn ich an die systematische Tötung der Herde und die Entsorgungsmethode des Bauern Hornig denke. Ich treffe mich morgen Mittag mit einem ehemaligen hohen Offizier der Legion. Bleiben Sie am Ball, Witzler. Einen lieben Gruß an Mila. Wenn sie Schwangerschaftslangeweile hat, kann sie ja Hilde mal anrufen, die würde sich bestimmt freuen. Machen Sie es gut, over und aus.«

Ich blieb am Ball, mehr als mir lieb war. Ich wurde einfach die Schweine nicht los! Immer wieder erschienen sie nachts in meinen Träumen, wie sie gierig am zerfetzten Körper vom Hornig herumzerrten und aggressiv wurden, als ich mit der Forke dazwischen ging. Sicher, ich hatte schon eine Menge schlimmer Dinge gesehen, unsere Einsätze hatten es oft in sich und boten genügend Gelegenheiten für abscheuliche Bilder. Vielleicht lag es daran, dass ich unterbewusst anfing, wie ein Vater zu denken – egal. Auf jeden Fall war ich von zwei an wach. Bis kurz nach drei beobachtete ich Mila, wie sie sich zufrieden lächelnd herumwälzte. Ein Babybauch war noch nicht zu sehen, ich hatte aber Geräusche ausgemacht, als ich bestimmt zehn Minuten lang vorsichtig an ihrem Bauch herumgehorcht hatte. Es können aber auch die zwei Teller Spaghetti Bolognese gewesen sein, die sich in Energie verwandelten. An Schlaf war jedenfalls nicht zu denken.

Schorfheide, Joachimsthal

Der Espressoautomat fauchte mir einen Dopio in die Tasse und Amazon verleitete mich dazu, mir doch tatsächlich diese sündhaft teuren Laufschuhe von Nike zu kaufen, verdammte Empfehlungen! Um kurz nach acht stand Matthias vor der Tür. Im Kaiserbahnhof war heute offenbar nicht viel zu tun.

»Sag mal, Andi, hat dein Tiguan 'n Hamsterhaken?«

»Einen was?«

»Eine Anhängerkupplung, sorry, hatte völlig vergessen, dass du ein Westimport bist und kein Ostdeutsch kannst. Hat deine Kiste nun eine Kupplung?«

»Nein, leider nicht, ich mach aber beim nächsten Wagen ein Kreuz auf die Zutatenliste. Was willst du denn hamstern, Matthias?«

»Nix hamstern, ich will in den Wald, hab mir 'ne neue Säge gekauft. Nun steht aber mein Golf leider mit kaputtem Anlasser bei meinem Schwager zur Reparatur. Wenn der Tiguan 'ne Kupplung hätte, könnten wir mit ordentlich Holz zurückkommen. Wir können den Rohschnitt aber auch im Wald liegen lassen. Ich mach da einfach mit Spray mein Zeichen drauf, dann geht da auch keiner ran. Also wat is, Andi, Lust?« Vielleicht würde es ja die Schweine aus meinem Kopf verbannen.

Zwanzig Minuten später rollten wir durch den Eichenforst, dreißig Minuten später sang die neue Säge ihre erste herzzerreißende Melodie, kaja kaja kajaaaaaaah, kaja, kaja, kajaaaaaaah. Die nagelneuen neun PS warfen einen armdicken Schwall Späne aus dem Kettenkasten. Da ich keine Schnittschutzhose hatte, brachte ich Karre für Karre die dicken Kloben bis an den Weg. Um drei Uhr Nachmittag sah ich das erste Mal auf mein Telefon. Drei Anrufe von Mila, zwei von Krause-M. Mila hatte sich Sorgen gemacht und ziemlich angefressen auf die Mailbox gesprochen, Krause-M hatte eine Neuigkeit, die er mir aber nicht am Telefon erklären wollte. Shit happens, hatte alles Zeit. Die jammernde Säge hatte es geschafft, ich war völlig ›abgeschaltet‹, die Schweine waren weg.

»Was los, Matthias, keine Lust mehr?«

»Kein Sprit mehr! Wir haben beide Kanister verballert, ist aber auch ein ganz schöner Monsterhaufen geworden.«

Einer der altgedienten Forstarbeiter kam auf uns zu und stellte sein Fahrrad am Baum ab.

»Tach Matthias, du wütest ja ordentlich hier rum. Wer is'n dit?« Er zeigte mit dem Finger auf mich.

»Mensch, Herbert, Andi kennst du doch. Der wohnt bei dir um die Ecke in der Schwarzen Bahn.«

»Ach ja, der Bulle mit die kleene Polenmaus. Is vielleicht ja nich schlecht, wenn ooch eener von euch öfter im Wald is. Vor drei Wochen war ick oben bei de Neuzucht und hab Fressgitter um de Sprösslinge jebunden, da plättet mir bald so'n wild jewordener Franzose mit 'n ML um. Der is da bestimmt mit hundert Klamotten den Kaiserweg runta. Ick hab jedacht, ick spinne. Jetze fahr'n dir mitten im Staatsforst schon de Franzaken üba'n Haufen.«

»Wo war das?« Herbert hatte meine ganze Aufmerksamkeit.

»Na, da ob'n, wenn de abbiechst, runter in Richtung Hubertusstock, da ham wa doch die Buchenanzucht. Da is der durch 'n Wald jekachelt wie 'n Irrer.«

»Andi, ich zeig dir nachher, wo er meint. Willste 'n Bier, Herbert?« Herbert nahm dankbar die kühle Flasche Berliner, die Matthias aus seinem Leinenbeutel zog.

»Zigarette?« Herbert schnappte sich auch die herausgeschnippte Fluppe.

»Ick jeb och eenen aus.« Herbert wühlte tief in seiner Arbeitsjacke und zauberte drei Kümmerlinge hervor.

»Uff jutet Jelingen mit dein'n Sohn und überhaupt, hast 'ne jute Frau. Fleißich wie 'n Lieschen, ick seh die imma in Jarten rummachen. Na jut, Jungs, ick muss ma weita, muss um einze drüben bei Helga sein, jibbt

Rippchen mit Kraut, hab ick jahrelang nich jejessen, ick freu ma wie Bolle.« Herbert tippte an seine abgewetzte Arbeitsmütze und trollte sich. Warum wusste schon ganz Joachimsthal über Milas Schwangerschaft Bescheid, und warum waren sich alle sicher, dass es ein Junge werden würde?

Eberswalde, Landeskriminalamt

»Wer die Cloud gecheckt hat, weiß, es gibt Neuigkeiten, aber ich will Jens und Jochen hier nichts vorwegnehmen.« Krause-M setzte sich und nickte in die Runde. Er übergab an Jens, der lehnte sich weit zurück, überprüfte die Lage in der Gebäckschale und räusperte sich.

»Wie ja schon in der Cloud vermerkt, haben wir eine Wildkamera von Aldi bei Jan auf dem Grundstück gefunden. Da sind wir beim ersten Mal völlig dran vorbeigestürmt. Eigentlich war es auch mehr ein Zufall, dass wir darauf gestoßen sind. Jochen ist wieder mal völlig verstrahlt mit seinem Tablet spielend über den Hof gelaufen und dabei über den Beregnungsschlauch der Himbeerbüsche gestrauchelt. Und wie er da so lang hinschlägt, blickt er plötzlich in die kleine tarnfarbene Kamera am Spalier vom Himbeerbusch. Wir haben das Ding natürlich mitgenommen zur Auswertung. Dafür wollten uns die zwei Freunde von Jan fast lynchen. Was sind das eigentlich für Typen, die da jetzt auf dem Hof wohnen, Andi? Der eine hat mir erklärt, sie wären Freunde von dir und Jan.«

»Sind zwei Iraker, ich kenne die schon ewig. Wir haben vor Jahren im Irak Polizeieinheiten ausgebildet. Ich war da längere Zeit drüben, und die beiden sind sozusagen Freunde und Kollegen.« Jetzt musste die Ausbildungsstory schon zum zweiten Mal herhalten.

»Aber hoppla, für einen Kollegen hat der mir ganz schön an der Jacke gezogen.« Jochen schien seine Schlummerphase überstanden zu haben.

»Haben die euch geschlagen?« Das konnte ich mir beim besten Willen nicht vorstellen, obwohl, Khalid konnte ganz schön aufbrausend sein.

»Geschlagen nicht direkt, aber der kleine Typ hat versucht, mir die Kamera abzunehmen. Gab ganz schön Gerangel, Jens hat ihn ›freundlich‹ in den Arm genommen, dann war Ruhe.«

»Vielleicht haben sie gedacht, ihr wollt die Kamera klauen.«

»Nachdem wir uns als Polizisten ausgewiesen haben? Schon klar, Andi. Rede mal mit denen und mach ihnen klar, dass wir auch nur unseren Job machen. – Lange Rede, kurzer Sinn, die Aufnahmen zeigen zwei schwarz gekleidete Typen, wie sie von hinten in Jans Haus einsteigen.«

Ich schielte auf die Zeitleiste. Jan war mit den Jungs und der neuen Herde vier Stunden zuvor auf dem Hof angekommen. Wenn das wirklich die Lammkiller waren, konnte das Erscheinen der neuen Herde der Grund für ihr kurzfristiges Handeln sein. Diesmal hatten sie die Herde unbehelligt gelassen, dafür aber den Schäfer mitgenommen.

»Habt ihr den Film schon in die Uckerlamm-Cloud geladen?«

»Hab ich gleich vor Ort übertragen!« Klar, wer hätte bei Jochen auch was anderes erwartet.

»Sind ja einige ›Meter‹ Film drauf gewesen. Wir haben das Wichtigste zusammengeschnitten. Jochens Vermutung hat sich übrigens bestätigt, einer der beiden zieht sein rechtes Bein ein wenig nach.«

Achim übernahm wieder die Führung. »Jens, Jochen, ich möchte, dass ihr noch mal jedes Bild der Kamera genau untersucht, Schritt für Schritt. Andi, gibt es etwas Neues aus Frankreich?« Kopfschüttelnd überprüfte ich meine E-Mails. Krause hielt im Augenblick Funkstille.

Uckermark, Friedrichsfelde

Auf der Heimfahrt kam mir der Gedanke, Jan könnte mehr als nur eine Kamera auf dem Anwesen installiert haben. Wer sehen wollte, was auf seinem Hof passierte, der gab sich sicherlich nicht mit einem Minimalausschnitt zufrieden. Mit Mila an Bord rauschte ich nach Friedrichsfelde hoch.

»Ah, at first you fry the onions with fresh chili, that's very hot! Hui, hui, my eyes!« Mila hatte kurzerhand entschieden, dass sie bei Mustafa einen Crashkurs in »Arabisch kochen« nehmen wollte und stand mit beiden Jungs in der Küche. Mich zog es in Jans Büro. Ordentlicher Mensch, wie Jan war, hatte er sicher die Kosten für die Kameraüberwachung von der Steuer abgesetzt. Ich wühlte seit zwanzig Minuten seine Buchhaltung durch, bis jetzt ohne Erfolg. Aber Verlierer und Zuspätkommer haben das große Bedürfnis, ihrem Unmut richtig Luft zu machen, und das Internet ist der ideale Ort, sich anonym auszukotzen. Bingo, unter »Wann Aldi

Wildkamera+Uckermark« hatte ich bei Google einen Eintrag von »Birdhunter32« gefunden.

»Wollte mir am 13.12. die Aldi-Wildkamera kaufen, aber bereits um elf war keine mehr da! Das ist Beschiss! Ich werde mich beschweren, Hurensöhne!«

»Birdhunter32« war anscheinend zu spät aufgestanden, um sein Schnäppchen zu machen, tja »Vogeljäger32«, nur der frühe Vogel fängt den Wurm. Der Ordner »Bezahlte Rechnungen 12/2012« enthielt dann auch den entscheidenden Kassenbeleg über zwei Wildkameras vom Aldi in Angermünde. Es musste also eine zweite Kamera geben.

Der ausgelassene Kochkurs wurde um eine Person reduziert, Khalids scharfe Augen wurden draußen gebraucht. Wir irrten geschlagene anderthalb Stunden über das Anwesen, bis Khalids kurdische Spürnase die Kamera hoch oben in der Trauerweide entdeckte. Nach einer halsbrecherischen Kletteraktion des Jungen lag Kamera Nummer zwei vor mir. Das Display zeigte zwar keine Aufnahmen vom Tag der Entführung, da die Entführer den Sichtbereich anscheinend an diesem Tag nicht betreten hatten. Es gab aber eine umfangreiche Aufzeichnung vom Schafsmassaker auf dem Datenspeicher, und wenn ich meinen Instinkten vertraute, waren die gefilmten Personen identisch. Einer der beiden lief ›disharmonisch‹.

In Milas erstem Lammchili hatte eindeutig der Chili gewonnen. Mein Vorschlag, der Landesfeuerwehrschule dieses ausgefallene Gericht zur Truppenverpflegung vorzuschlagen, traf nicht auf Gegenliebe. Die Kochgruppe stufte mich auf Nörgler herab, und Ahnung hatte ich sowieso keine. Dafür war ich satt und hatte die Hitze Arabiens im Bauch.

Eberswalde, Landeskriminalamt

»Die Auswertung der Kamera hat uns eine genaue Rekonstruktion der Herdentötung ermöglicht. Es hat insgesamt einhundertzweiundfünfzig Minuten gedauert, also gut zweieinhalb Stunden. Die Aktion begann um kurz vor vier im ersten Morgengrauen. Durch die immer besser werdenden Lichtverhältnisse schaltete die Kamera Viertel nach fünf von Infrarot auf Normalmodus. Wir haben Gesichtsbilder! Sie sind zwar unvollständig, weil die Täter Basecaps trugen, aber man kann in manchen Passagen den unteren Teil der Gesichter erkennen. Wir haben sogar Videosequenzen, sodass wir ein Bewegungsprofil erstellen konnten. Dank Andi und seinem irakischen Kollegen sind wir einen guten Schritt nach vorn gekommen.« Krause-M schaltete den Bildschirm ab. Auch wenn wir jetzt ein Abbild der Tat hatten, konnte ich seinen Optimismus nicht teilen. Es ging alles zu langsam, Jan war jetzt schon seit über drei Wochen wie vom Erdboden verschwunden.

Mein Telefon klingelte. »Wir haben die beiden Legionäre identifiziert!« Krause rief direkt aus einem Büro des Invaliden- und Altersheims der Fremdenlegion in Puyloubier an. »Es sind wirklich Fremdenlegionäre, Witzler. Die Geschichte schiebt sich Stück für Stück zusammen. Wir haben einen Lippenleser an die Videoaufnahmen gesetzt und der hat Erstaunliches herausgefunden. Nach ersten Phrasen wie ›leiser!‹, ›Hülse links‹ und so weiter, stockte der Knabe und behauptete stock und steif, einer der beiden habe einen deutschen Hintergrund. Auf die Frage, wie er darauf käme, erklärte er mir, er würde einen ›deutschen Akzent‹ heraushören, als Lippenleser, schon klar, dachte ich. Er führte aus, dass er zwar keinen Akzent heraushören kann, beim Lippenlesen sehr wohl aber Satz-stellung und Wortwahl ersichtlich wären, und so wie der eine Kerl rede, so rede nun mal kein Franzose. Mit diesen Verdachtsmomenten ersuchten wir nun den Kontaktof-fizier der Legion um eine Untersuchung. Die machten eine erstaunliche Entdeckung. In ihrem Invalidenheim, hier in Puyloubier, sind seit einigen Monaten zwei Mit-bewohner abgängig. Beide pensionierte Veteranen, ein deutschstämmiger Ex-Unteroffizier und ein französischer Leutnant. Dem Franzosen riss eine Landmine während des Golfkrieges das halbe linke Bein weg. Gerettet hat ihn seinerzeit einer seiner Zugführer, der von uns identi-fizierte deutschstämmige Sergeant. Das muss die beiden für immer verbunden haben. Sie haben sich nach ihrer Dienstzeit gemeinsam pensionieren lassen und lange Zeit beide hier im Haus der Pensionäre gewohnt. Wir haben vor einer Stunde bei der Führung der Legion per Mail den Antrag gestellt, den Schutz der Persönlichkeitsdaten aufzuheben. Erfahrungsgemäß dauert das aber einige Zeit, wenn dem überhaupt stattgegeben wird, die Legion ist immer ein bisschen ›speziell‹, wenn es um die Identitä-ten ihrer Mitstreiter geht. Wir sind aber guter Hoffnung, schließlich ist mein alter Freund Roland Guillaume als

Ex-Chef des Militärischen Abwehrdienstes der Französischen Armee alles andere als ein Leichtgewicht. Ihm die Auskunft zu verwehren, kann sich schnell zu einem Bumerang entwickeln.«

In Krause war der Bluthund erwacht. Mit tief über dem Boden schwingender Nase schnüffelte er nach Spuren in Südfrankreich. Ich konnte seine angespannte Konzentration durch das Telefon spüren.

»Schauen Sie alle Stunde auch in unsere Cloud, Witzler, es kann passieren, dass ich Neuigkeiten erfahre, die ich nicht mit Eberswalde teilen darf. Wenn dieser Fall eintritt, müssen wir unser Vorgehen gegenüber Krause-M abstimmen. Ich will da bestimmt nicht im Weg stehen, aber ich habe auch keine Lust, hier in Frankreich Türen zuzuwerfen, die ich später nur sehr schwer wieder aufbekomme, verstanden?«

Klar hatte ich verstanden. Wir nahmen, was wir kriegen konnten, und teilten, was uns richtig erschien, war ja nicht das erste Mal.

Schorfheide, Joachimsthal

»Nur 'ne Dusche macht keinen Sinn, Andi!«

Mila stand ausfüllend im Rahmen der schmalen neuen Badtür des Obergeschosses. Bert, unser Fliesenleger, hätte am liebsten schon vor einer halben Stunde das Weite gesucht, aber Mila versperrte uns den Ausgang.

»Ich kann dich ja verstehen, Andi, die bodentiefe Dusche sieht bestimmt geil aus, aber wenn ich das Kind in den ersten Jahren hier oben baden will, werde ich bestimmt nicht jedes Mal eine Plastikbadewanne aufstellen. Wir leben doch nicht mehr in den Sechzigern!«

»Willst du hier in die kleine Bude etwa eine Badewanne stellen? Das wird so eng, da kannst du dir beim Kacken mit den Knien die Ohren zuhalten!« Ich schüttelte den Kopf, Weiber und räumliches Denken, meine Fresse, und dann auch noch stur wie eine polnische Mutterkuh.

»Wir könnten eine Sitzbadewanne in die Ecke stellen.« Ja klar, jetzt fiel mir mein Freund und Fliesengott Bert auch noch in den Rücken. Bert erwiderte meinen angestrengten Blick mit einer seufzenden Geste, zog sein riesiges Samsung-Telefon aus der Tasche und googelte »Sitzbadewanne+Dusche«. Nach den ersten völlig bescheuert aussehenden Modellen erschien auf Seite zwei der Suchergebnisse ein Designermodell, das alle meine verstaubten Vorstellungen von einer Sitzbadewanne durcheinanderwirbelte. Ein heißes Teil aus Naturstein mit einer eingeschliffenen Ablage und einer futuristisch gewölbten, schwenkbaren Glasscheibe. Der Preis war jedoch ein klarer Fall für Schnappatmung.

»Die nehmen wir, Bert!« Mila entschied aus dem Handgelenk. Mein Finger tippte auf das Display.

»1.999 Euro zzgl. Versand, hast du 'ne Meise, Mila?«

»Ich borg mir das Geld von meinem Vater, ist mir scheißegal! Ich bin Beamtin auf Lebenszeit und werde die Schüssel schon zurückzahlen können! Verdammt noch mal, Bert, bestell das Ding! Heute noch! Brauchst du eine Anzahlung?« Mila holte vier Fünfziger. Ich starrte weiter auf das Display.

»Bert, wenn du die Dusche bestellst, dann mach auch gleich das passende Klobecken und die Waschschüssel klar.« Mila drehte sich fragenden Blickes langsam zu mir um. Bert hob die Brauen.

»Mädels, dit macht denn knappe vier Riesen, seita euch da ooch völlich sicha? Ick meen, ick kann dit Zeuch nich mehr zurückneh'm, und dass sich dit 'n andra einbaun lässt, könnta vajessen. Wenn ick dit bestelle, müssta et ooch nehmen. Denn muss ick och gleich zwee Riesen Anzahlung übaweisn. Also wat is?«

Ein Witzler lässt sich nicht lumpen. Ich griff mir das Tablet und öffnete die Sparkassenapp.

»Komm, Bert, IBAN und Betrag bitte.«

Einhundertzwanzig Sekunden später klimperten 3.978 Euronen auf Berts Konto. Mila strahlte mich herausfordernd an, und wenn Bert jetzt nicht so herrenlos zwischen grünem Rigips und den Vorwandelementen herumstehen würde, würden wir den Kauf sicher auf unsere Art besiegeln.

»Aba da pass'n eure Fliesen nich mehr, dit sieht scheiße aus, globt mir.« Zwei Augenpaare erfassten Bert wie gnadenloses Feindradar.

»Schon jut, schon jut, ick kann die ja zurückneh'm. Ick werd die schon los. Ihr müsst aba neue suchen und dit ziemlich flott. Wenn der Hersteller von die Dusche Bilda innet Internet macht, dann hatta dit Zeug meist och uff Lager, denn jeht dit erfahrungsjemäß eins fix drei, denn steht dit Zeug uff'n Hof. Also müssta Jas jeben. Ick hab 'n Fliesenkatalog im Auto!« Ich winkte ab. Fliesen niemals aus dem Katalog kaufen, erste Bauherrenregel, denn nichts ist so unterschiedlich wie Fliesenbilder und die gelieferte Realität.

Mein iPhone meldete sich: »Dringende Änderung in der Cloud abrufen!« Das ließ auf Erfolg in Frankreich hoffen und richtig, Krause hatte soeben die Klarnamen unserer gesuchten Ex-Legionäre in die Cloud gestellt. Der Franzose, ein Knabe namens Claude Morel, geboren am 30. Januar 1957, war schon als junger Offizier des französischen Heeres in den Dienst für die Legion gewechselt. Der Grund dafür war in den von Krause fotografierten Unterlagen ausgeschwärzt. In den folgenden mehr als zwanzig Jahren hatte der Franzose seiner Legion in Treue und Eifer gedient und sich dabei zum Führungsoffizier einer Aufklärungseinheit entwickelt. Dieser Aufklärungseinheit wurde im Frühsommer 2002 der ehemalige Stasioffizier Peter Holz zugestellt. Als Pierre Acier (zu Deutsch: Peter Stahl) war er 1989 der Legion beigetreten und hatte sich in Rekordzeit in den Unteroffiziersrang hochgearbeitet. Grund dafür waren sowohl seine Kampferfahrungen als ostdeutscher Ausbilder in Mosambik der Endachtziger als auch seine Fähigkeit, in den heikelsten Situationen eiskalt zu entscheiden und zu töten. Er galt als unerbittlich fordernder Vorgesetzter. Seine Jagdgruppe war in den Jahren der Balkankriege eine gefürchtete lautlose Institution, die sowohl Kriegsverbrecher wie auch Quertreiber aufspürte. Nicht selten war die Spur, die sie hinterließen, blutig. Ab 2002 war das Schicksal von Acier eng mit dem von Morel verbunden. Die Legion erledigte schon lange vor dem ersten Schuss einen Großteil der Aufklärung und Zielfindung für den Stab der »Willigen«. Zusammen mit Spezialeinheiten der Amerikaner und Briten sickerten die Aufklärer ab Sommer 2002 in Saddams Hinterland ein.

Sie schufen Kontakte und Allianzen mit oppositionellen Gruppen, markierten Ziele für spätere Luftschläge und waren tatsächlich auf der Suche nach Massenvernichtungswaffen. Nach Kriegsbeginn spürten sie Munitions- und Kraftstofflager auf, die nachrückenden Pioniere der Legion sprengten dann alles in die Luft. Es regnete unaufhörlich Splitter, Staub, Ruhm, Auszeichnungen und Geld, goldene Zeiten für Glücksritter wie Morel und Acier. Am Morgen des 23. Juli 2003 hatte das Spiel ein Ende. Morel war zusammen mit Acier und drei weiteren Legionären auf der Suche nach einem General der republikanischen Garden. Beim Versuch, das Lager des Generals über einen Gebirgspass zu erreichen, gerieten sie in ein Minenfeld, und Morel wurde durch eine Schützenmine schwer verletzt. Acier verlor durch die Explosion kurzzeitig sein Gehör und erhielt Treffer durch mehrere Splitter. Trotzdem schaffte er seinen Offizier über mehr als vierzig Kilometer durch die felsige Einöde bis zu einem Aufnahmepunkt der Navy Seals. Der Rest der Gruppe wurde durch Scharfschützen der Garde getötet. Beide Legionäre blieben lange Zeit in einem Lazarett in Dubai. Morel schied danach aus dem aktiven Frontdienst aus und wurde in die Verwaltung nach Aubagne bei Marseille versetzt. Acier kehrte nach seiner Genesung zurück zur kämpfenden Truppe, wurde aber nach erneuter Verwundung in Mali in das Auswahlzentrum der Legion, ebenfalls nach Aubagne, zum Innendienst versetzt. Es bleibt zu vermuten, dass Morel dabei seine Finger im Spiel gehabt hatte. Als 2009 Acier seine zwanzig Jahre bei der Legion voll hatte, heuerten beide ab und zogen sich nach Puyloubier ins Altenheim der Legion zurück.

Bis hierher waren die von Krause eingestellten Informationen eine nahezu lückenlose Dokumentation. Alles, was darüber hinausging, war sehr dürftig. Die beiden Pensionäre waren bis heute eingetragene Bewohner, hatten aber in den letzten Jahren immer wieder für längere Perioden mit Abwesenheit geglänzt. Da sie ihre Schuld gegenüber der Legion mehr als eingelöst hatten, forderte niemand Rechenschaft über ihre Ausflüge. Ich überlegte lange und sorgfältig, was ich mit Krause-M teilen durfte und was nur für den Dienstgebrauch bestimmt war. Eine Mail Krauses schaffte kompromisslose Klarheit. Die Namen sowie die Vergangenheit vor der Legion waren frei zur Weitergabe in die Uckerlamm-Cloud. Alle Details der Legionärslaufbahn hatten den Stempel der Verschwiegenheit. Zwanzig Minuten später meldete sich Krause-M.

»Ziemlich dürftig, was uns der alte Mann da an Almosen in die Schale geworfen hat. Findest du nicht, Andi? Oder weißt du mehr? Okay, okay dämliche Frage. Ich habe die beiden Namen sofort durch den Fahndungscomputer laufen lassen, negativ. War ja auch nicht anders zu erwarten. Über den Franzosen werden wir nichts finden. Der Deutsche sollte aber im Archiv der Stasi Spuren hinterlassen haben. Ich werde heute noch eine Anfrage ans Archiv der Gauck-Behörde stellen. Andi, was denkst du?« Krause-M erwartete anscheinend, dass ich bei Krause tiefer graben würde.

»Vermutlich wirst du bei Gauck nur die üblichen Oberflächeninformationen erhalten. Die Archive der paramilitärischen Stasi haben sich unsere nordamerikanischen Vettern gleich nach dem Mauerfall unter den

Nagel gerissen, oder sie wurden vernichtet, bevor Klarnamen und Einsatzorte an die Öffentlichkeit gelangten. Eines muss man der Stasi lassen, bei Quellenschutz und Informationssicherheit waren sie akribisch. Das macht es heute so schwer, Aktionen und Geschehnisse von damals mit Beweisen, Namen und Gesichtern zu füllen. Ich werde Krause bitten, den Verfassungsschutz hinzuzuziehen, mehr kann ich im Augenblick auch nicht tun, Achim, tut mir leid.« Ich hatte eine Idee im Kopf, aber diese Quelle war für *my ears only*. Eine halbe Stunde später rauschte ich am ehemaligen Fliegerhorst Groß Dölln vorbei.

Schorfheide, Kurtschlag

Diesmal blieb der Samowar kalt. Mein kurzfristiger Anruf hatte Lochner mitten in seinen Reisevorbereitungen erwischt. Es war zu merken, dass ich ungelegen kam.

»Witzler, wir haben keine Daten über die Beraterdienste von Mielkes Paramilitärs. Jedenfalls habe ich keinen Zugang dazu. Es kann schon sein, dass sich in den Archiven des GRU Informationen dazu finden lassen, schließlich trieben sich in den wilden Achtzigern Freischärler aller Nationen und Bündnisse in Afrika herum. Meine Stellung bietet mir aber keinen Zugang zu diesen Archiven, und ich habe auch keine Handhabe für eine Akteneinsicht dort. Vielleicht sollte Krause mal seine Verbindungen spielen lassen. Ich kann Ihnen diesmal wirklich nicht helfen, tut mir ehrlich leid.«

Wir verabschiedeten uns wortkarg. Ich wurde den Eindruck nicht los, dass Lochner wollte, aber nicht durfte. Von

Kurtschlag führte mich mein Weg hoch nach Friedrichsfelde, schließlich war ich Krauses Auge und Ohr bei der
Wahrung seiner Eigentümerrechte. Wie erwartet hatten die
Jungs alles im Griff, und wie erwartet bekam ich eine ordentliche Portion Hühnercouscous mit frischem arabischen
Brot für meine »Schwangerfrau« mit auf den Weg. Diesmal
lag sogar ein handschriftlich in Englisch gekritzeltes Rezept
dabei. In meinem Briefkasten lag auch ein Zettel.

»Major Dieter Kratzner, Führungsoffizier von Holz in
Mosambik. Lebt bei Zehdenick.« Lochner schien nicht
auf direktem Weg nach Schönefeld gefahren zu sein.
Nach alter Bondmanier warf ich den Papierschnipsel in
den Handwerkeraschenbecher auf unserem Gartentisch
und zündete ihn an. Meine Telefonbuchsuche verlief im
Sande, Kratzner hatte sich nicht eintragen lassen. Mit
dem Dienstzugangscode überwand ich die Datenschutz-
maßnahmen des kommunalen Wasserversorgers und
Bingo, Treffer. Kratzner, Helga und Dieter waren mit
ihrem Grundstück, Hinter dem Erlengrund 7 in Burg-
wall/Zehdenick, am 18.5.1983 an die öffentliche Wasser-
versorgung angeschlossen worden. Sie hatten im letzten
Jahr grundsolide neunundfünfzig Kubikmeter Wasser
verbraucht, vermutlich nahmen sie für den Garten das
Wasser aus der nahen Havel oder hatten einen Brunnen.
Trotzdem, sechzig Kubikmeter ließen auf einen ständigen
Wohnsitz schließen.

Um zwei kam Mila angerauscht, mit Oma im Gepäck.
Ihre Adleraugen fanden mich am Tümpel mit meinem
Tablet auf den Knien. Sie rief durch den ganzen Garten.

»Na, Andi, musst arbeiten? Bist auch ein Bulle, wie Mila mir gesagt. Bist ein fleißiger Bulle, komm, gib Oma einen Kuss.« Keine Minute später hatte ich Oma im Arm, die mit mir eine lautlose Runde Walzer über den frisch gemähten Rasen tanzte.

»Oma hat heute Morgen angerufen und sich dann in den Zug gesetzt. Sie will sich morgen mit meinem Vater treffen.« Mila verdrehte die Augen, anscheinend war es nicht so einfach, wie es auf den ersten Blick schien.

»Willst du auch einen Wodka, Andi?« Oma balancierte ein Tablett mit Onkel Bogdans Wodka und zwei Gläsern aus dem Haus.

»Ich muss noch arbeiten, Oma!«

»Halt die Klappe und trink einen mit, du manierenloser Spießer!« Mila pikte mir in die Seite und leise kam ein »Sei lieb zu Oma, nur einen, du musst ja sicher nicht gleich Auto fahren.« Oma goss mit geübter Hand zwei großzügig proportionierte Gläser ein, und mit »Na zdrowie« war der klare Freund weg.

»Hast Fische, Andi? Brauchst mehr Wasser, hast nicht genug Luft für Fische, gehen kaputt die Fische, musst mehr Wasser machen.«

»Wir haben keine Fische, Oma, wir haben nur eine Kröte, und die hat sich bisher noch nie über Niedrigwasser beschwert.« Ich griente Oma an und Mila steckte mir hinter Omas Rücken die Zunge raus.

»Oma, setz dich mal in den Liegestuhl.« Mila goss Oma noch eine Selbstmörderportion Wodka nach. »Andi und ich gehen schnell einkaufen, dauert nicht lange. Möchtest du Schwein oder Huhn heute Abend?«

»Bratkartoffeln, deutsche Bratkartoffeln mit Sülze, hab ich ewig nicht gegessen, hat meine Vater früher immer gemacht, ist so lecker, kannste machen, Mila?«

»Bratkartoffeln, sollst du kriegen, Oma. Wir sind gleich wieder da!« Mila nahm mich bei der Hand.

»Pass auf, Oma hat seit fünf Jahren nicht mehr mit meinem Vater geredet. Sie haben sich nach Opas Tod fürchterlich gestritten, weil sie Onkel Bogdan den Hof einfach überlassen hat und mein Vater bis auf ein paar alte Klamotten leer ausgegangen ist. Es war einfach kein Bargeld da, und dicke Konten hatten beide auch nicht. Oma bekommt eine magere Rente, sie wird ein bisschen durch die Witwenrente aufgebessert, es ist aber immer noch zu wenig zum Leben. Letztlich war es eine wirtschaftliche Entscheidung. Papas Bruder hatte den Hof die letzten Jahre sowieso schon geführt, und Oma konnte auf dem Hof bleiben. Ich glaube, es ging meinem Vater gar nicht ums Geld. Ich denke, er war nur einfach angepisst, weil keiner mit ihm geredet hat. Onkel Bogdan wurde einfach ins Grundbuch eingetragen und fertig. Die Briefe, die Oma all die Jahre zu Weihnachten und Ostern geschickt hat, liegen alle ungeöffnet in einer alten Schuhkiste, so ein Sturkopf.«

»Ist das erblich?«

»Nicht frech werden, Herr Witzler! Jedenfalls will Oma jetzt einfach bei Papa auftauchen und sich nicht mehr vom Hof jagen lassen. Die ist nämlich genauso stur wie er.«

»Scheint in der Familie zu liegen.« Schmunzelnd schielte ich rüber.

»Papa ist aber noch am Lausitzring, das konnte ich Oma am Telefon nicht mehr sagen, da hatte sie schon aufgelegt und ist kurz entschlossen in Frankfurt/Oder in den Zug gestiegen. Zwei Stunden später stand sie in Eberswalde auf dem Bahnhof. Was sollte ich denn machen, ich konnte sie ja schlecht da stehen lassen, Andi. Papa kommt in drei Tagen zurück, solange kann sie doch im Wohnzimmer auf der Couch schlafen.«

Nichts dagegen, aber der Gedanke, mir jeden Morgen schon zum ersten Espresso einen Wodka mit Oma zu teilen, war nicht der Start, den ich mir vorstellen wollte. Plan B schlummerte in der Garage und bestand aus vierzig Quadratmeter allerfeinstem Parkett, direkt aus Erich Mielkes altem Gästehaus in Wolletz. Dieter Deckert hatte seinerzeit bei der Umnutzung des Hauses in ein Krankenhaus den Auftrag für die Dachstuhlerneuerung bekommen. Nachdem er den uralten Ost-Teppichbelag rausgerissen hatte, strahlte ihn ein fast tadelloses Parkett aus den Dreißigern an. Zwei Stunden später lag die Entdeckung auf seinem Lkw. Vor drei Wochen war es für einen angemessenen Eurobetrag in meine Garage gewandert. Nun musste der ehrwürdige Belag nur noch in die neue Wohnlichkeit im ersten Stock. Ich machte ein paar Anrufe und hatte bald ein Team für den nächsten Tag zusammen.

Es wurde eine Punktlandung. Wir brauchten ganze sechs Stunden zum Verlegen. Dieter Deckert stand an der Säge und machte die Zuschnitte, Gerolf und Peter verlegten, ich schraubte die Fußbodenleisten an die Wände. Um kurz nach vier trugen wir ein gebrauchtes, aber noch sehr gut erhaltenes Schlafsofa, das jahrelang bei Matthias im Vorratsraum des »Kaiserbahnhof« herumgestanden hatte, ins zukünftige Kinderzimmer. Damit hatte Oma ein Gästezimmer für die nächsten Tage, und ich musste nicht morgens durch die Küche schleichen wie ein Geist.

Mila war mit Oma ins »Alexa« nach Berlin durchgebrannt. Die beiden rollten gerade wieder auf den Hof, als ich meinen alten zweiunddreißigzölligen LCD-Fernseher mit der Satellitenantenne verkabelte, damit Oma polnisches Fernsehen hatte. Oma war mehr als entzückt über ihr neues Bett mit Fernsehblick. Sie war nicht davon abzubringen, den Bauerfolg mit einer Runde von Bogdans Wodka zu begießen. Als Oma zur zweiten Runde ansetzte, legte Gerolf die flache Hand auf sein Glas, tippte sich lachend an die Stirn und zog seinen Autoschlüssel aus der Hosentasche. »Wir reden morgen, Andi.« Damit rauschte er von dannen. Die Weiber hatten Hunger. Die restlichen Bratkartoffeln von gestern hatten wir zum Mittag verputzt, und Milas Kochlaune hielt sich in Grenzen. Ein klarer Fall für den »Grünen Baum«.

Eberswalde, Landeskriminalamt

»Mila, fährst du bitte raus nach Haßleben, da sind am Wochenende vier Baumaschinen gestohlen worden. Der Bauherr hat vorhin durchgerufen, er ist gerade vor Ort. Ich habe Jens schon unterrichtet, er kommt mit dem Spurensprinter direkt von zu Hause nach Haßleben.«

Krause-M war nicht einmal eingetreten. Er hatte nur kurz in der Bürotür gestanden und war sofort weitergehastet, ein typischer Montagmorgen. Am Busbahnhof hatten die Sprayer wilde Sau gespielt und alle Busse mit ihren Konterfei versehen. Der Betriebsleiter war bei seiner Ankunft fast kollabiert. Krause-M hatte einen Vororttermin vereinbart, der Bürgermeister hatte sich soeben per Mail ebenfalls dazu angekündigt. Der Chef der Sicherheitsfirma war im Urlaub, und der zuständige Vertreter ließ sich wegen eines Zahnarzttermins entschuldigen. Was sollte er auch dort, schließlich hatte der Nahverkehrsanbieter erst vor drei Monaten den alten Vertrag, der einen Pförtnerdienst rund um die Uhr beinhaltet hatte, auslaufen lassen. Der neue Vertrag sparte vierzig Prozent der Kosten, dafür wurde der Bushof nur noch zweimal die Nacht von einer mobilen Streife angefahren. Vermutlich hatten die Sprayer das Areal vorher gründlich ausbaldowert und kannten die Zeiten der Streife genau. Krause-M hatte seinerzeit auf die Gefahr hingewiesen, war aber mit Blick auf den Sparzwang abgebügelt worden. Er hatte sich ein innerliches Grinsen beim Anruf des Betriebsleiters nicht verkneifen können. »Alle unsere Busse haben elektronische Wegfahrsperren, wer soll die klauen!« Tja, Herr Mandel, da haben Sie wohl nicht mit den »Künstlern« gerechnet. Die wollten nicht Bus fahren, die wollten Bus malen.

Mila druckte sich die Daten der Diebstahlmeldung aus. Haßleben war bei flotter Fahrt über die A11 in gut vierzig Minuten zu erreichen. Nach einem Blick in den verträumten Herbstmorgen entschied sie sich jedoch für die beschauliche Tour über die Dörfer, bei dem Wetter die schönere Strecke. Die Baumaschinen waren sowieso weg, also keine Gefahr im Verzug. Als sie kurz nach elf vor Ort ankam, staunte sie nicht schlecht. Anstatt der erwarteten kommunalen Kleinbaustelle traf sie auf eine Großbaustelle mit einem turmhohen Kran, drei Betonsilos mit dazugehörigen Mischanlagen und bestimmt zehn in zwei Etagen gestapelten Containern. In einem der oberen Container befand sich das Baubüro. Mila trat ohne anzuklopfen ein. Der nüchterne, verkratzte Container überraschte in seinem Inneren mit einer hochwertigen Möblierung und Wandbespannungen aus naturfarbenem Leinen. An der rechten Seite war über die gesamte Fläche ein Großdruckplan der Baustelle ordentlich verspannt, zahllose Fähnchen mit Mitteilungen waren darauf verteilt. Die Rückwand des Containers war komplett aus Glas und bot einen imposanten Ausblick in die riesige Baugrube.

»Kommissarin Levandowski, Kripo Eberswalde, sind Sie der Bauleiter?« Der junge Mann am Schreibtisch stand auf und gab ihr die Hand.

»Mark Visser, wir haben telefoniert, Frau Levandowski. Schön, dass Sie so schnell kommen konnten.« Er war groß gewachsen, hatte eine wilde, blonde Lockenpracht auf dem Kopf und einen holländischen Akzent. Auf den ersten Blick ein sympathischer Typ.

»Lewandowski wie der Fußballspieler?«

»Ja fast, und genauso polnisch, aber nicht ganz so dribbelstark.«

Visser schmunzelte. »Wollen Sie einen Kaffee?« Er nahm zwei Thermobecher aus dem Regal und goss aus einer großen Edelstahlkanne ein. »Milch und Zucker?«

»Nur Milch.«

»Lassen Sie uns runtergehen. Ich zeige Ihnen, wo die Fahrzeuge standen.« Der Abstellort der gestohlenen Baumaschinen befand sich im hintersten Winkel der riesigen Baustelle. Man hatte das Gelände extra eingezäunt, oben war sogar Natodraht verspannt. Es hatte alles nichts genutzt, denn der massive Bauzaun auf der Außenseite fehlte auf einer Länge von bestimmt zwanzig Metern völlig. Er war einfach weggerissen worden. Die einzelnen Segmente lagen zum Teil zertrümmert und verbogen herum.

»Hier standen Freitagabend noch ein Raupenbagger von Caterpillar und drei Radlader, ordentlich auf zwei Tiefladern verzurrt, mit Zugfahrzeugen.« Der Acker hinter der Baustelle war völlig zerfurcht, die schweren Lkw hatten tiefe Spuren hinterlassen.

»Haben Sie einen Verdacht, Herr Visser?« Der Mann hob resignierend die Hände.

»Keine Ahnung, wirklich. Ich hab schon überlegt, ob es vielleicht einen Tipp aus unserer Belegschaft gab. Die beiden Tieflader wurden Freitagmorgen erst angeliefert. Wir wollten heute mit dem Aushub für die neu geplanten Fundamente beginnen. Andererseits traue ich sowas keinem von unseren Leuten zu. Die meisten sind schon eine Ewigkeit bei uns.« In diesem Augenblick rollte der Spurensprinter auf den Hof.

»Unsere Spurensucher, Jens und Jochen Kaufmann. Jens, Jochen, Herr Visser ist der Bauleiter, er wird euch zeigen, wo die Fahrzeuge standen. Herr Visser, ich sende Ihnen ein Aufnahmeprotokoll als Pdf, wenn Sie das bitte ausfüllen würden und mir umgehend zurückmailen könnten? Ich drucke Ihnen dann auch gleich die Anzeige zur Unterschrift und das Aufnahmeprotokoll von heute aus.« Mila trank den letzten Schluck Kaffee und drückte Visser den leeren Becher in die Hand. »Danke für den Kaffee. Meine Kontaktdaten finden Sie in der Mail. Was machen Sie denn jetzt eigentlich ohne Bagger?«

»Wir werden uns einen mieten müssen. Gut, dass Sie mich dran erinnern, das Angebot sollte eigentlich schon da sein. Danke für Ihr schnelles Kommen, Frau Levandowski.« Er lächelte und wirkte dabei wie ein großer Junge.

Schorfheide, Joachimsthal

»Andi, die haben da ein Bauloch, das ist so groß, da kannst du die komplette Marina von Joachimsthal drin verstecken. Ich hab völlig vergessen zu fragen, was die da eigentlich bauen. Die haben einen Bürocontainer mit Stoffbespannung an den Wänden und eine Mahagoniholzeinrichtung wie auf einer Segeljacht. Ziemlich noble Bude für eine Baustelle, überhaupt macht es den Eindruck, als würde Geld keine Rolle spielen. Die gesamte Baustelle wirkt wie eine Modelleisenbahnplatte. Für die gestohlenen Maschinen mieteten sie gleich heute noch Ersatz, scheint ein solventer Bauherr zu sein. Der Bauleiter ist vermutlich ein Holländer, jedenfalls hat er einen holländischen Akzent.« Mila sprudelten die Worte nur so aus dem Mund.

»Wo ist das?«

»Haßleben!«

»Nie gehört.«

»Auf der 109 gleich hinter Mittenwalde, ist wirklich nur ein kleines Kaff. Ein paar Gehöfte und eine Kneipe im Ort.« Irgendetwas in meinem Hinterkopf machte leise *Bling*.

Mila verschwand im Haus und setzte sich mit ihrem Laptop zu Oma in die Küche. Im Topf brodelte eine Gemüsebrühe, in der Oma leckere, mit gewürztem Hackfleisch gefüllte Teigtaschen kochte. Dazu hackte sie gerade frische Tomaten und Paprika für eine leckere Soße. Morgen sollte Milas Vater zurückkommen. Mila wollte Oma mittags rüberfahren nach Liepe. Ich war gespannt, ob die Sturköpfe eine Lösung ihrer Familienprobleme finden. Mila hatte ich den Rat gegeben, sich besser aus der Schusslinie zu halten. Wenn sich Dickköpfe rauften, erwischte es nicht selten den unbeteiligten Dritten.

Nachmittags um drei kam das ausgefüllte Protokoll von Visser. Mila hatte richtig vermutet, Visser war Holländer, und sein Arbeitgeber war die »Tel Brenke Group« aus Amsterdam. Die Tel-Brenke-Gruppe bestand aus verschiedensten Unternehmen rund um den Erwerb, den Bau und die Verwaltung und Vermarktung von Immobilien. Sie war einer der ernstzunehmenden Akteure auf dem europäischen Immobilienmarkt. Was hatten diese Leute im verträumten Haßleben in der Uckermark zu schaffen? Da war es wieder, das *Bling*, diesmal in meinen Eingeweiden.

»Mila, ich würde mir gern die Baustelle in Haßleben einmal ansehen.«

»Sattelst du um auf Baggerklau?« Sie griente mich herausfordernd an.

»Reines Interesse am Tiefbau. Nein, im Ernst, ich möchte einfach mal ein Auge drauf werfen. Irgendwie schnuppere ich den Hauch eines unbestimmten Verdachts. Als Ermittler soll man sich auf seine Instinkte verlassen. Wann fährst du wieder hoch?«

»Visser hat das Protokoll ausgefüllt. Ich mache jetzt die Anzeige fertig. Wenn du willst, können wir in einer Stunde hoch, Visser muss sowieso unterschreiben. Ich rufe mal Jens an, wie lange die da noch zu tun haben.«

Es wurde halb fünf, bevor wir loskamen. Am Seitenfenster des Polo zog die endlose Weite der uckermärkischen Landschaft vorbei. Auf den großen Flächen sah man vereinzelt moderne Ackerschlepper, die von der Ernte übrig gebliebene Reste unterpflügten.

Wir parkten hinter dem Spurensprinter. Die Arbeiter hatten anscheinend schon Feierabend, die einzigen sichtbaren Personen auf dem Gelände waren unsere Spurenfüchse. Jens fotografierte gerade jedes Trümmerteil des demolierten Bauzauns. Jochen hatte den Turmkran erklommen und schoss mit seinem Tablet Übersichtsbilder des Tatorts. Visser hatte uns von seinem Büro aus entdeckt und winkte, hinter der großen Scheibe stehend, herunter. Am rechten Ohr hatte er sein Telefon und führte, seinen Gesten entnehmend, ein ziemlich angeregtes Gespräch.

»Entschuldigen Sie, mein Chef war dran. Hat eine Menge Staub aufgewirbelt die Aktion mit den Baumaschinen. Man macht sich Sorgen, dass unser Terminplan nicht gehalten werden kann, wenn wir den Tiefbau nicht pünktlich abschließen. Ich konnte ihn aber beruhigen. Morgen früh stehen die Mietmaschinen bereit, dann kann es losgehen.

Ich werde mal mit den Nachbarn reden, ob vielleicht von Freitag zu Samstag eine Nachtschicht möglich ist. Was führt Sie schon wieder her, Frau Levandowski?« Die Art, wie er ganz verbindlich Milas Hand mit beiden Händen nahm, gefiel mir ganz und gar nicht, genauso wenig wie seine blauen Augen und seine goldgelbe Lockenpracht. Der Typ war was fürs Modemagazin, nicht fürs Baubüro.

»Darf ich Ihnen vorstellen, Herr Witzler, mein Kollege.« Aha, ein Kollege war ich also, na schön, Kollegin Levandowski.

»Herr Witzler.« Der junge Adonis entbot mir seine Hand zum Gruße. Sein fester Händedruck überraschte mich und passte so gar nicht zu einem Bürohengst. Visser schien Sport zu treiben, oder er hatte den direkten Weg aus dem Handwerk an den Schreibtisch gefunden, was in der Braubranche nicht selten vorkam. Erfahrungen standen bei der Lösung komplexer Aufgaben oft höher im Kurs als langjährige Studiengänge.

»Können Sie Ihrem Mann sagen, er soll einen Sicherungsgurt anlegen? Ich hab mit dem Diebstahl schon genug am Hacken, wir brauchen hier nicht noch einen abgestürzten Kriminalisten.« Sein rechter Zeigefinger war auf Jochen gerichtet, der sich verwegen am Kran herunterhangelte. Mila verdrehte die Augen.

»Ich habe die Anzeige ausgedruckt und brauche Ihre Unterschrift, Herr Visser. Kommen Sie, wir gehen in Ihr Büro.« Mila lief mit Adonis im Schlepptau zur massiven Stahltreppe. Ich wollte mich in Ruhe auf dem Gelände umsehen und wertete Milas Rückzug in den Bauleitungscontainer als gewollte Hilfestellung.

Das Areal war wirklich riesig. Im vorderen Bereich befand sich eine etwa sechs Meter tiefe Baugrube mit einer seitlichen Kantenlänge von bestimmt achtzig mal vierzig Metern. Auf dem Boden lagen verschiedene Betonelemente wild verteilt, dazwischen hatten die Stahlflechter Bewehrungen für das Fundament zusammengeknüpft. Rechts und hinten waren die Schalungen für die Seitenwände schon fertig aufgestellt, vorn und links fehlten noch zwei Lagen Schalplatten. Was auch immer hier später stehen sollte, die Gründung war sehr solide geplant. Im hinteren Bereich waren weitere Flächen mit Stahlpflöcken und Flatterband abgesperrt. Auch hier sollten gewaltige Gebäude entstehen, nicht so wuchtig wie das vordere Bauwerk, dafür aber länger und schmaler. Am äußersten Eck schien das Baustofflager zu sein. Eine mobile Transporthalle bot eine regendichte Lagermöglichkeit für Baumaterialien aller Art. In den Hochregalen lagen Hohlblockziegel, Mörtelpaletten, Holzbalken der verschiedensten Querschnitte, kurzum der ganz normale Bedarf einer Großbaustelle. Als ich mich umdrehte, stand Mila mit Visser und einem weiteren Mann vor dem Containerdorf und winkte mir zu.

»Jan van Leeuwen, unser Sicherheitschef. Jan, Herr Witzler, ein Kripokollege von Frau Levandowski.« Mir gefiel die Art, wie er »Kripokollege« aussprach, nicht.

»Wir richten ab sofort eine 24-Stunden-Wache ein. Herr van Leeuwen ist gestern aus Den Haag gekommen. Er ist heute Vormittag gleich beim Arbeitsamt in Eberswalde vorstellig geworden und hat Kräfte angefragt.« Konnte Herr van Leeuwen auch alleine reden? Er konnte.

»Ich habe ein paar Leute vom Amt angefordert. Zwei kommen nachher vorbei, weitere acht haben morgen Vormittag einen Vorstellungstermin. Hier oben gibt es große Auswahlmöglichkeiten an kurzfristig verfügbarem Personal. Wir wollen erstmal zehn Leute testen und dann eine Gruppe von acht Leuten befristet einstellen.«

»Warum machen Sie das selber? Warum holen Sie sich keinen Wachschutz?«

»Herr Witzler, alle neu geschaffenen Arbeitsplätze werden zu hundert Prozent gefördert! Wir stellen die Leute ein und bilden nur die Führungsebene aus eigenen Kräften, alles andere wäre wirtschaftlicher Blödsinn.« Die hohe Arbeitslosigkeit in der Uckermark war offensichtlich nicht für alle unangenehm.

Jan van Leeuwen war ein stämmiger Bursche, etwa eins siebzig groß, breite Schultern, einen ordentlichen Bauchansatz, kräftige Unterarme und, soweit man sehen konnte, trainierte muskulöse Waden, die zwischen seinen Springerstiefeln und den Dreiviertelhosen herausschauten. Auf dem Kopf trug er ein schwarzes Basecap ohne irgendwelche Aufdrucke. Seine ebenfalls schwarze Windjacke entpuppte sich bei näherem Hinsehen als eine Tacticalwest mit Ärmeln, die durch Reißverschlüsse befestigt waren. Seine Erscheinung war die eines Söldners, wie ich sie schon an unzähligen Orten dieser Welt getroffen hatte.

Mit der unterschriebenen Anzeige machten wir uns wieder auf den Weg. Mir waren die Baustelle und ihre zuständigen Holländer unsympathisch.

»Der Kollege Witzler möchte jetzt gern nach Hause gebracht werden, an seinen verlodderten Tümpel ohne Panoramafenster und Wandbespannung.«

Mila drehte sich lachend rüber. »Der Kollege Witzler ist ja eifersüchtig!«

»Hat der Kollege Witzler denn einen Grund dazu?«

»Glaubt denn der Kollege Witzler, dass seine angebuffte Kollegin Hals über Kopf mit einem Holländer durchbrennt, nur weil der zufällig über ein wenig mehr Haupthaar verfügt? Ich glaube, hier muss mal was klargestellt werden!« Sie riss das Pololenkrad rum und bog so ruckartig in den angrenzenden Mischwald, dass mein Kopf gegen die Seitenscheibe prallte. Ich kam noch nicht mal zum Aua-Sagen, da war sie schon über mir und versuchte mich aufzufressen. Oma musste die zum Abendbrot gedachten leckeren Teigtaschen gut zwanzig Minuten länger warm halten.

Eberswalde, Landeskriminalamt

»Na, Achim, gestern den ganzen Tag mit dem Bürgermeister Busse entlackt?«

»Sehr witzig, Andi, Danke schön!«

Krause-M war angepisst. Die ganze Dienststelle lachte sich über ein Video kaputt, auf dem er und der Bürgermeister mit einer Flasche Graffitientferner versuchten, Teile eines Schriftzuges von einem Linienbus zu wischen. Sie gingen dabei so gründlich zu Werke, dass der gelbe Lack des Busses gleich mit entfernt wurde, und das blanke Blech durchschimmerte. Es wurde vermutet, dass einer der Sprayer diese Aktion aus seinem Versteck gefilmt und dann auf dem Channel »Tante Hildes bunte Bilder« bei YouTube eingestellt hatte. Krause-M war damit zum Filmhelden geworden, er lag in den Charts aber noch weit hinter dem Bürgermeister zurück, der seine Rolle als halbbemittelter Lackreiniger noch überzeugender rübergebracht hatte.

»Wenn du fertig gelacht hast, kannst du mal zu Jochen ins Labor rüberpirschen. Er will dir irgendwas zeigen von der Baustelle in Haßleben. Was hast du eigentlich auf der Baustelle zu suchen, ich dachte, das ist Milas Fall?«

»Amtshilfe, Achim.«

Er verdrehte die Augen, tippte sich an die Stirn und verschwand in seinem Büro.

Jochen saß an seinem »Schneidetisch«, wie er seine Computerstation nannte. Auf dem Tisch standen zwei Vierzig-Zoll-Monitore nebeneinander, auf denen unterschiedliche Programme zur selben Zeit liefen, hinten in der Ecke stand seine »Rennmaschine«. Ein Ungetüm von vier gekoppelten Prozessoren mit jeweils zwanzig Gigabyte Arbeitsspeicher. Hier entstanden seine Tatortmodelle und 3D-Animationen. Genau so eine hatte er für mich vorbereitet. Sie war gerade im Renderingprozess. Deshalb blieb Zeit für eine kalte Cola Zero aus seinem gut bestückten Glaskühlschrank.

»Da gibt sich die junge Familie ja heute die Klinke in die Hand, hier, in meinen kaiserlichen Gemächern. Mila war bis vor einer halben Stunde da und hat Spuren von der Baustelle geprüft. Wir haben jetzt einen ungefähren Tatablauf zusammengestellt.« Aus der Rennmaschinenecke kam ein zartes Klingeln.

»Bingo, fertig! Andi, komm, schnapp dir deine Cola, wir wollen mal sehen, ob sich der Meister geirrt hat.«

Der Meister sollte Recht behalten. Wie Jochen vermutet hatte, war der Zaun nicht von außen aufgebrochen worden. Irgendjemand hatte den ersten Tieflader gestartet und damit den stabilen Zaun von innen aufgedrückt. Der zweite Tieflader hatte mit der letzten Ecke die noch stehenden Stützen total verbogen. Die gründliche Lageanalyse der unzähligen Trümmerteile und die Art ihrer Beschädigungen hatte in ihrer Gesamtheit eine Simulation des Vorganges ermöglicht. Ich war sichtlich beeindruckt von Jochens Wunderwelt.

»Das Beste zum Schluss, Andi. Wer auch immer diese Lkw gestartet hat, musste vorher durch das verschlossene Zugangstor des Absperrbereiches. Jens hat aber am Schloss keinerlei Beschädigungen gefunden. Wer da durch ist, hatte einen Schlüssel.« Das warf ein völlig neues Licht auf Mark Visser und seine Leute. Entweder war einer der Burschen doch nicht so loyal, wie Visser beteuerte, oder der Fisch stank am Kopf und es war eine geplante Aktion. Warum sollten sich die Holländer aber selbst beklauen? Darüber konnte sich Mila morgen den Kopf zerbrechen, schließlich war es ihre Baustelle und ihr schöner Holländer.

Schorfheide, Joachimsthal

Vor meinem Haus stand ein verbeulter Ford Fiesta mit Barnimer Nummernschild, Milas Vater! Ich war mir nicht sicher, was mich erwarten würde, als ich die Tür leise öffnete, aber man hatte mich anscheinend schon gesehen.

»Komm rein, Andi, haste Hunger, hab ich Kraut mit Blutwurst gekocht, mach schnell, schmeckt lecker.« Oma rief durchs ganze Haus in einer Lautstärke, dass selbst Inge Kraushaar von gegenüber den Holzrechen kurz ruhen ließ und sich umdrehte. »Na denn, juten Appetit, Andi!«

Im Wohnzimmer saß Familie Levandowski in trauter Gemeinsamkeit und futterte, als wenn es morgen nichts mehr geben würde. Mila stand auf, gab mir einen Kuss, wuschelte meine Drei-Millimeter-Frisur und stellte mich ihrem Vater vor. Der erhob sich vom Stuhl und war mit seinen knapp zwei Metern zweifellos ein Kerl wie ein Bär.

»Michael Levandowski, Sie können mich Mike nennen.«

»Andreas Witzler, für Sie gerne Andi.« Die Zeit blieb stehen, ich fand keinen richtigen Einstieg in ein Schwiegervatergespräch. Oma besaß einen sechsten Sinn und erlöste mich reaktionsschnell.

»Andi, Junge, haste Hunger? Hab extra aufgepasst, dass sie dir was lassen übrig. Komm, is noch warm, is lecker.« Sie schaufelte mir einen Teller, von dem eine Kompanie hungriger Polen satt geworden wäre. Oma hatte recht, es war wirklich lecker. Als Dessert wurden hundert Gramm Wodka gereicht, danach gab es noch eine Kirschkaltschale, in der Oma eine Prise Pfeffer versteckt hatte, der Hammer für meine Geschmacksnerven. Wir saßen noch bis in den späten Abend draußen am Tümpel, Milas Vater erzählte wilde Räuberpistolen aus den Achtzigern. Als er sich kurz vor halb zwölf, nach drei Bier und vier Wodka, in seinen Fiesta setzen wollte, erinnerte sich Mila daran, dass sie ein guter Bulle war, und zog den Schlüssel aus dem Türschloss. Musste komisch sein, wenn man mit Mitte fünfzig noch mal im Bett bei Mama schlafen durfte.

Zehdenick, Burgwall

Kratzner war ein drahtiger Mittsechziger, sein Haar war grau, er trug es kurzgeschoren. Die teure, randlose Gleitsichtbrille verlieh ihm ein interessantes Äußeres.

»Guten Abend, Herr Kratzner, mein Name ist Andreas Witzler. Ich bin von der Kripo Eberswalde. Dürfte ich Ihnen vielleicht ein paar Fragen stellen?«

»Kripo? Hab ich irgendwas verbrochen? Zeigen Sie mir mal bitte Ihren Ausweis.« Ich zog den Dienstausweis der Eberswalder Dienststelle aus der Hosentasche. Er inspizierte ihn genau und nickte befriedigt.

»Man weiß heute nie, wer da vor dem Tor steht. Sie glauben ja gar nicht, was sich die Leute alles einfallen lassen, um ins Haus zu kommen.« Kratzner schloss das schmiedeeiserne Tor auf und bat mich hinein.

»Ist draußen okay für Sie? Dann gehen wir auf die Terrasse.«

Der sorgfältig gepflasterte Weg gabelte sich, eine Seite führte zur Hauseingangstür, die andere am Haus vorbei in Richtung Wasser. Die Kartzners hatten es sich hier schön gemacht. Das Grundstück war von der Straße durch eine hohe verwilderte Hecke vor Blicken geschützt, vor dem Haus war es jedoch in Richtung Wasser sehr großzügig gestaltet. Einige imposant geschnittene Nadelgewächse unterbrachen die akkurat geschnittene Golfrasenfläche. Die Terrasse erstreckte sich über die gesamte Breite des Hauses und wurde rechts von einem haushohen Kletterrosengerüst eingefasst. Die Gartenmöbel waren aus massivem Teak, das anscheinend erst vor kurzer Zeit geölt worden war. Kratzners hatten Geld und Stil. Ein Wassergrundstück ganz nach meinem Geschmack.

Kratzner bat mich, Platz zu nehmen, und verschwand im Haus. Zwei Minuten später erschien er mit einem Naturholztablett, auf dem zwei Gläser mit Eiswürfeln, eine Flasche Mineralwasser und eine Schale Erdnüsse standen. Der Mann hatte nicht nur Geschmack, er hatte auch Manieren. Er stellte die Ladung auf dem Tisch ab, goss Mineralwasser in die Gläser, setzte sich, nahm sich eine Nuss und sah mich ruhig an.

»Worum geht's, Herr Witzler?«

»Ich kann Ihnen die Angst nehmen, es geht nicht um Sie. Ich benötige ein paar Auskünfte über eine Person in Ihrer Vergangenheit.«

»Wie weit reicht ›Vergangenheit‹ in diesem Fall?«

»Achtziger Jahre, DDR, Afrika, Mosambik?«

Er lächelte verschmitzt, wirkte aber konzentriert. »Sparen wir uns die Rumeierei, Herr Witzler. Ich war bei einer Einheit des MfS, die es eigentlich gar nicht gegeben hat, und ich war an Orten, an denen ich niemals war. Ich werde Ihnen darüber keine Auskünfte erteilen, ich habe einen Eid darauf geschworen. Einen Eid, den selbst die heutige Regierung anerkennt, solange es sich dabei nicht um Verbrechen gegen die Menschlichkeit handelt.«

»Selbst wenn Sie irgendwelchen Dreck am Stecken hätten, ist das wahrscheinlich längst verjährt. Herr Kratzner, ich will keine Auskünfte über Ihre Stasikarriere. Da haben Sie mich anscheinend missverstanden. Ich untersuche einen aktuellen Fall von Entführung, in dem ein gewisser Pierre Acier aufgetaucht ist. Ich sammele Informationen über ihn.«

»Ich kenne keinen Pierre Acier, tut mir leid, Herr Witzler, der Name ist mir im Leben nicht untergekommen.«

»Sie kannten ihn unter dem Namen Peter Holz.« Kratzner verzog keine Miene und sah mir weiter locker in die Augen. »Sie waren sein Führungsoffizier in Mosambik, Herr Kratzner.«

»Peter Holz, mein Gott, wie lange ist das her? Der hat mein Leben damals ganz schön durcheinandergewirbelt. So gesehen war der Mauerfall für mich die Erlösung. Holz war eine ganz üble Kanaille. Was der an Scheiße gebaut hat, geht auf keinen Haufen, glauben Sie mir. Der ist mir doch tatsächlich in Mosambik durchgebrannt, der Himmelhund. Wir waren Ende der Achtziger mit gut hundert Leuten unten und haben als Ausbilder für die Truppen der FRELIMO gearbeitet, zusammen mit den Russen und einem Haufen Kubaner. Honeckers Friedensdoktrin verbot uns Kampfeinsätze jeglicher Art, außer zum Zwecke der Selbstverteidigung. Die ›Freunde‹ hatten seit Gorbatschow einen ähnlichen Status. Die Kubaner aber, meine Fresse, die waren immer mitten drin. ›Wenn es nach Hinterhalt roch, lag irgendwo ein Kubaner im Loch‹, war damals ein Spruch unter den Mannschaften. Während die meisten Leute von uns mit den Kubanern fremdelten, hatte Holz eine ganze Horde kubanischer Freunde. Er lernte sogar innerhalb weniger Monate Spanisch und hing jede freie Minute bei denen im Lager rum. Ich hab mich anfänglich immer gewundert, warum der manchmal den ganzen Tag nicht richtig auf Touren kam, bis mir ein sowjetischer Major steckte, dass Holz des Nachts mit den Kubanern auf ›Tour‹ ging. Unser Camp lag damals ungefähr fünfzig Kilometer südlich von Maputo, in der Nähe von Boane, keine dreißig Autominuten von Swaziland entfernt. Jede Nacht gab es Scharmützel mit Kräften der RENAMO, die von Südafrika unterstützt wurden und über Swaziland nach Mosambik einsickerten. Die Afrikaner sind an sich gar keine üblen Kämpfer, haben aber zwei Probleme: Disziplin und Nachtkampf. Sie konnten denen tausendmal den Umgang mit Nachtsichtgeräten und Restlichtverstärkern erklären, sobald es dunkel wurde, hatten die mehr Schiss als Vaterlandsliebe. Die RENAMO-Söldner fanden das schneller raus, als die Sonne über Maputo unterging. Das drückte den Einfluss der FRELIMO im grenznahen Raum spürbar runter. Die Kubaner holten sich bei den ›Freunden‹ schwere Waffen, und ab da rollten jede Nacht russische BMP und Schützenpanzer mit farbigen Besatzungen über die ausgetrockneten Pfade. Die haben der RENAMO ganz schön den Arsch aufgerissen. Kriege müssen sich aber auch für den kleinen Soldaten lohnen, und der Krieg in Mosambik lohnte sich, Blut gegen Dollar. Entlang der Grenze zu Südafrika wurde geschmuggelt, was das Zeug hielt. Es gab nichts, was im bunten Treiben der mobilen Händler nicht angeboten wurde. Einzig akzeptierte Währung war der harte Dollar. Die Kubaner jagten nicht ausschließlich die RENAMO, ihre Streifzüge durch die afrikanische Nacht galten auch Schmugglern und Zwischenhändlern. Ein hoher kubanischer Verbindungsoffizier hat mir mal auf einer unserer zahlreichen wilden Saufpartys gesteckt, dass er davon ausgehe, dass sich jeder kubanische Kämpfer während der vierundzwanzig Monate seiner Stationierung in Mosambik etwa zwölftausend Dollar einstecke. Papa Castro beanspruche etwa die Hälfte für sich, was immer noch ein gewaltiges Sümmchen für so einen dahergelaufenen Zuckerrohrbauer war. Später erfuhr ich, dass sich die Offiziere auch noch mal die Hälfte in die Tasche steckten, blieben aber immer noch dreitausend Dollar. In dem Augenblick war mir klar, warum die Kubaner keine Nachwuchssorgen hatten.« Kratzner lachte herzlich und zog eine Schachtel Marlboro aus seiner Hemdtasche. Dass er Raucher war, überraschte mich. Intelligente, sportliche Rentner rauchten in der Regel nicht oder nicht mehr. Schon komisch, dass man viele wichtige Entscheidungen erst traf, wenn sie eigentlich schon zu spät waren. Ich lag aber gar nicht so falsch.

»Entschuldigen Sie, Herr Witzler, stört Sie das?«

Ich schüttelte den Kopf. Die Ausbildungsrichtlinien jedes Agenten sagten für diesen Fall, Nikotin entspannt und wirkt hemmungslösend, einfach zuhören, wenn notwendig mitrauchen. Dazu kam es aber nicht.

»Eigentlich habe ich aufgehört, vor dreiundzwanzig Jahren! Als letztes Jahr meine Frau gestorben ist, bin ich am Abend der Beerdigung nach Zehdenick zu Aral gefahren und hab mir eine Packung geholt. Ich habe die ganze

Nacht unten auf dem Steg gesessen und eine nach der anderen gequalmt. Seitdem bin ich wieder drauf.«

»Helmut Schmidt war weit über neunzig!«, erleichterte ich sein Gewissen. Er zwinkerte mir zu, nahm einen tiefen Zug und drückte die halbe Zigarette auf einem Fensterbrettstein aus.

»Mach ich immer so, spare ich zwar nichts, rauche aber trotzdem nur die Hälfte.« Kratzner war ein gesunder Rechner.

»Wir waren bei Holz und der Kuba-Connection stehen geblieben.«

»Ja, der Holz, der alte Gauner. Wir, der russische Major und ich, haben eines Nachts den Spind von Holz auf den Kopf gestellt und uns jeder achthundert Dollar in die Tasche gesteckt, da hat er ganz schön blöd aus der Wäsche geschaut.« Kratzner lachte laut und bekam einen Hustenanfall. »Scheiß Raucherei! – Der wusste genau, wer ihm die Brieftasche geleert hatte. Hat mich nur blöd angeglotzt, sich aber nicht getraut, Pieps zu sagen. In der nächsten Nacht hat er mir die Nummer heimgezahlt. Er ist abgequalmt, der Sauhund!« Kratzner zog sich die nächste Zigarette aus der Schachtel, diesmal bellte er schon beim Anstecken.

»Was Schlimmeres gab es für einen Führungsoffizier in meiner Position nicht, das war ein klarer Karrierekiller. Ich habe zwei Wochen lang den Deckel draufgehalten und jeden Tag Patrouillen ins Grenzgebiet geschickt, hatte ich doch die irrige Hoffnung, seine aufgedunsenen Überreste irgendwo aufzupicken, aber Fehlanzeige. Der Holz war getürmt. Die Kubaner haben gemauert, von denen war kein Sterbenswörtchen rauszubekommen. Später habe ich erfahren, warum. Holz hatte die restlichen vier Besatzungsmitglieder des Schützenpanzers getötet, aus dem Fahrzeug geworfen und war in Richtung Rhodesien abgezischt. Die Schlappe konnten sie nicht eingestehen. Meine Meldung nach Berlin wurde erst nach drei Tagen bestätigt. Das war mehr als ungewöhnlich. Ich hatte mit einer sofortigen Abberufung gerechnet, aber nichts. Die Führung in Berlin war viel zu beschäftigt. Der ›Demokratische Aufstand‹ ersparte mir die sprichwörtliche Schlinge um den Hals. Die Hauptverwaltung Aufklärung hatte keine Zeit und keine Mittel mehr, um die gewohnte Disziplin durchzusetzen. Die haben einfach den Stecker gezogen und mich da unten sitzen lassen. Ich konnte im Fernsehen verfolgen, wie die DDR sich über Ungarn und Prag entvölkerte. Als am 9. November die Mauer fiel, wurde mir bewusst, dass der Drops gelutscht war. Am 11. November stand ich morgens auf dem Flughafen Maputo bei der portugiesischen TAP am Schalter und hab mir ein Ticket nach Berlin Tegel geholt. Hat siebenhundert Dollar gekostet, für die restlichen Hundert habe ich im Flieger ein sauteures Parfüm für Helga gekauft. Am 11.11. war Karnevalsanfang, und alle Masken waren gefallen. Helga hat an dem Abend noch einen dicken Kratzer in unseren Lada gefahren, als sie versuchte, sich in Tegel zwischen zwei Taxis zu quetschen. Ich kann mich noch genau erinnern, Helga war völlig von der Rolle. Der Taxifahrer, ein alter Türke, hat versucht, sie zu beruhigen. Der konnte gar nicht verstehen, wie man sich wegen einer Beule im Auto so in die Hose machen konnte.« Kratzner nestelte an der Marlboropackung. Ich sah auf seine Finger und schmunzelte. Er schob die Kippe wieder zurück.

»Soweit ist es gekommen, dass ich mich schon freue, wenn ich der Kripo mein Herz ausschütten kann. Das Ende ist nah. Jetzt habe ich Sie mit meiner Lebensbeichte überfallen, Herr Witzler. Habe ich Sie vorhin richtig verstanden? Sie ermitteln gegen Holz?«

»Sagen wir mal so, ich ermittle in einem Entführungsfall, und der Holz scheint maßgeblich in diese Sache verwickelt zu sein. Wollen Sie wissen, wo Ihr Leutnant abgeblieben ist, Major Kratzner?« Er nickte stumm und war nicht überrascht, dass ich seinen letzten Dienstgrad kannte.

»Er hat neunundachtzig bei der Fremdenlegion angeheuert.«

»Der Sauhund, das passt zu ihm, hat bestimmt 'ne steile Karriere gemacht.« Seine Lippen wurden zum Strich. Als Führungsoffizier schätzte er das Persönlichkeitsprofil seines Untergebenen richtig ein.

»Kann man so sagen. Er ist aber nicht mehr aktiv und wurde nach zwanzig Jahren in Ehren entlassen. Mich würde die Zeit vor Afrika interessieren. Aus welcher Ecke stammte er? Wo ist er zur Schule gegangen? Was hat er gelernt? Wie ist er zu den Paramilitärs der Stasi gekommen? Die haben sich ihre Leute sicher ausgesucht. Da konnte man sich nicht einfach so bewerben, denke ich. Kann ich noch ein Wasser haben?« Gedankenverloren goss mir Kratzner nach. Er ging in seinen Erinnerungen gerade die Akte »Holz« durch.

»Der war aus der Schorfheide, aus … aus … Mann, aus Wildau, unten am Südzipfel vom Werbellinsee. Genau,

Peter Holz, geboren am 8.2.1967 in Eberswalde, aufgewachsen in Wildau, POS ›Georg Büchner‹ Joachimsthal bis zur zehnten Klasse, danach EOS ›Herman Matern‹ in Templin, Abi mit Zwei gemacht, danach ein Jahr in Eiche-Golm an Mielkes JHS, danach noch zwei Jahre bei der Auslandsabteilung in Gosen/Erkner, mit einundzwanzig Leutnant geworden und raus in die große weite Welt geschickt. Bedauerlicherweise genau in meinem Haufen gelandet.« Er trank sein Wasserglas in einem Zug aus.

»Wie ist er zur Stasi-Ausland gekommen? Haben Sie da auch etwas für mich? Hat er schon in der Jugend seine Schulkameraden bespitzelt? Es muss irgendeinen Grund dafür geben, dass er diesen Weg eingeschlagen hat.«

»Tut mir leid, Herr Witzler, das stand in meinen Unterlagen nicht drin. Ich kann mich an jede einzelne Akte erinnern, in solchen Dingen habe ich ein fotografisches Gedächtnis. Mir fällt jedoch jemand ein, den ich dazu fragen kann, wenn er noch lebt, tja, der müsste jetzt weit über achtzig sein. Mein Gott, wie die Zeit vergeht. Lassen Sie Ihre Telefonnummer hier. Ich rufe Sie an, wenn ich etwas erfahren habe.« Ich nahm den letzten Schluck Wasser und schob ihm meine Eberswalder Kripo-Visitenkarte rüber. »Danke für Ihre Kooperation, Herr Kratzner.«

Er brachte mich zum Gartentor und wartete, bis ich abgefahren war. Sympathischer Typ! Das waren also Krauses Gegner im Kalten Krieg, ging mir während der Fahrt durch den Kopf. Schon komisch diese Welt, ich hätte wetten können, die beiden würden sich verstehen, wenn sie sich kennenlernen würden.

Auf dem Rückweg nach Joachimsthal rief ich meinen alten Freund Heinrich Gerst an.

»Heinrich, hier ist Andi, hallo?«

»Hier Gerst. Wer is'n da?«

»Ich bin's, Andi.«

»Wer?«

»Mensch, Heinrich, Andi Witzler!«

»Warum sachst'n dit nich gleich, wat jibs, Andi, dat de selbst anrufst?«

»Sag mal Heinrich, bist du zu Hause?«

»Ja, wo soll ick sonst sin? Ick weeß ja nich, wo du bist, aba hier fängt dit jerade fürchterlich an zu pissen.«

»Ich komme aus Burgwall, hier ist es noch trocken. Hinten über Zehdenick fängt es aber auch an zu blitzen. Sag mal, kann ich kurz vorbeikommen?«

»Ja logisch, keen Problem. Wann biste da?«

»Das Navi sagt neunundvierzig Minuten, aber ich mach hin, gute halbe Stunde, bis gleich.«

»Nimm dir Zeit und nich dit Leben, Andi.«

Es wurden fünfundvierzig Minuten. Auf dem Tisch in der Küche standen zwei offene Bierflaschen, zwei Wassergläser und eine Mostflasche mit rotem Inhalt.

»So, und jetzt kipp ick uns ma 'nen echten Kirschrum in. Hab ick selbst anjesetzt. Prost, Andi!«

Zum Glück war das Bier schon offen und löschte den Kirschbrand in meinem Hals. »Huuhh, Heinrich, da haste dich anscheinend ein bisschen vertan.«

»Ick glob, Lorchen hat den falschen Rum jeholt, meine Fresse, dit brennt ja wie Feuer. Wat jibs denn so dringend, dass du plötzlich hier ufftauchst?«

»Heinrich, sagt dir der Name Peter Holz was?«

»Peter Holz, Mensch Andi, Peter Holz, weest du, wie lang dit her is? Warte ma, der hat bei mir Russisch und Geografie jehabt. Ick erinner mich, dit war vielleicht 'ne Type, Mensch, davon brauchste och keen zweeten.« Anscheinend hatte Peter Holz schon als Schüler Qualitäten an den Tag gelegt, an die sich seine Mitmenschen immer noch erinnerten.

»Der war een aalglatter Sauhund. Der hat ma vor de Stunde meene Kreide aus'm Fenster jeschmissen, und während ick neue aus'm Lehrerzimmer jeholt habe, hatta mir 'nen Fünfer aus de Manteltasche jeklaut, für Zijaretten. Hat mir Jahre später eene von seine damaligen Mitschülerinnen uff'n Feuerwehrball erzählt. Ick hab nie wieda wat von den jehört. Wie kommste ausgerechnet uff Peter Holz?«

»Er ist einer der Verdächtigen in einem Entführungsfall, Heinrich.« Ich konnte ihm unmöglich erzählen, dass Holz vermutlich auch unmittelbar an der Tötung seines Freundes Manfred Hornig beteiligt war. »Nach unseren Unterlagen war der Holz bei der Stasi.«

»Na janz sicha war der bei de Stasi. Der war det Trüffelschwein vonne Stasi.«

»Was war der, das Trüffelschwein? Wie meinst du das? Hat er seine Mitmenschen angeschwärzt?«

»Dit hatta mit Sicherheit och jemacht. Ick kann ma erinnern, die kleene blonde Sportlehrerin, der hatta schön eene mitjejeben. Die hatte die Jenehmigung, nach 'n Westen rüba zu fahr'n, zu die Beerdigung von ihren Opa, und drei Tage vorher musste 'se den Pass wieda abjeben.

Inne Woche zuvor hatte 'se Holz 'ne glatte Fünf in Bodenturnen verpasst. Der war zwar 'n juter Läufer, aber uffe Bodenmatte issa rumgehopst wie 'n Zickenbock. Für mich war det damals schon völlich klar, dass der Holz die anjeschissen hat.«

»Und deshalb war er das Trüffelschwein?«

»Nee, dit war 'ne janz andre Jeschichte. Der hat ja unten in Wildau jewohnt. Der Vadda war jejenüba inne Hubertusburg bei de Wachmannschaft vonne Nachrichtendienstzentrale, also och bei de Stasi. Die olle Hubertusburg war dit Jagddomizil von die janzen Ostbonzen. Der Bengel ist schon von früh an alleene durch 'n Wald jepirscht, der wusste, wo die Hirsche stehen, in welchet Unterholz die Rehe die Kitze versteckt ham, und natürlich kannta och jede Schweinesuhle. Wenn die Herrn Jäger aus'm Ministerium inne Schorfheide ankamen, denn wollten se natürlich nich erst stundenlang nach de Schweine suchen oda ewig uff'n Anstand sitzen. Die wollten ankommen, durchladen, abknallen und denn tierisch een druff machen. Dit sprach sich janz schnell rum, dat der kleene Bengel jede Schweinesuhle im Umkreis von zwanzig Kilometern kannte. Der hat die Typen imma zu de Schweine jeführt. So isser zu den Namen Trüffelschwein jekommen, da war er grad ma zwölf Jahre alt. Die Leute ham erzählt, die ham den imma zum Dank den Fangschuss mach'n lassen. Weeste, wenn dit Vieh noch lebt, denn jeeste ran und knallst dit Vieh aus de Nähe mit de Pistole in Kopp, damit dit dot is. Die Penner ham doch wirklich den Bengel mitte Pistole schieß'n lassen. Der soll da imma total heiß druff jewesen sein, der fand dit faszinierend, wenn dit Leben aus dit Vieh gewichen is. Kannste sagen, wat de willst, der hatte schon als Bengel 'ne Panne, der Holz. War zu erwarten, dat der zur Stasi jeht. Ick weeß nich, ab wann er dabei war, ick tippe ma so ab de achte Klasse. Aber dit wusste eijentlich och jeder, den hamse nüscht erzählt, wat er nich unbedingt wissen musste. Sach ma, Andi, hängt dit mit den verloren jejangenen Schäfer aus Friedrichsfelde zusammen? Den hamse doch die janze Herde erschossen. War dit och der Holz? Ick meene, passen würde dit uff ihn.« Gott sei Dank kombinierte Heinrich nicht weiter und kümmerte sich lieber um den Umtausch der Schnapssorte. Es wurde eine wunderbar milde Mirabelle, fruchtig und sanft im Abgang. Meine schwangere Abstinenzlerin holte mich zwei Stunden später, voll wie ein Gaul, ab. Heinrich schaffte es immer wieder, mir die Grenzen angenehmen Genusses aufzuzeigen.

Eberswalde, Landeskriminalamt

»Na, Kollege Witzler, wieder nüchtern? Meine Fresse, hast du geschnarcht. Hat dich ganz schön abgefüllt, der Heinrich. Der war aber auch völlig im Eimer. Lorchen und ich haben ihn im Wohnzimmer aufgebettet, bis ins Schlafzimmer war uns der Weg zu weit.« Meine Lebensgefährtin war fit wie ein Turnschuh, während ich mich an meinem Kaffeepott festhielt. Zwanzig Minuten soll es dauern, bis Aspirin wirkt, mir kam es vor wie eine Ewigkeit. Die Abreise von Milas Vater und Oma hatte ich gestern wegen Heinrich verpasst. Ich überlegte kurz, ob sie deswegen einen schlechten Eindruck von mir bekommen könnten, dann dachte ich daran, wie viel beide selbst von Bogdans Wodka wegstecken. Ich gehörte jetzt wohl endgültig zur Familie.

»Hast du die Simulation von Jochen gesehen, Andi? Starkes Stück, die haben anscheinend die eigenen Maschinen verschwinden lassen. Mein Bauch sagt mir, klarer Fall von Versicherungsbetrug.«

»Hast du da eigentlich irgendwo ein Baustellenschild gesehen, Mila?«

Sie schüttelte den Kopf.

»Wir haben nicht mehr als Vissers Angaben von der Anzeige. Ich habe gestern in der deutschen Niederlassung der Tel Brenke Group angerufen, aber da hat man mich hingehalten. Sie wüssten nicht genau, um welches Objekt es sich handeln würde, sie würden es prüfen und mir dann eine Erklärung per Mail senden, auf die warte ich heute noch.«

Staatsanwaltschaft Frankfurt/Oder, Zweigstelle Eberswalde

Es war ein mehr oder weniger verschwiegenes Geheimnis, dass der leitende Oberstaatsanwalt Dr. Peter Korn und die junge Rechtspflegerin Anne Kümmer sich weit mehr teilten als nur ihr Arbeitsgebiet. Dr. Peter Korn lebte in Trennung und war aus dem gemeinschaftlichen Familienhaus am Stadtrand in eine großzügige Terrassenwohnung am Kanalufer gezogen. Dass junge Familien zerbrachen, war schade, gerade für die Kinder, aber an sich eine Alltäglichkeit der neuen kommerzialisierten Welt. Korn wollte schnell mehr Geld, Frau und Familie wollten mehr Zeit, ein unlösbarer Widerspruch. Korn, ein Einzelkind mit ausgeprägtem Ego und einer lodernden Leidenschaft für attraktive Frauen, war die junge Anne Kümmer schon während ihres ersten Praktikums ins Auge gefallen. Freilich konnte er damals als frisch gebackener Familienvater nicht sofort forsch aufspielen, aber die Kommentare und Komplimente, die er der gebildeten und überaus smarten Praktikantin gemacht hatte, waren auf fruchtbaren Boden gefallen. So war es kein Wunder, dass man sich in Korns neuer Lebenssituation mehrmals wöchentlich das breite Bett in der Bollwerkstraße teilte. Die meisten Kollegen wussten um das Verhältnis, hielten aber die Klappe. Erstens ging es sie nichts an, und zweitens konnte der leitende Oberstaatsanwalt Dr. Korn ein unliebsamer Zeitgenosse werden, wenn man ihm auf die Füße trat.

Korn hatte die Lust übermannt. Er wollte nicht auf morgen Abend warten, er wollte kein romantisches Essen im Vorprogramm. Er wollte, und wie er wollte, jetzt und gleich und hier! Die Türen in Behörden waren schließlich schallgedämmt und hatten solide Schlösser. Dr. Korn drückte auf die Türklinke. Niemand da, Mist. Wo konnte Anne sein? Er sah auf die Uhr, kurz nach zwei, die Mittagspause war längst vorbei. Ein leichter Anflug von Missmut kam auf. Er nahm seinen Generalschlüssel und verschaffte sich Zugang. Korn setzte sich auf Annes, wie immer viel zu tief eingestellten, Bürostuhl und betrachtete gedankenverloren die antike Lederschreibtischunterlage, ein elterliches Geschenk zu Annes Verbeamtung. Sein Blick blieb an den beiden dunklen Flecken in der Mitte hängen. Anne hatte sie nicht heraus poliert. Ein Grinsen überzog sein Gesicht, gerne hätte er einen weiteren

Fleck hinzugefügt, aber verdammt noch mal, Anne war ausgeflogen. Innerlich unbefriedigt, wühlte er in den zahllosen Schriftstücken der Ablage. Eines stach heraus, eine einfache, von Hand verfasste Din-A4-Seite, anscheinend mit einem Federhalter in Tinte auf Büttenbriefpapier geschrieben. Die Anzeige eines Horst Watzke, seines Zeichens Bauer. Watzke aus Böckenberg beschwerte sich ausgiebig darüber, mehrfach von zwei Unbekannten aufgesucht geworden zu sein, die ihn von seinem Land vertreiben wollten. Er habe das sicherlich finanziell interessante Kaufangebot aber energisch abgelehnt. Trotzdem wären die beiden Personen erneut bei ihm erschienen. Das letzte Mal hätten sie ihn schon in seinem Wohnzimmer erwartet und ihm gedroht: »Wir können auch anders!« Nach zwei heftigen Maulschellen, bei denen die rechte Brücke im Oberkiefer zerbrach, waren sie abgezogen. Er stelle hiermit Strafanzeige wegen Nötigung, Erpressung und Körperverletzung gegen Walter Bechtel und Patrick Gardin. So hätten sich die beiden Herren vorgestellt.

Korn starrte wie elektrisiert auf den Briefbogen, Horst Watzke. Das »Problem Horst Watzke« war nicht erledigt worden, das »Problem Horst Watzke« schien gerade zu einem Fiasko zu werden. Er würde umgehend mit Bern telefonieren müssen, als Erstes musste die Anzeige von Watzke aber aus der Schusslinie. Auch wenn Bechtel und Gardin nicht zu ermitteln waren, da es sich um falsche Identitäten handelte, würden sich die Ermittler von Krause-Marciniak daran festbeißen. Dieser neue Ermittler aus Berlin besaß einen Riecher wie ein Ameisenbär. Er hatte schon bei dem Fall des toten Russen eine gewichtige

Rolle gespielt. Korns Versuche, über seine vortrefflichen Möglichkeiten etwas über diesen Andreas Witzler zu erfahren, waren alle im Sande verlaufen. Dieser Witzler war ein unbeschriebenes Blatt, so unbeschrieben, dass nicht mal sein Studium irgendwo auftauchte. Korn schüttelte argwöhnisch den Kopf. Logisch vorgehen, die Anzeige verschwinden lassen, das Problem Watzke lösen, sich um diesen Witzler kümmern. Er faltete das Blatt mehrfach und ließ es keine Sekunde zu spät in der Tasche seines teuren Jacketts verschwinden. Anne stand in der Tür, unter dem Arm ein Bündel Akten aus dem Archiv.

»Lust auf einen Kaffee?«

Zehn Minuten später saßen sie in der gemütlichen Ecke des Centercafés der Rathauspassage. Auch wenn der Blaubeerkuchen allererste Sahne war, fand es Anne schon etwas ungewöhnlich, dass es diesmal kein »Vorspiel« auf dem Schreibtisch gegeben hatte.

Schorfheide, Joachimsthal

»Boah, Blitzlicht!« Gerolf fluchte. Wieder hatte der Lichtbogen seines Elektroschweißgeräts zugeschlagen, bevor er die Schutzhaube vor sein Gesicht bekam. Gerolf Simon und Frank Deckert, der Bruder von Dieter Deckert dem Dachdecker, hatten bereits acht neue Zaunpfeiler gesetzt und waren gerade dabei, die Aufnahmen für die elektrische Toröffnungsanlage anzuschweißen. Mila hatte mich einen degenerierten, alten Mann genannt, als ich den Vorschlag machte, die Torflügel zukünftig mittels Fernbedienung zu bedienen.

»Zu faul, deinen süßen kleinen Arsch aus dem Auto zu heben, Andi?« Ja, vielleicht, aber Lochners Torschließanlage hatte mich fasziniert.

»Verdammte Scheiße, Mann, ick bin so ein Idiot!«

Gerolf drückte die Öffnungstaste der Fernbedienung, und der Motor versuchte umgehend, die Torflügel nach außen aufzudrücken, anstatt sie nach innen zu schwenken.

»Alle Konsolen falsch angeschweißt! Wie kann man nur so bekloppt sein?«

Auch einen erfahrenen Fuchs unter den Handwerkern, der Gerolf mit Sicherheit war, ereilte irgendwann der totale Blackout. Er holte lautstark vor sich hin fluchend die Flex aus seinem Auto und schnitt unter ohrenbetäubendem Geheul die massiven Konsolenträger wieder von den Zaunpfeilern.

»Wär ja allet keen Problem, wenn ick nich ausjerechnet heute mit meine Frau zum Geburtstach von unsern Enkel müsste. Ick find dit zwar Quatsch, dat wir unbedingt schon um drei da sein müssen, zum Kaffee. Mensch der Piepel wird een Jahr alt, der kriegt doch sowieso noch nich mit, ob wa nun zum Kaffee oder zum Abendbrot da sind, aba nee, ick steh wieder voll unta Stress. – Scheiße!« Der heiße Schwall glühender Stahlpartikel war ihm zwischen Handschuh und Jacke in den Ärmel gefahren. Die Flex fiel zu Boden, und die hauchdünne Inox-Trennscheibe zerbrach.

»Ja Klasse, dit nun ooch noch, ick werd völlig blöde. Andi, hast du noch Scheiben?« Ich hatte, und nach gründlicher Suche im zugerümpelten Keller fand ich

sie auch. Als Mila kurz nach drei aus Eberswalde heran-
rauschte, öffneten sich die Torflügel wie von Geisterhand.

»Schönes Spielzeug!« Sie befestigte den von mir fei-
erlich überreichten Sender an ihrem Poloschlüssel, gab
mir einen Kuss und hatte Hunger. Nun lud der schöne
Herbstnachmittag sicher dazu ein, den Grill anzuwerfen,
einzig die Lust dazu fehlte mir. Wir pilgerten rüber zu
Fischer Wolfs »Seewolf« und verputzten zwei prächtige
Forellen mit Bratkartoffeln.

»Die bauen in Haßleben ein riesiges Lebensmittelverwer-
tungszentrum. Heute Mittag kamen zahlreiche Unterlagen über die EU-Fördermittelstelle per Mail. Andi, die
wollen da rund vierzehn Millionen in den Sand setzen.
Ein Aufkauf- und Sortierzentrum für Obst und Gemüse,
einen Verarbeitungsbetrieb für Rohfleischerzeugnisse und
einen Schockfrostbereich mit riesiger Kühllagerkapazität
sowie angeschlossenem Logistik- und Versandbereich.
So steht es jedenfalls in den Unterlagen. Also, wenn das
wirklich wahr ist, dürfte der Laden die größte Investition
in der Schorfheide seit der Pionierrepublik ›Wilhelm Pi-
eck‹ sein.« Mila strahlte vor Wissen.

»Und wem gehört der Laden dann später?«

»Der geheimnisvolle Investor hört auf den klangvollen
Namen UCKERBIO AG und ist als Aktiengesellschaft in
der Schweiz registriert. Sitz der Gesellschaft ist Bern. Ich
habe gleich versucht, über Europol Hintergrundinforma-
tionen anzufordern, aber Pustekuchen. Hinter UCKER-
BIO steckt ein Bankenkonsortium, und die scheinen mit
Informationen sehr verschwiegen umzugehen. Auf jeden

Fall ist mir jetzt klar, warum die in Haßleben so riesige Fundamente in den Boden graben.« Mila leckte den Löffel ab, die riesige Portion Schwedeneisbecher war einfach verschwunden.

»Stellt sich die Frage, warum die bei so einer fetten Investitionssumme ihre eigenen Bagger klauen. Man begeht doch keinen Versicherungsbetrug, wenn man die Taschen voller Moneten hat. Irgendwas stinkt da, Mila.« Mein noch mehr als halbvoller Schwede wanderte über den Tisch, ich konnte den hungernden Blick meiner Schwangeren nicht länger aushalten. Die griente nur ausgelassen und ließ erneut den Löffel kreisen.

Eberswalde, Bollwerkstraße

Dr. Korn hatte sich seiner Krawatte entledigt, sich einen zwanzig Jahre alten, wohltemperierten Whisky ohne Eis eingeschenkt und saß auf seiner großzügig bemessenen Terrasse, vor sich den auseinandergefalteten A4-Bogen aus Anne Kümmers Aktenablage. Der Fall Watzke brannte unter den Nägeln, nicht auszudenken, was passierte, wenn der sich nochmals an die Staatsanwaltschaft wandte, oder noch besser, die Kripo rief. Korn wählte die Berner Nummer aus dem Kopf.

»Ja, Korn hier. Ich muss mit Herrn Oberhofer reden. Nein, es hat keine Zeit. Sie scheinen mich nicht zu verstehen, es muss sofort sein. Selbstverständlich ist es so dringend, sonst würde ich ja nicht anrufen, Danke schön!« Es folgte eine längere Pause.

»Oberhofer. Was gibt es so Wichtiges, Herr Dr. Korn?«

»Der Fall Watzke läuft aus dem Ruder. Ihre beiden Affen haben sich benommen wie die Axt im Wald. Oberhofer, Sie müssen unbedingt in Ihrem Laden aufräumen.«

»Nichts für ungut, Herr Dr. Korn, aber ich glaube, das müssen Sie schon uns überlassen.«

»Ich weiß, dass Sie als Schweizer Ratschläge von Deutschen nicht besonders schätzen. Vielleicht bringt Sie die Tatsache, dass ich heute Mittag eine handschriftliche Strafanzeige des Bauern Watzke sprichwörtlich in letzter Sekunde aus der Aktenablage einer Kollegin gefischt habe, ein bisschen auf Trab, Herr Oberhofer. Wenn daraus eine reguläre Akte wird, sind meine Mittel, weitere Ermittlungen zu verhindern, sehr beschränkt. Es sind Ihre Gelder, die Sie dann in der Uckermark versenkt haben. Ich freue mich sehr wohl, an Ihrem Projekt teilzuhaben, aber seien Sie versichert, dass ich auch als Staatsanwalt ein zufriedenstellendes Auskommen habe, Herr Oberhofer.«

»Aber, aber, Herr Dr. Korn. Ich habe mich sicherlich falsch ausgedrückt. Selbstverständlich bin ich sehr erleichtert zu hören, dass Sie die Ermittlungen im Fall Watzke vorerst verhindern konnten. Ich werde heute noch mit Dr. Egli darüber beraten, wie wir die Außendienstler zur Ordnung rufen. Uns wurde versichert, dass es sich bei den Leuten um absolute Profis handelt.«

»Profis, die ihre Opfer den Schweinen vorwerfen, bescheuerter geht es ja wohl wirklich nicht. Halten Sie deutsche Kripobeamte für völlige Volltrottel? Menschenskind, Oberhofer, haben Sie eine Vorstellung, was so ein Fall für eine Lawine lostritt? Das erste Opfer ist spurlos verschwunden, und selbst ich als leitender Staatsanwalt in Eberswalde weiß nicht, in welcher Kühlkammer der karge Rest menschlichen Gewebes gelagert wird. Vermutlich hat sich eine Dienststelle in Berlin eingeschaltet, denn in der Pathologie in Frankfurt/Oder, wo unsere Mordopfer normalerweise obduziert werden, sind die sterblichen Überreste nie angekommen, und trotzdem liegt eine wirklich brillante, medizinische Dokumentation in der Ermittlungsakte. Die Ermittlungen werden also von einer kompetenten Macht außerhalb meines Zuständigkeitsbereichs unterstützt. Wissen Sie, was das heißt, Oberhofer? Das bedeutet, dass Ihre Segel hier ganz schnell am Horizont verschwinden können, ich hoffe, ich habe mich klar ausgedrückt. Übrigens glimmt vor mir im Aschenbecher Watzkes Schreiben an die Staatsanwaltschaft, ein zweites sollte es nicht geben.« Korn legte auf und stürzte den teuren Whisky in einem Zug runter. »Vollidioten!«

Uckermark, Haßleben

»Wo ist eigentlich Ihr Baustellenschild, Herr Visser?« Mila schritt an Vissers Seite in Richtung Bauleitungscontainer.

»Frau Levandowski, richtig, da war ja noch etwas. Ich habe es in meinem Büro. Wir hatten es bei der Baustelleneröffnung vorn platziert, leider hat aber gleich der erste Lkw das Bauzaunfeld gerammt. Meine Leute haben es gesichert und in mein Büro gelegt. Tja, und da liegt es anscheinend immer noch. Wie es aussieht, bin ich Ihr Sündenbock.« Visser sah mit seinen blauen Augen so unschuldig wie nur irgendwas herüber, doch Milas Miene ließ deutlich erkennen, dass sie sich ziemlich verarscht vorkam.

»Wenn ich vom Hof gehe, sollte es wieder dran sein, ansonsten lass ich Ihre Baugenehmigung zeitweilig aussetzen. Haben Sie denn etwas zu verbergen?«

»Wir haben nichts zu verbergen, Frau Levandowski, Gott bewahre. Ich lasse es sofort anbringen. Mittwoch habe ich einen Termin mit einer Werbeagentur in Friedrichswalde. Wir planen ein großes Schild, fünf mal drei Meter, der Größe unseres Bauvorhabens angemessen.«

»Na, dann ist ja gut.«

Visser schloss den Container auf und stellte die obligatorische Kaffeefrage, die von Mila mit einem knappen »Nein« beantwortet wurde. Zwei Minuten später erschien Jan van Leeuwen und schnappte sich die Hülle mit dem amtlichen Baustellenschild. Er drückte Mila kurz die Hand und war schon fast aus der Tür.

»Wann sind Sie eigentlich aus Holland gekommen, Herr van Leeuwen?«

»Letzten Sonntag, wieso?«

»Nur so. Morgens oder abends?«

»Am frühen Nachmittag, bin gleich rüber ins Sporthotel nach Herrenstein.«

»Sporthotel?«

»Muss mich ja irgendwie fithalten.« Van Leeuwen tippte auf seinen eindrucksvollen Bizeps, grinste und huschte aus der Tür.

»Gibt es etwas, was ich wissen sollte?« Visser las konzentriert Milas Mienenspiel.

»Das wäre eigentlich meine nächste Frage gewesen, Herr Visser.«

Adonis hob die Hände. »Keine Ahnung, worauf Sie anspielen.«

»Wer auch immer Ihre Bagger gestohlen hat, ist durch die ›Vordertür‹ in Ihren Sicherheitsbereich. Mit anderen Worten, der oder die Täter hatten passende Schlüssel. Weder am Kettenschloss der Baustelleneinfahrt noch am Schloss des Sicherheitsbereiches waren Spuren von Gewalt.«

»Alle Schlösser waren Montagfrüh noch verschlossen. Ich habe sie persönlich aufgeschlossen. Vermutlich haben die Diebe den Bauzaun hinten geöffnet und sind dann mit den Lkw durch die Lücke. Das würde für mich eher Sinn machen.«

»Herr Visser, da habe ich etwas für Sie.«

Auf Milas Tablet lief eine abgespeckte Version von Jochens Tathergangssimulation. Visser sah interessiert zu, wie seine Bagger vom Hof verschwanden. Mila ließ ihn keine Sekunde aus den Augen.

»So ist das abgelaufen? Kein Irrtum möglich?«

»Unser Spurenmann war Jahrgangsbester seiner Uni, bis auf den Teil mit den Schlüsseln ist es genauso passiert, da war nichts mit Zaun von außen geöffnet, Herr Visser.« Warum auch immer, Mila nahm Visser die Überraschung ab.

»Haben Sie Herrn van Leeuwen am Sonntag hier persönlich begrüßt?« Visser war eindeutig irritiert.

»Ja, mhm, nicht hier, äh, persönlich erst im Hotel. Er kam mit dem Taxi. Wir haben im Sporthotel sechs

Zimmer dauerhaft reserviert, um auf kurzfristige Anforderungen reagieren zu können. Jan kam um etwa drei Uhr nachmittags an. Wir haben zusammen Kaffee getrunken und waren dann bis zum Abendessen im Bad- und Saunabereich. Später waren wir etwa eine Stunde auf unseren Zimmern, bevor wir zum Abendbrot rüber nach Prenzlau gefahren sind.«

»Haben Sie hier noch mal gestoppt, bevor Sie nach Prenzlau gefahren sind?«

»Nein, es gab ja keine Veranlassung. Jan hat noch gescherzt, dass sein bezahlter Vertrag erst ab Montag gelte.«

»Und von Prenzlau ging es direkt zurück ins Hotel?«

»Ja sicher. Verdächtigen Sie tatsächlich unseren Sicherheitschef, Frau Levandowski?«

»Es gibt nur eine Person, die laut Ihrer Schlüsselliste die Möglichkeit hatte, beide Schlösser zu öffnen, und das sind Sie. Obwohl ich als Kriminalistin jedem alles zutraue, schließe ich Sie, aus einem Bauchgefühl heraus, aus. Vielleicht irre ich mich ja? Wo bewahren Sie Ihre Bauschlüssel eigentlich auf?« Vissers Blick verlor sich durch die große Panoramascheibe am Horizont.

»Im Auto, in der Ablage unter der Mittelarmlehne, ja, ich weiß, dass das nicht der sicherste Ort ist. Glauben Sie, dass Jan den Schlüssel –? Warten Sie mal, er ist im Restaurant tatsächlich noch mal raus und hat sich Taschentücher geholt, weil ihm die Nase lief. Der Schlüssel war morgens aber da. Ich habe ja schließlich aufgeschlossen.«

»Hatten Sie den Schlüssel mit auf dem Zimmer, über Nacht?«

Visser schüttelte schuldig den Kopf.

»Halten Sie das mit den Schlüsseln auf Ihren Baustellen immer so? Kannte van Leeuwen den Aufbewahrungsort?« Wortloses Nicken.

»Ich stelle jetzt mal eine Vermutung an, Herr Visser, wie gesagt, nur eine Vermutung, alles kann, nichts muss. Also Ihr Sicherheitsmann kommt Sonntagmittag hier an, im Gepäck zwei Komplizen. Man fährt sofort zur Baustelle, checkt den Standort der beiden Tieflader und überprüft die Sicherheitsvorrichtungen. Das Kettenschloss ist offensichtlich, das Tor zum Sicherheitsbereich kann man mit einem vernünftigen Feldstecher ebenfalls inspizieren. Van Leeuwen lässt seine Komplizen vor Ort, sie verstecken sich irgendwo in den Büschen. Während Sie mit van Leeuwen im Hotel sind, ergibt sich keine Möglichkeit, an die Schlüssel zu kommen. Als Sie dann nach Prenzlau fahren, nutzt van Leeuwen den kleinen Augenblick, als er seine Taschentücher holt, um sich den Schlüssel zu schnappen. Abends übergibt er den Schlüssel an die beiden anderen, die sich Zugang verschaffen und danach die Schlösser ordnungsgemäß wieder verschließen. Die Kerle klauen die beiden Tieflader und bringen den Schlüssel zurück ins Hotel. Jetzt habe ich noch zwei Fragen, Herr Visser, dann ist meine Vermutung rund.«

»Fragen Sie!«

»Sind Sie Montagfrüh mit Herrn van Leeuwen gemeinsam zur Baustelle gefahren?«

Visser nickte. »Sein Mietwagen wurde erst Montagmorgen aus Prenzlau gebracht. Und die zweite Frage?«

»War Herr van Leeuwen einen Augenblick allein im Auto?«

Diesmal schüttelte Visser den Kopf.

»Schade, dann geht die Rechnung nicht auf, irgendwie muss der Schlüssel wieder zurück in die Ablage gekommen sein.«

»Warten Sie. Doch! Die Ausfahrtskarte an der Schranke hat nicht funktioniert, da bin ich noch mal schnell an die Rezeption. Hat höchstens zwei Minuten gedauert.«

»Haben Sie die Karte dabei?«

Visser zog seine Brieftasche und übergab Mila eine auffällig bedruckte Karte.

»Augenblick, darf ich mal?« Mila zog einen Haftmagneten vom Notizbord und hielt ihn an die Karte. »Wenn Sie morgen früh wieder eine neue brauchen, ist meine Story rund, bitte sehr!« Visser starrte auf das unscheinbare Stück Plastik mit dem großen blauen P.

Eberswalde, Landeskriminalamt

Krauses E-Mail war knapp bemessen, wie immer.

»Anruf 15.00 Uhr, allein!«

Die nette Dame an der Kasse flötete der alten Schnepfe jetzt schon das dritte Mal »Zwei fünfzig!« über den Ladentisch, mein Magen knurrte, und die verblichene Werbeuhr von Tchibo stand auf drei vor drei. Dann, endlich, mein Auftritt!

»Ein Salamibaguette und einen Kaffee zum Mitnehmen!« Die Worte wurden wie eine Gewehrsalve über die Glastheke gebellt. Ich wollte nur schnell was im Magen haben, bevor mein großer Chef und Gebieter nach mir rief. Krause war in den letzten zehn Tagen völlig in der

Versenkung verschwunden. Getreu der alten Devise »Gehe nicht zu deinem Fürst, wenn du nicht gerufen wirst« hatte ich ebenfalls Funkstille gehalten, auch wenn es mir immer schwerer fiel, wenn ich an Jan dachte. In diesem Augenblick meldete sich mein Fürst. Ich hatte genau einmal abgebissen und mir gerade den heißen Kaffee über die kalten Pfoten gekippt, weil der bescheuerte Plastikdeckel nur den Anschein gemacht hatte, dicht zu sein.

»Witzler, wo sind Sie?«

»Baguetterie ›Zum Schwarzen Eber‹.«

»Wo???«

»War ein Scherz, ich bin in Eberswalde, im LKA. Bin rüber ins Center an den Backstand, um allein zu sein.«

»Ich komme morgen zurück, mit der Mittagsmaschine, bin dann so um zwei zu Hause. Muss Mila eigentlich noch arbeiten?«

»Ja klar, man sieht ja noch nicht mal einen Bauch. ›Ich bin schwanger und nicht krank!‹«, äffte ich meine hyperaktive Schwangere nach.

»Also, ich will es nicht so spannend machen. Kommen Sie doch morgen um fünf zu uns nach Karow. Hilde hat sich beim Metzger ein Rinderfilet bestellt und will uns morgen mit einem leckeren Essen überraschen. Ich hätte ja vielleicht lieber meine Ruhe gehabt. Sie und Mila ertrag ich aber gerade noch so. War ein Scherz, Witzler, im Ernst, Hilde würde sich freuen, wenn Sie beide morgen zum Essen kommen würden. Witzler, können Sie uns ein paar Flaschen Bier besorgen, Hilde macht ja alles für mich, aber Bier schleppen ist nicht drin. Ich bringe uns dafür ein gutes Tröpfchen aus dem Flieger mit. Also, Witzler, morgen um fünf bei mir. Was ich noch sagen wollte, die Einladung gibt es als Nachbar, nicht als Mitarbeiter, okay? Over und aus.« Einen Augenblick rauschte das Gespräch in meinen Ohren nach. War das eben wirklich mein Chef? Anscheinend färbte die französische Lebensart ab.

Berlin Karow, Bucher Chaussee

Krause erwartete uns schon im Garten, in Räuberzivil. Mit einem breiten Rechen zog er das Laub der Straßenlinde in seinem Vorgarten zusammen. Die um seine Knie schlackernde Glanzjogginghose war sicher vor langer Zeit mal ein Donnerstagsangebot von Aldi gewesen, die Fleecejacke ganz offensichtlich ein Werbegeschenk des ADAC, das Basecap trug den gestickten Schriftzug der Baltimore Ravens. Mein markensicherer Chef sah zum Piepen aus.

»Na, sicher hergefunden? Hallo erstmal, Augenblick.« Er öffnete die etwas mehr als kniehohe Pforte und schüttelte Mila und mir die Hand.

»Gehen Sie ruhig schon mal rein, Mila, Hilde habe ich am Herd angebunden, damit sie irgendwann mal fertig wird. Der zukünftige Vater muss mir mal den Laubsack aufhalten.« Wir pressten gefühlte zwei Zentner in den schwarzen Sack, da Krause nur diesen einen besaß.

»Na, Witzler, ans Bier gedacht?«

»Berliner, vorgekühlt, von der Tanke in Joachimsthal. Hat Uwe immer auf Vorrat, kostet fünf Euro mehr als beim Discounter, dafür aber immer schon auf Trinktemperatur.« Wir genehmigten uns ein erstes Gartenbier und gingen rein.

»Na, Hilde, hast du die Kuh endlich weichgekocht?«

»Schuhe aus!«, kam es aus der Küche. Krause hielt mir ein paar Filzpantoffeln hin. Ich zwinkerte meinem Chef zu und rutschte über den gefliesten Korridor.

»Hilde, wie lange dauert es noch?«

»Ist gleich fertig!«

»Wie lange noch?«

»Zwanzig Minuten!«

Krause griente und schob mich zur Treppe rüber.

»Kommen Sie, Witzler, wir gehen solange auf die Terrasse. Noch ein Bier? Bleiben wir bei Flasche, oder wollen Sie ein Glas?«

»Flaschenkind!«

Wir saßen auf einer halbhohen Waschbetonterrasse mit Holzgartenmöbeln aus den Neunzigern, im hinteren Eck der Minigartenscholle befand sich ein Teich, in dessen Mitte eine Umwälzpumpe ein endlos pullerndes Männeken Pis befeuerte. Wer Probleme mit dem Wasserlassen hatte, war hier bestens aufgehoben. Krause musste meine Gedanken lesen.

»Ganz schön oldschool, was? Das Haus haben wir uns 2003 gleich nach unserem Umzug aus Pullach gekauft. War damals der ganz große Renner, Reihenhaussiedlungen im Osten. An jeder freien Ecke wurden Baugebiete erschlossen. Hilde hat es in der zugewiesenen Dienstwohnung in Lichterfelde einfach nicht ausgehalten. Nichts hat gestimmt, dabei war es eine großzügig geschnittene Dachgeschosswohnung, ein Erbstück der Alliierten, hat vorher ein US-Oberst drin gewohnt. Das Bad war riesig mit Whirlpool und Minisauna, man konnte direkt aus dem Bad auf die Dachterrasse raustreten, aber Hilde regten schon die typischen runden Ami-Türklinken auf. Als Gernot nach zwei Wochen das erste Mal angekifft nach Hause kam, hat sie mich vor die Wahl gestellt, entweder wir ziehen um, oder sie geht zurück nach Pullach, egal ob mit mir oder ohne mich. Ab da hab ich jeden Morgen Immobilienanzeigen gelesen. Letztendlich war es der Zufall, der uns in den Osten verschlagen hat. Ein Bekannter von Hildes Schwester wollte in den Westen rüber machen und suchte einen Käufer, was damals gar nicht so einfach war. Schließlich standen rund um Berlin viele dieser Reihenhaus-Moloche leer. Wir waren nur einmal zur Besichtigung hier. Hilde ist durch die Bude gestürmt wie ein Derwisch und hat dann genau hier auf der Terrasse zur mir gesagt: ›Wenn wir das Ding unter 200.000 schnappen können, werde ich eben im Osten alt.‹ Ich wollte endlich meine Ruhe und habe mit dem Verkäufer einen Deal gemacht, glatte zweihundert standen im Vertrag, dreißig hab ich ihm noch mal cash rübergeschoben.« Krause lachte verschmitzt.

»Ich bin am Anfang morgens fast zwei Stunden bis in den Gardeschützenweg gefahren, hören Sie auf, was hab ich manchmal geflucht. Ab 2004 habe ich den Fahrdienst genutzt. Die Jungs sind immer gleich auf die Autobahn, entweder über Stolpe rein oder manchmal, wenn Baustellen waren, auch direkt auf dem Ring rum um Berlin und über die AVUS unten wieder rein. Die meisten Einschätzungen während des Irakkrieges habe ich hinten rechts auf dem Rücksitz geschrieben. Damals hatte das Handynetz rund um Berlin noch zahlreiche weiße Flecken, wo mir keiner auf den Geist gehen konnte.« Krause hatte ein seltsames Glänzen in den Augen. »Wollen wir noch ein Bier, Witzler?«

Dazu kam es aber nicht mehr, Hilde hatte die Kuh weich gekocht. Die Kürbiscremesuppe war ein Gedicht mit angenehmer Schärfe. Das Rinderfilet hatte Hilde wirklich auf den Punkt gebracht, durch und doch saftig, die Soße mit einer rauchigen Note, wie beim Barbecue, dazu ein Selleriepüree und gebackene Rosmarinkartoffeln. Krause wäre wirklich ein Vollidiot gewesen, so eine Frau allein nach Pullach zurückgehen zu lassen. Danach gab es einen Beerenkompott und einen Espresso für die Damen und einen Davon Calvados, 18 Jahre, für die Herren, frisch aus dem Duty-free-Angebot von Air-France. Die Damen verschwanden später in der Küche, und wir trollten uns wieder auf die Terrasse, jeder ein Berliner in der Hand, schließlich konnte ich heute auch den ›Fahrdienst‹ nutzen.

»Ich habe eine Menge Informationen in Frankreich zusammengesammelt, Witzler, manches ist offensichtlich und muss nur noch geprüft werden, das meiste müssen wir aber auswerten und durcharbeiten. Das Beste war aber, dass ich meine guten alten Kontakte gepflegt und einige neue hinzugewonnen habe. So was geht nicht am Telefon, auch nicht über Facetime. Dank der Uckerlamm-Cloud war ich ja immer auf dem neuesten Stand der Ermittlungen. Was ist denn sonst noch so gelaufen, alles steht ja nie im Protokoll.« Ich berichtete Krause vom Nebenkriegsschauplatz in Haßleben und meinem Bauchgefühl, dass es einen Verdrängungsprozess in der Uckermark gebe.

»Dazu ist mir etwas Interessantes in die Finger geraten, Witzler, ist aber nichts für jetzt und hier. Ich werde morgen Nachmittag rausfahren nach Friedrichsfelde. Hilde hat eine ganze Batterie Umzugskartons gepackt. Jan hat uns ja seine Ferienwohnung im Hofgebäude zur Verfügung gestellt. Haben Sie eigentlich die Jungs da draußen ordentlich versorgt, Witzler? Nicht, dass die später erzählen, sie wären in Deutschland verhungert.«

»Die und verhungert!« Krause verfolgte sichtlich amüsiert meine Schilderungen von Mustafas Kochkünsten und Milas Seminaren in arabischer Speisezubereitung.

»Na, mal sehen, was mich da morgen erwartet.«

Wir hatten das Thema Jan ausgespart. Die Vorstellungen über sein mögliches Schicksal gingen weit über unangenehm hinaus, und es gab weiterhin kein Lebenszeichen von ihm.

Uckermark, Haßleben

Vor dem Containerbereich stand ein Audi A8 mit niederländischem Kennzeichen. Jan Vissers Telefonanruf hatte die Verantwortlichen der Tel Brenke Group aufgeschreckt.

»Sind Sie sicher, dass van Leeuwen da mit drin steckt?« Maaten de Graf, der Projektleiter von UCKERBIO bei Tel Brenke nippte an seinem Espresso.

»Sicher, was heißt sicher? Die Kripoleute haben eine Simulation des Tathergangs konstruiert. Eins ist nun mal Fakt, der Bauzaun wurde nicht von außen geöffnet. Da sind die sich völlig sicher, und mich haben sie auch überzeugt, anders kann es nicht gewesen sein. Die Schlösser waren unbeschädigt, bleiben ja nicht mehr viele Möglichkeiten. Hier in Deutschland war ich bis zur Übergabe des Schlüsselsatzes an van Leeuwen der Einzige, der Zugang hatte, jedenfalls bis Montagmittag. Da waren die Fahrzeuge aber schon nicht mehr da. Also, entweder hat jemand in Holland einen Schlüsselsatz hinter meinem Rücken herausgegeben, oder der Verdacht der Kripo stimmt.«

»Bei uns ist kein Schlüssel über den Tisch gegangen, mit Sicherheit nicht.« Willem de Brenke hatte bisher ruhig auf dem bequemen Sofa gesessen und Kringel in die Luft geraucht.

»Ich habe Freitag den Schlüsselsafe noch mal genau geprüft. Das mache ich, seit mein Vater mich 1963 in die Firma aufgenommen hat, jeden Abend, bevor ich gehe. In Holland ist kein Schlüssel vom Haken gegangen, dafür lege ich meine Hand ins Feuer.« Der Endsiebziger klopfte seine Pfeife auf dem von Visser bereitgestellten Aschenbecher aus, nur um sie erneut zu stopfen.

»Ich gehe auch davon aus, dass diese Levandowski recht hat. Van Leeuwen muss etwas mit dem Verschwinden zu tun haben. Wir sollten davon ausgehen.« Er zog tief an seiner massiven Meerschaumpfeife, deren Kopf einen Schiffskapitän darstellte. Ein Familienerbstück aus der Zeit, als die de Brenkes ihr Geld noch mit Gewürzen, Wind und guten Schiffen verdienten.

»Wo ist van Leeuwen heute eigentlich, Jan?«

»Er musste heute nach Eberswalde, die Anträge für die Lohnkostenförderung der neuen Sicherheitsleute abgeben. Er müsste in einer knappen Stunde wieder hier sein.«

Die beiden Alten wechselten einen kurzen Blick. De Brenke erhob sich mühsam vom Sofa, wehrte Jans helfende Hand freundlich, aber bestimmt ab.

»Wenn ich den Arsch nicht mehr alleine hochkriege, trete ich ab. War der Leitspruch meines Vaters, gute Einstellung finde ich.« Er stützte sich auf seinen eleganten Gehstock.

»Jan, ich möchte, dass Sie erst mal Stillschweigen bewahren. Keine Reaktion zu van Leeuwen. Wir kümmern uns um den Fall, haben Sie Vertrauen.« Beide drückten ihm herzlich die Hände und lächelten ihm aufmunternd zu. Jan Visser wusste, dass dieses Lächeln keine Versicherung war. In Gedanken versunken sah er dem Audi nach, der von dem neu eingestellten Sicherheitsmann durch die Schranke gewunken wurde.

Schweiz, Bern

»Oberhofer hier, ach, der Herr de Brenke, womit kann ich Ihnen helfen?« Dem Schweizer schwante nichts Gutes, wenn Willem de Brenke persönlich anrief.

»Sie haben uns doch die LEGION SECURE AG vermittelt, Oberhofer. Die werten Herren haben gerade in Haßleben die Bagger geklaut, die sie eigentlich bewachen sollten.«

»Was?« Oberhofer glaubte, sich verhört zu haben.

»Die haben sich meine Bagger gekrallt, die Hundesöhne!« Willem de Brenkes Stimme kratzte wie ein Reibeisen. »Egal, wer dahintersteckt, ich lass denen die Eier abschneiden. Meine Vorfahren haben solche Typen früher einfach in haifischreichen Gewässern über Bord geworfen und einen Kübel blutiger Küchenabfälle hinterher gekippt. Ich gebe Ihnen genau drei Tage, um da Ordnung zu machen, Oberhofer, einen schönen Tag noch.« De Brenke hatte aufgelegt.

Karl Oberhofer lockerte die rotgepunktete Krawatte und versuchte, mehr Luft zu bekommen. Wenn es beschissen lief, dann lief es aber auch beschissen, erst der Anruf von Korn, jetzt de Brenke. Anscheinend waren Morel und seine Leute mit ihren Aufgaben überfordert.

Eberswalde, Landeskriminalamt

»Hab ich euch!« Jochen wippte mit seinem Stuhl hin und her. Auf dem linken Monitor waren unzählige Lkw und Container zu sehen, der rechte zeigte auf einem Bildausschnitt eindeutig einen Tieflader mit einem monströsen Caterpillar-Bagger. Die Diebe hatten zwar die Nummernschilder gewechselt, aber die kräftige Schmarre an der Radabdeckung passte unverwechselbar zu dem Foto, welches die De Brenke Group heute Morgen gemailt hatte.

»Mila, ich hab den Bagger. Ja, genau, den aus Haßleben. Wie? Ach, kommt einfach rüber und seht es euch selber an, aber ein bisschen Gas geben. Ich weiß nicht, wie lange ich den noch im Sucher habe, ja, bis gleich.« Er biss von seinem Schokoriegel ab und feierte sich selbst. »Ich hab verdammt noch mal den richtigen Riecher gehabt.« Drei Minuten später standen Mila und ich im Raum. Der Regen tropfte von unseren Jacken, und die

Unterkiefer waren fein säuberlich heruntergeklappt, wie Jochen befriedigt zur Kenntnis nahm.

»Da sind sie beide. Hier vorn, im Detail, der Caterpillar und hier drüben, auf der Großaufnahme, hinter dem Container steht der Auflieger mit den drei Radladern. Sind zwar falsche Nummernschilder dran, aber mit den Fotos der Holländer waren die eindeutig zu identifizieren.« Jochen grinste. »Jetzt gibt es nur ein klitzekleines Problem. Die Dinger stehen gerade im Hafen von Sète, unterhalb von Montpellier in Südfrankreich, und nach dem aktuellen Fährplan gehen die Teile um Punkt drei Uhr auf Seereise in Richtung der spanischen Exklave Mellia, nach Marokko, also aufs afrikanische Festland. Selbst mit einem Eurofighter könntet ihr ein Ablegen nicht mehr verhindern. Und wenn die Fähre erst einmal in Marokko angelandet hat, sind die Lkw schneller verschwunden, als wir ›ups‹ sagen können. Tja, vertane Zeit, war schön, euch noch einmal wiederzusehen.« Jochen winkte den Bildschirmen zu.

»Augenblick!« Ich sprang förmlich aus der Tür in den Regen, das iPhone schon in der Hand.

»Ich bin so ungefähr um fünf oben, Witzler.« Mein Chef war im guten Glauben, ich würde mich mit ihm über unser heutiges Treffen in Friedrichsfelde abstimmen wollen. In einem kurzem Abriss schilderte ich ihm die aktuelle Situation in Südfrankreich.

»Die Bagger bleiben hier, Witzler. Over und aus.«

Nass wie ein Hund kehrte ich zurück in die gemütliche, warme »Spurenstube«, ignorierte die beiden fragenden

Augenpaare, schritt angemessenen Schrittes an den Glaskühlschrank und nahm mir ungefragt eine Cola Zero.

»Wie bist du eigentlich an die Überwachungskameras
in Sète gekommen, Jochen?«

»Ich habe Verbindungen in höchste Kreise!« Er kniff ein
Auge zu und spitzte den Mund. »Die richtige IP-Adresse,
ein kleines Passwort, und schon war ich drin.«

»Willst du auch eine?« Ich hielt die Flasche hoch, doch
er schüttelte den Kopf. »Hatte schon drei, noch eine,
dann überpulse ich.«

»Was ist mit den Erdnüssen, Jochen?«

»Erdnüsse?« Ich nahm die Blechdose und schüttelte sie
wie ein Latino sein Instrument.

»Kannste haben, musste aber vorher mal auf den Deckel schauen, ich esse schon seit bestimmt einem Jahr
keine Erdnüsse mehr, muss also eine etwas ältere Charge
sein.«

Okay, die Nüsse waren ein gutes halbes Jahr drüber,
aber immer noch knackig. Gütig lächelnd hielt ich Mila
die Büchse hin, die verdrehte nur angeekelt die Augen.
Genau in diesem Augenblick kam die Beladung der Fähre
ins Stocken, überall flammten die Bremslichter auf. Mit
vollem Mund Nüsse kauend zeigte ich auf das Geschehen
im Hafen von Sète. Zwei französische Hafenpolizisten
baten gerade mit gezogenen Pistolen den Fahrer der Zugmaschine energisch, das Fahrzeug zu verlassen. Diesmal
war es Jochen, dem die Gesichtszüge entglitten.

»Witzler, du bist der Teufel!«

»Sag Andi, Jochen, einfach Andi, geile Nüsse, 'n bisschen ranzig.« Ich ließ die Büchse auf dem Schreibtisch

stehen und ging kopfschüttelnd und lachend aus der Tür. Krause hatte angeschlagen wie ein bissiger Schäferhund. Wen auch immer er in Frankreich angerufen hatte, es musste ein Schwergewicht gewesen sein.

Uckermark, Friedrichsfelde

Krauses A6 war voll bis unters Dach. Umzugskisten, alte Lederkoffer, Gummistiefel, Wanderschuhe, zwei alte Ostfriesennerze, kurzum alles, was man dringend brauchte, wenn man den wilden Osten erobern wollte. Khalid war wie ein fleißiges Wiesel zwischen Hof und Ferienwohnung gependelt, Mustafa hatten wir von den Transporttätigkeiten freigestellt und an den Herd verbannt. Eine weise Entscheidung, wie das gebackene Huhn mit der irre schmeckenden »Gemüsepampe« aus Auberginen, Zucchini, Paprika, Tomaten und Trockenfrüchten bewies. Krause schnappte sich als Erster eines der beiden großen arabischen Brote und riss sich eine vernünftige Portion ab. Als wenn er in einem Beduinenzelt geboren und sein Leben in den weiten arabischen Wüsten verbracht hätte, stippte er sein Brot in das köstliche Gemüse und fummelte sich Stück um Stück von der immer noch höllisch heißen Hühnerbrust auf dem großen Teller. Mit vollem Mund kauend unterhielt er sich mit Khalid und Mustafa über die verwendeten Gewürze und erfuhr ganz nebenbei, dass der gebratene Vogel ein Geschenk vom Bauer Jansen war, dem die Jungs letzte Woche das Hoftor repariert hatten. Alles in Englisch mit einigen deutschen Wortfetzen wie »fettes Huhn«, »Schließzylinder«, »Ölfarbe« und

»verdammte Scheiße«, die Torreparatur war ein gelebter integrativer Sprachkurs gewesen.

»Witzler, Sie haben mir am Telefon etwas von einer gefühlten Verdrängungssituation in der Uckermark erzählt. Davon, dass angestammte Betriebe dicht machen, dass Familien komplett rübergehen in den Westen, dass Erben die Höfe ihrer Vorfahren einfach verscherbeln, kurzum, dass eine Veränderung vor sich geht. Ich hab mich davon mal anstecken lassen und von Frankreich aus recherchiert. Verdammt noch mal, Sie haben recht, die Immobilienpreise sind gestiegen, die Preise für Ackerland in der Region haben um ein Drittel zugelegt. Sie liegen zwar immer noch weit unter denen in NRW oder Niedersachsen, aber, und das ist interessant, seitdem die Preise gestiegen sind, wechseln wesentlich mehr Hektar den Besitzer. Es werden aber keine Schnäppchen mehr gemacht, anscheinend herrscht hier plötzlich ein bisher nicht gekannter und kaum bemerkter Investitionswille im landwirtschaftlichen Bereich. Mein Bauchgefühl deckt sich mit Ihrem, und meine Vermutung ist, dass ein System dahintersteckt. Kommen Sie, wir gehen in Jans Büro, da hängt eine Gebietskarte.« Zwei Stunden und einige Telefonate später steckten etliche Fähnchen, wie Krause seine verteilten Zahnstocher liebevoll nannte, in der Karte.

»So wird das nichts, Witzler, wir brauchen Sicherheitsnadeln, rote für Mord, gelbe für Erpressung, schwarze für Eigentümerwechsel und grüne für ungewöhnliche Dinge, die nach unserem Bauchgefühl irgendwie mit der Sache zusammenhängen könnten. Ich mache den Vorschlag, Sie besorgen die Nadeln, und ich lasse eine Karte mit einer Schaumstoffunterlage im Dienst anfertigen. Verdrehen Sie nicht die Augen, Witzler, ich weiß selber, dass das oldschool ist. Wir positionieren eine Kamera hier rechts auf dem Bord, damit haben wir das Büro gesichert und sind immer auf dem neuesten Stand, wenn wir sie auf die Karte richten und mit der Cloud koppeln.« Der Jäger in Krause war hellwach.

Berlin, Chausseestraße

Es war kurz vor sieben, und ich saß seit gut zwanzig Minuten bei Frau Junkers im Vorzimmer.

»Die sitzen da seit kurz nach sechs, die sind sicher gleich fertig. Möchten Sie noch einen Kaffee?« Dankend lehnte ich ab. In diesem Moment öffnete sich die Tür, und zwei Herren in teuren Anzügen kamen heraus. Der hintere war Außenamtssekretär Dr. Gilbert, ein ausgewiesener Experte für die Golfregion.

»Kommen Sie rein, Witzler, vergessen Sie die Keksmischung nicht!« Frau Junkers wies freundlich lächelnd auf die Blechbox neben der Aktenablage.

»Haben Sie noch eine Hand frei? Dann können Sie gleich die Blumen mitnehmen.« Und schwupps hatte ich den üppigen Herbstblumenstrauß samt Vase in der Hand.

»Verdammte Sauerei im Jemen, ist eine Scheißecke geworden. Aber was erzähle ich Ihnen das? Sie sind ja nur ein kleiner Bulle aus Joachimsthal, Witzler.« Krause hatte mich dreimal runter in den Jemen geschickt, das letzte Mal hatte ich mir bei einer Schießerei in Aden ein hübsches Loch im Oberschenkel geholt, glatter Durchschuss, Kaliber 7,62 Kalaschnikow.

»Kommen wir zu den wichtigen Dingen, Witzler. Keks?« Mandelkeks mit Erdbeerklecks, wenn die rote geleeartige Masse denn je eine Erdbeere gesehen hatte. War anscheinend eine neue Komponente im gewohnten Keksensemble aus Krauses ›Gefechtskeksbox‹.

»Vorgestern habe ich einen alten Kontakt bei Europol mit all unseren Fakten und Vermutungen konfrontiert. Gestern Abend erschien er bei mir in Karow mit einem Aktenordner, auf dem Deckel prangte das Etikett ›Mozzarella-Mafia‹. Verziehen Sie nicht gleich das Gesicht, Witzler. Ich weiß auch, dass die Uckermark nicht Neapel oder Palermo ist.« Krause stippte eine Schokowaffel in den Espresso Dopio und schob sie sich gierig in den Mund. Sicher hatte er noch keinen Happen gegessen. Krause aß immer erst zu Mittag, um auf seine Figur zu achten. Dass er nebenbei eine halbe Kiste Kekse verdrückte, entfiel ihm anscheinend schlichtweg.

»In den Neunzigern hat in der Region nördlich von Neapel in einer ärmlichen Ecke plötzlich Hof um Hof den Besitzer gewechselt. Alte Familien siedelten in die Städte um, neue Investoren und neues Geld kamen in die Region. Es gab plötzlich große Büffelherden, eine neue Molkereianlage und eine hochmoderne Käserei zur Herstellung von Mozzarella. Die Regionalpolitik war begeistert und verteilte Baugenehmigungen im Minutentakt. Der ganze Freudentanz hatte an einem Dienstagmorgen ein jähes Ende. Die Guardia di Finanza besetzte in einem Handstreich über dreißig Büros, Landgüter, Rathäuser,

Banken und Privathäuser. Es gab in der Folge Ermittlungen wegen Mordes, räuberischer Erpressung, Bestechung, Urkundenfälschung, Amtsmissbrauch, kurz, die ganze verdammte Liste organisierter menschlicher Habgier, Witzler. In Kurzfassung gebracht, eine Gruppe aufmerksamer Leute hatte den Trend zu mediterraner Ernährung in Mitteleuropa, vor allem in Deutschland, beobachtet, sich eine gehörige Menge Investitionskapital zusammengesammelt und mithilfe von regionalen Strukturen in der richtigen Region ausgeschüttet. In diesem Fall war das die Region oberhalb von Neapel. Dank gewachsener Mafiastrukturen war die Umsetzung vor Ort ein Kinderspiel, da quietschte kein Scharnier, da lief es wie ›geschmiert‹, Witzler. Wer nicht ins neue Konzept passte oder sich dagegen wehrte, wurde vertrieben oder verschwand über Nacht von der Bildfläche. Einige wurden nie wieder gesehen, manche hatten überraschende Unfälle und fünf starben bei einem Kirchenbrand, alle in der ersten Reihe mit Ketten an die hölzerne Bank fixiert. Die Ermittlungen verliefen im Sande, Kriminalisten versauten Tatorte, Staatsanwälte deckelten Informationen an übergeordneten Stellen. Alles in allem eine echte ›Familienangelegenheit‹. Aufgeflogen ist die Sache nur, weil einer der jüngeren Mafiabosse den Hals nicht voll genug bekommen konnte und sich seine abzusetzenden Kosten von einem Jahr zum anderen fast verdoppelten. Das weckte die Guardia di Finanza, ab da gab es auch für die regionale Staatsanwaltschaft keine Verschleierungsmöglichkeit mehr. Die Rechenmeister deckten einen Scheißehaufen nach dem anderen auf. Das deckt sich sicher nicht mit der Situation in der Uckermark, ähnelt aber den Anfängen, Witzler.« Krause hatte Feuer in den Augen.

Mit diesen Infos im Gepäck machte ich mich auf den Weg nach Eberswalde. Dort kam die ›Mozzarella-Theorie‹ allerdings weniger gut an.

»Krause spinnt! Wir sind hier nicht in Sizilien, Witzler. Manchmal glaube ich, ihr Geheimdienstler leidet alle unter der gleichen Paranoia. Überall seht ihr Verschwörungen, Systeme, Verbindungen dunkler Mächte. Ihr kommt mir manchmal vor wie die Zusammenfassung des Privatsenderprogramms.« Krause-M biss nicht an.

»Achim, ich behaupte ja nicht, dass die Mafia die Landwirtschaft der Uckermark umstrukturiert, aber es gibt Übereinstimmungen. Wenn du die ›Mozzarella-Schablone‹ über unsere Situation legst, stellst du fest, wir haben Mord, wir haben Erpressung, Nötigung, wir erfahren, dass angestammte Betriebe wechseln, die vorher über Generationen in Familienhand waren. Das sind doch Berührungspunkte. In Haßleben wird ein Verarbeitungszentrum für Lebensmittel aus dem Boden gestampft, wie du es sonst nur im sonnigen Südspanien findest. Wie wollen die das Ding auslasten? Wenn du mich fragst, ähnelt das der Anfangssituation in Neapel. Da steckt ein Konzept dahinter, das hängt irgendwie zusammen, irgendjemand hat da die Fäden in der Hand.«

Krause-M wackelte mit dem Kopf, überzeugt schien er nicht zu sein.

Eberswalde, Landeskriminalamt, Kantine

»Hi, Anne! Mal wieder als Postfrau unterwegs?«

Mila umarmte ihre Freundin Anne Kümmer. Beide hatten sich vor Jahren bei einem Seminar über Strafrecht kennengelernt. Als nahezu gleichaltrige Singles hatten sie in der Folge öfter die Diskotheken und Bars in Berlin unsicher gemacht, um nach brauchbaren Männern zu suchen, mit mehr oder minder gutem Erfolg. Beide teilten so manches Geheimnis. In letzter Zeit war ihre Freundschaft ein wenig eingeschlafen, man telefonierte ein- oder zweimal im Monat und schickte sich über WhatsApp lustige Bilder.

»Mila, du hast ja schon einen richtigen kleinen Bauch.« Anne pikte sie vorsichtig mit ihrem Zeigefinger. »Guten Morgen, Sportsfreund.«

»Bis jetzt ist hier noch gar nichts raus mit ›Sportsfreund‹, und je mehr ihr alle auf Junge tippt, desto mehr komme ich zu der Überzeugung, dass ich es gar nicht vorher wissen will. Was machst du hier in unserer heiligen Kantine, schlechten Kaffee gibt es auch bei euch.«

»Ich hole Ermittlungsergebnisse in einem Jugendstrafprozess. Da hat eine Möchtegern-Gang drei Mädchen bedrängt und eine davon ziemlich heftig verprügelt. Mein Boss hat daraus ›Gefahr im Verzug‹ gemacht, weil er Wiederholungstaten erwartet. Also bin ich mal wieder als schnelle Post unterwegs und hatte einfach nur verdammten Hunger.« Sie schnappte sich das letzte Stück ihres Nutella-Croissants. »Ich muss los, Mila, lass uns telefonieren.«

Schon war sie hoch, schob das Tablett in den Geschirrwagen, winkte noch mal kurz und verschwand aus der Tür. Eine Stunde später erhielt sie eine WhatsApp von Mila:

»Lust auf richtigen Kaffee bei uns? Wir haben jetzt eine JURA! Samstag 15.00 Uhr. Du bringst den Kuchen mit!«

Anne lächelte. »Kirschsahne« war die Antwort.

Schorfheide, Joachimsthal

»Was sind das für Klamotten hier im Flur?« Mila war bis oben unters Dach zu hören.

»Meine Arbeitssachen!«

»Warum liegen die hier rum?«

»Weil ich die nachher wieder anziehe!«

»Dann räum sie in den Dielenschrank, verdammt noch mal, überall liegt irgendwas rum, ich bin doch hier nicht die Kasernenputze!«

Meine Fresse, hatte mein Engel heute wieder gute Laune. Das ging schon die ganze Woche so. Gerolf und die Deckertbrüder hatten sich gestern zum Feierabend drei Bier lang bei mir ausgeheult. Mein Anschiss kam später, weil ich mit den Handwerkern noch »Bier gesoffen« hatte. Mila benahm sich eindeutig schwer schwangergestresst. Der Bau ging aber gut voran, und immer mehr Positionen meiner Liste wurden abgehakt. Ich trollte mich auf den Hof, um die Säcke mit Feinspachtel aus dem Tiguan zu laden. Die Karre hing hinten runter wie ein Schwerlaster, laut Taschenrechner lag ich aber immer noch gute zwanzig Kilo unter der zulässigen Zuladung. In mir keimte der Verdacht, dass der Hersteller nicht nur bei den Abgaswerten geflunkert hatte. Ich hatte zwei 20-Kilo-Säcke vor dem Bauch, aus einem rieselte der Staub auf meine Hose, direkt in die Seitentasche mit dem Telefon. Ausgerechnet in diesem Augenblick klingelte es. Vorsichtig setzte ich die Säcke wieder ab, damit der »verletzte« Sack sich nicht vollständig auf dem Garagenboden entleerte. Krause-M war dran, er schickte mich nach Böckenberg. Ein Bauer hatte dort einen schweren Verkehrsunfall verursacht, bei dem sein Auto explodiert und in Flammen aufgegangen war. Die Spurensicherung hatte ausrücken müssen, da der Bauer in seinem Wagen mit verbrannt war. Jens und Jochen waren aber längst nicht davon überzeugt, dass der Bauer durch den Fahrzeugbrand gestorben war, somit hatte die Mordkommission zu ermitteln. Schöne Scheiße, eigentlich wollte ich noch Schleifgitter aus der BHG holen.

»Das ist Anne, eine alte Freundin. Schau mal, sie hat uns Kuchen mitgebracht. Willst du auch einen Kaffee?« Mit dem Handtuch noch den Kopf abtrocknend, nickte ich Milas Freundin kurz zu. Irgendwoher war mir das Gesicht bekannt.

»Wird nichts mit Kuchen, Achim hat mich nach Böckenberg befohlen, da ist irgendein Bauer in seiner Karre verbrannt. Aber ein schneller Kaffee fürs Auto ist noch drin.« Der Kaffeeautomat presste die heiße Köstlichkeit in meinen zerkratzten Thermobecher.

»Böckenberg … wie heißt denn der Bauer?« Milas Freundin sah mich interessiert an.

»Du brauchst kein Geheimnis draus machen, Andi, Anne ist bei der Staatsanwaltschaft in der Bergerstraße.« Richtig, daher war mir ihr Gesicht bekannt. Sie war bei den Ermittlungen um die »Uckerrussen« einige Male im

Schlepptau dieses aalglatten Staatsanwalts, dessen Name mir gerade entfallen war, in der Dienststelle aufgetaucht.

»Keine Ahnung. Aber warte mal, unser Spurenheini ist ein totaler Nerd, sicher hat er sein Protokoll gleich in der Cloud angelegt.« Bingo, wie erwartet schrieb Jochen gerade seine Erkenntnisse online nieder.

»Den verbrannten Insassen konnten sie noch nicht identifizieren. Der Wagen ist jedenfalls auf einen Horst Watzke zugelassen.«

»Horst Watzke? Der hat erst vor drei Tagen eine Anzeige wegen Nötigung und Erpressung bei uns gemacht. Ich erinnere mich genau, war handschriftlich abgefasst, auf einem teuren Briefpapier, ist mir sofort aufgefallen, sowas bekommt man heute nur noch selten in die Hände. Irgendwie ist der auch verdroschen worden von zwei Typen, die scharf auf sein Grundstück waren. Ich habe die Anzeige nur wegen dem geilen, geprägten Papier kurz überflogen, dann habe ich sie in die Registratur auf meinem Schreibtisch abgelegt. Morgen oder spätestens übermorgen wäre eine Akte draus geworden. Tja, jetzt hat er anscheinend noch mal Pech gehabt, der arme Bauer Watzke.«

Dass Horst Watzke einem Verkehrsunfall zum Opfer gefallen war, zog ich nicht mal annähernd in Betracht. Drei Minuten später jagte mein Tiguan die Schwarze Bahn hinunter, den Kaffeebecher hatte ich unter der Espressomaschine vergessen.

»Wo ist der Tote, Jochen?«

Der tippte sich nur an die Stirn. »Andi, ich frag mich wirklich, wo die Staatsanwaltschaft immer diese Typen rekrutiert. Der geile Fatzke aus der Bergerstraße ist hier vor zwanzig Minuten mit dem Chef der Pathologie und einer Horde Leichensammler aus Schwedt erschienen. Sie haben das Opfer in Windeseile aus dem Wrack geholt. Diese Hornochsen haben mir die Hälfte meiner Spuren versaut, der Lackaffe ist mir noch dämlich gekommen.«

»Haben die sich geäußert, warum das Opfer so schnell verbracht werden musste?«

»Er hat irgendwas von einem Zusammenhang mit einem anderen Fall gefaselt, von Gefahr im Verzug. Ich solle mich mal um meinen Kram kümmern, und ob ich die Weisungsfolge der Ermittlungsbehörden in Zweifel ziehen wolle. Lackarsch eben!« Jochen war gehörig auf der Palme.

»Kannst du schon was sagen zum Unfallhergang?«

»Dass es kein Unfall war!« Er griente. »Die Karre hat in den letzten anderthalb Jahren keinen Meter mehr gemacht. Der Motor konnte gar nicht laufen, weil er keinen Hallgeber mehr hatte.«

»Hallgeber? Hilf mir auf die Sprünge.«

»Teil der elektronischen Zündung, ohne Hallgeber kein Zündimpuls, ohne Zündimpuls kein Funke, ohne Funke keine Explosion, ohne Explosion kein Tuff Tuff.«

»Wie hast du das so schnell rausbekommen, bist du auch noch Automechaniker?«

»Nee, ist er nicht.« Jens schlug mir mit seiner Bärentatze auf die Schulter. »Gut, dich zu sehen, Andi.« Er zeigte auf ein ziemlich verfallenes Gehöft.

»Ich hatte Durst wie eine Bergziege und hab da drüben geklingelt, und wie der Zufall so will, stellt sich raus, dass der edle Wasserspender hier im Dorf der Schwarzschrauber für die alten Karren ist. Laut seiner Aussage hat der Watzke sich vor anderthalb Jahren bei ihm einen Preis für den Wechsel vom Hallgeber machen lassen und sich dann nie wieder gemeldet. Der Hallgeber, den er damals in Watzkes Scheune ausgebaut hat, um ein Muster für den Gebrauchtteilemarkt bei eBay zu haben, liegt heute noch im Werkbankregal. Hat er mir selbst gezeigt. Der Watzke kann also auf keinen Fall mit der Karre gegen den Eichenstumpf gedonnert sein, jedenfalls nicht aus eigener Kraft.«

Jens deutete auf den angekohlten, bestimmt anderthalb Meter dicken Baumstumpf, der den kompletten Vorderwagen zerstört und den Motor samt Getriebe in den Fußraum gedrückt hatte.

»Das weiß der Lackaffe aber noch nicht!«, mischte sich Jochen zynisch ein.

Ein dunkler Gedanke durchzuckte mich. »Könnt ihr darüber vorerst die Klappe halten?«

»Das wäre Zurückhaltung von Ermittlungsergebnissen!« Jens stopfte sich einen Schokobonbon in den spöttischen Mund.

»Andererseits sind wir ja nur die Spurenaffen und keine Automechaniker.« Gehässig lächelnd drückte Jochen auf seine Fernbedienung und mit hellem Gejaule hob sich eine Kameradrohne in den Himmel. »Wollen wir doch mal rekonstruieren, wie der alte Karren wieder zum Rollen gebracht wurde.« In diesem Augenblick summte mein iPhone, meine Schwangere hatte wohl Sehnsucht.

»Hast du noch lange, Andi? Wir wollen eine große Pizza backen, haben aber keine Oliven, keine Tomatensauce, keinen Käse und keine Paprika mehr.«

»Bring ich mit, kein Problem. Ich düse gleich los. Gib mir mal bitte deine Freundin.«

»Anne hier.«

»Sag mal, Anne, ich darf doch Anne sagen, hast du eigentlich den Fall Watzke schon eröffnet, oder war die Anzeige noch unbearbeitet?«

»Das war noch kein Fall, da bin ich mir sicher.« Sie schien verwirrt. »Wieso fragst du?«

»Nur so. Gab es noch irgendeinen anderen Fall, in dem der Watzke mit drin hing?«

»Nicht, dass ich wüsste, jedenfalls nicht bei uns, wieso?«

»Mir war, als hätte ich irgendwas gehört, tja, muss ich mich wohl geirrt haben. Ich bringe euch gleich den Einkauf, noch irgendeinen Sonderwunsch?«

»Alkoholfreien Hugo!«, schallte es aus dem Hintergrund.

Auf dem Heimweg hinterließ ich Krause eine Nachricht auf seiner Mailbox. Wenn mein Bauchgefühl richtig lag, gab es nicht nur in der Gegend von Neapel käufliche Staatsanwälte.

Schorfheide, Joachimsthal

»Andi, du darfst nich so doll uffdrücken! Mann, dit is 'n Schleifgitter und keen Drückgitter, damit tuste schleifen und nich drücken, vastehste.« Gerolf hatte gestern Abend noch die komplette Decke im Obergeschoss nachgespachtelt und zog nun Kelle um Kelle Nassputz auf die Seitenwände des Treppenabgangs. Die stumpfsinnige Schleifarbeit war für den Baustellendeppen liegengeblieben. Spachtelfuge um Spachtelfuge kämpfte ich mich schleifend voran. Gerolf zauberte Rammstein in sein Baustellenradio, und eines war mal Fakt, Rammstein war echte Schleifermusik. Mila erschien mit ihrem Handy in der Hand wedelnd auf der Treppe.

»Anne, für dich!« Sie warf mir einen scherzhaft eifersüchtigen Blick zu.

»Gerolf, mach mal die Heule aus!«

»Anne hier. Sag mal, du hattest doch irgendwas über den Watzke gehört?«

»Nee, eigentlich nicht, ich weiß nicht, kann nichts Aufregendes gewesen sein, sonst hätte ich mich bestimmt erinnert. Wahrscheinlich jage ich nur einem Phantom nach.«

»Ich vielleicht auch, Andi. Du hast mich gestern ganz wuschig gemacht.«

»Na, lass das mal nicht meine Mila hören.«

»Quatschkopf! Ich bin vorhin rüber ins Büro, und ob du es glaubst oder nicht, die Anzeige ist weg, einfach spurlos verschwunden aus meiner Ablage.«

Unter meinen kurz rasierten Haarspitzen kribbelte es elektrisch. »Ihr habt doch sicher ein Protokoll im Server, da müsste der Posteingang protokolliert sein.«

»Richtig, da kann ich gleich mal nachsehen.« Die Tastatur klapperte. »Das gibt's doch nicht. Das kann nicht sein, verdammt noch mal, ich habe doch keine Halluzinationen. Andi, der Eingang ist nicht verzeichnet!«

»Oder er wurde gelöscht!«

»Quatsch, wer soll den gelöscht haben?«

»Der Gleiche, der die Akte aus deiner Ablage genommen hat.«

»Wer soll denn in meinem Büro herumgeschnüffelt haben! Ich habe immer abgeschlossen, wie vorgeschrieben, hier war keiner drin, außer m–« Ich hörte, wie sie zischend einatmete. »Das kann nicht sein!« Annes letzte Worte waren nur noch ein Hauch.

Amsterdam, Flughafen Schipohl

»Guten Flug gehabt?« Willem de Brenke schüttelte Krauses Hand. »Hätte nie geglaubt, dass sich die Willis noch mal treffen. Bist keinen Tag älter geworden, nur die Haare sind weniger, und welcher niederträchtige Schurke hat dir denn den Bauch verpasst! Komm, wir fahren raus, ich hab mir in Den Helder ein Haus am Meer gekauft.« Die Fahrt verging wie im Fluge, der über siebzigjährige de Brenke rauschte über das gut ausgebaute holländische Autobahnnetz.

»A8, letztes Modell, feine Karre! Tja, Geld muss man haben. Ich habe nie begriffen, warum du damals in unserem Geschäft mitgemischt hast. Deine Familie hat Geld wie Heu, ihr habt halb Rotterdam gebaut, eure Frachtschiffflotte war auf den Weltmeeren unterwegs. Wie kam so ein ›Wohlgeborener‹ wie du zum Militärischen Geheimdienst?«

»Also erstmal ist der Audi ein Notkauf gewesen, da DAF seit zwanzig Jahren keine Pkw mehr baut. Erinnerst du dich noch an meinen DAF 30, das ›Daffodil‹ mit knapp dreißig PS? Die Karre ist im Winter nie angesprungen, immer war die Batterie leer, ich hab bestimmt an die zwanzig Batterien für die Karre gekauft. So viel zum Thema gut begütert. Zu den ›Militärischen‹ bin ich gekommen wie zu allem im Leben, durch die Familie. Der älteste Bruder meines Vaters ist schon früh zum Militärischen Sicherheitsdienst gegangen. Als Anfang der Siebziger der Bürgerkrieg im Libanon losging, stand meine Einberufung bevor. Jon de Brenke hat sich mit meinem Vater beraten, und drei Monate später saß ich in einem Haus am Mittelmeer. Glaub mir, die beiden Alten haben das damals ohne mich entschieden. In meiner Familie gehst du nicht dahin, wohin du willst, du wirst dahin geschickt, wo du gerade gebraucht wirst.« Er zog rechts runter von der Autobahn.

»Dein Sohn ist in New York an der Börse, richtig?«

De Brenke nickte lachend. »Jeder da, wo er gerade gebraucht wird.«

De Brenkes Haus hatte eine riesige Terrasse mit einem freien, unverbauten Blick aufs Meer. Der großzügige Naturholztisch aus einer alten Bootsplanke war mit einem reichlichen Frühstück gedeckt. Er schien sich sehr gesund zu ernähren. Fisch, Obst, Tomaten, Quark, alles frisch, und auch etwas Kuchen. Krause lächelte erfreut.

»Wie seid ihr eigentlich damals von dieser beschissenen Insel Sanani vor Tripolis weggekommen? Ich hab euch für völlig bekloppt gehalten, als ihr mir ständig damit auf den Geist gegangen seid, ich sollte euch mit einem unserer Kähne da rausbringen. Ein Deutscher und ein Israeli auf einem einsamen Stein im Mittelmeer, beschossen von der halben PLO in Fischerbooten.«

De Brenke goss kopfschüttelnd Kaffee nach. »Ob du es glaubst oder nicht, mit einem U-Boot.«

»Die Amis haben euch da runtergeholt?«

»Nein, nicht die Amis, meine Leute.«

»Was macht ein Jude in einem deutschen U-Boot? Abhauen! Mensch, Willi, das ist ja ein echter Judenwitz. Ehrlich mal, du bist mit Ariel damals wirklich auf einem U-Boot verduftet? Ihr hattet wirklich einen ganz schönen Knall, sei nicht sauer.«

Willem de Brenke stand auf, ging zu einem Barwagen und kehrte mit einer Flasche Portwein und zwei Gläsern zurück. Krause sah skeptisch auf die Uhr.

»In meinem Alter scheiß ich was auf die Gesundheit. Ein Port am Morgen vertreibt Kummer und Sorgen.« Der Port hatte genau die richtige Temperatur.

»Ich hab dir was mitgebracht, Willem.« Krause schob de Brenke zwei Lkw-Schlüssel rüber.

»Was ist das?«

»Deine Lkw mit den Baggern stehen unten in Montpellier, die müssen nur abgeholt werden.« Krause zwinkerte ihm zu. »Ich hab sie in letzter Sekunde vor einem harten langen Arbeitsleben in Afrika gerettet.«

»Und jetzt bist du extra hergeflogen, um mir persönlich die Schlüssel zu übergeben?« De Brenke leckte sich amüsiert die Lippen.

»Sozusagen. Vielleicht können wir beide ein bisschen über euer Projekt in der Uckermark plaudern.«

»Privat oder dienstlich?«

»Beides! Ich hab mir ganz in der Nähe eurer Baugrube von meinem kargen Beamtengehalt ein kleines Stück Land mit ein paar Schafen gekauft, um da meinen Lebensabend zu verbringen.«

»Schäfer Krause aus der Uckermark, U-Bootflüchtling ade.« De Brenke lachte herzlich. »Du wirst nie erwachsen, Willi, komm, lass uns reingehen, das ist kein Thema für draußen.«

Eberswalde, Landeskriminalamt

»Die haben den Wagen angeschoben, hier ungefähr.« Jochen zeigte mir einen kleinen Punkt auf dem Foto der Drohne.

»Heute ohne Filmchen, Jochen?«

»Mensch, sei doch nicht so ungeduldig. Ich bin hier der Nerd. So was von verwöhnt die Brut.« Ein leises Klingeln aus der Serverecke ließ ihn grinsen. »Es ist angerichtet.« Die rekonstruierte Animation stellte die letzten Sekunden im Leben von Watzkes altem Opel Astra dar. Davon, dass Watzke zu diesem Zeitpunkt schon tot im Sicherheitsgurt hing, war auszugehen.

»Hier siehst du, da, genau da hat der Opel gestanden, und hier sind vier Wühlspuren. Die haben das Ding mit einem kräftigen SUV auf Tempo gebracht und direkt auf den Baumstumpf krachen lassen und dann die Hütte mit Diesel angezündet. Blöd nur, dass sie das Feuer vorn gelegt haben. Bei einem Diesel hast du nur das bisschen Sprit aus der Einspritzpumpe und dem Dieselfilter, damit zündest du bei den Temperaturen kein Feuer an, jedenfalls keines, was den kompletten Wagen mit Insassen in Flammen setzt.« Jochen nahm den letzten Schluck aus seiner Cola und unterdrückte mit verzerrtem Mund einen Rülpser. »Ich glaube, ihr solltet euch den Toten noch mal genau ansehen und den obduzierenden Arzt gleich mit!«

»Den Pathologen?«

»Schau mal!« Der Bildschirm wechselte in die Cloud, und da stand im Obduktionsprotokoll als Todesursache eindeutig »Schwere Brandverletzungen«.

»Andi, ich bin kein Mediziner, aber so, wie die Rübe vom Watzke runtergehangen hat, hatte der sich das Genick gebrochen. Und wenn du mich fragst, ist das nicht erst beim Unfall passiert. Wie gesagt, Gewissheit hast du erst, wenn ihr die Leiche überprüft. Willste ein paar Nüsse? Ich hab extra neue geholt.«

Dankend lehnte ich ab. Jetzt war abzuwägen, wen ich zu Jochens Vermutungen ansprechen sollte. Sicher war Krause der Mann meines Vertrauens, andererseits war die Pathologie in Schwedt eindeutig Achims Revier. Die Lösung lag wie immer genau dazwischen. Ich unterrichtete Krause mit der Bitte, alles Notwendige mit Krause-Marciniak abzusprechen.

Schwedt, Gerichtsmedizinisches Institut

Anscheinend hatten wir nicht schnell genug reagiert. Der zuständige Leiter der Pathologie in Schwedt wimmelte uns ab.

»Den habe ich zur Einäscherung freigegeben. Ich wollte die Familie nicht unnötig lange warten lassen. Die Todesursache war ja eindeutig, mit über achtzig Prozent verbrannter Hautoberfläche hat man keine Chance.« Wir behielten unsere Vermutungen für uns.

»Die Schwedter äschern ihre Leichen bei uns in Eberswalde ein, draußen im Lichterfelder Krematorium.« Achim hatte noch Hoffnung.

Ich suchte sofort über Google die Nummer raus, aber anscheinend war das Büro unterbesetzt. Vielleicht hatte man gerade damit zu tun, Bauer Watzke in den Ofen zu schieben.

»Los, Achim, gib Gas!« Der Allroad schoss davon wie ein Rennpferd. Während ich neben Mila ruhig dösen konnte, selbst wenn sie weit über der Zweihunderter-Marke dahinflog, floss mir bei Achim der Angstschweiß in jeder Kurve die Wirbelsäule runter.

»Was machen wir eigentlich, wenn der Watzke noch nicht durch den Ofen ist, Andi?«

»Einem leitenden Staatsanwalt die Eier abschneiden, ist bestimmt nicht die Antwort, die du hören willst.«

Achim sah erschrocken rüber. »Müssen wir so weit gehen?«

»Ich denke schon. Wir sollten die Zügel aber vorerst noch locker lassen, damit uns die wirklich dicken Fische nicht vom Haken gehen. Ich rufe Krause mal an.« Krause wollte mir euphorisch von seinem erfolgreichen Trip nach Holland erzählen, doch ich schnitt ihm kurzerhand das Wort ab und berichtete ihm von unserer misslichen Lage.

»Heilige Scheiße, genau, was ich Ihnen gesagt habe, Witzler, alles wie bei der Mozzarella-Mafia. Tja, was tun? Witzler, ich rufe Sie gleich zurück.« Drei Minuten später klingelte mein iPhone.

»Passen Sie auf, ich schicke Ihnen Professor Arndt hoch. Der setzt sich in diesem Augenblick in Bewegung. Sie melden sich, sobald Sie im Krematorium sind. Wenn der Watzke schon verheizt ist, kann Arndt sich den Weg sparen. Over und aus.«

»Achim, tret drauf, Krause schickt uns Unterstützung. Die Nummer funktioniert aber nur, wenn der Bauer noch nicht in Asche verwandelt wurde.« Krause-M rückte noch verbissener ans Lenkrad. Hoffentlich würden mir meine letzten Worte nicht noch leidtun.

Als wir in den Verbrennungsraum stürzten, waren der Betreiber und sein Mitarbeiter gerade damit beschäftigt, den Transportbehälter mit Watzkes Überresten neben den Brennrost zu schieben. Achim drängte sich an mir vorbei, seinen Ausweis in die Höhe haltend.

»Kriminalpolizei Eberswalde, die Leiche ist vorübergehend beschlagnahmt.« Grinsend verkniff ich mir das Lachen, eine Leiche hatte ich auch noch nicht beschlagnahmt. Achim bemerkte angesichts der erschrockenen Gesichter selbst, dass er wohl weit über das Ziel hinausgeschossen war.

»Er wollte sagen, dass der abschließende Obduktions-
befund noch einmal gegengeprüft werden muss. Da ist
uns in Schwedt eine kleine Panne unterlaufen. Sorry,
meine Herren, lassen Sie bitte den Transportbehälter verschlossen, unsere Fachleute kommen gleich.«

Achim zischte mir zu: »Kriegen wir den auch in den
Allroad?« Manchmal war Achim wirklich putzig. Er wollte eine Leiche klauen und dann mit dem Sarg im Kofferraum von dannen rauschen wie einst im Wilden Westen.

Eine Stunde später hatten wir den Transportbehälter in
Professor Arndts Instituts-Vito verladen.

»Ich nehme ihn sofort auseinander, die Ergebnisse sind
heute Abend in der Cloud. Wenn die hier die Glut ein
bisschen drosseln, können sie ihn morgen früh mit auf
den Rost legen. Die brauchen sicher jeden Pfennig, und
so eine Behördenverbrennung klimpert ordentlich in der
Kasse.« Arndt wies auf den alten verbeulten Leichentrans-
porter vor der Tür. »Wie geht's Frau und Kind, Andi?«
Mich überraschte immer wieder, wie schnell diese Pathologen trocken das Thema wechselten.

Krause-M verdonnerte die Krematoriumsbetreiber zu
absoluter Verschwiegenheit.

Schweiz, Bern, Helvetiaplatz 6

»Korn hier. Das Maß ist voll, Oberhofer! Ihre Hornochsen haben einen Horizont wie kniende Ameisen. Erst
brechen sie dem Bauern das Genick, und dann täuschen
sie einen Unfall vor und zünden ihn in seinem eigenen
Wagen an.«

»So dumm klingt die Idee erst mal gar nicht.«

»Das hab ich mir gedacht, dass Sie sowas sagen würden, Oberhofer. Wie bescheuert das ist, wird auch Ihnen klar, wenn Sie sich mal den normalen Ablauf in einer Ermittlungsbehörde vor Augen halten. Wenn jemand im Auto verbrennt, ohne dass ein Fremdverschulden anzunehmen ist, wie vielleicht im Falle des Zusammenpralls zweier Fahrzeuge, werden automatisch die genaue Todesursache sowie die zum Tod geführten Umstände Gegenstand akribischer Ermittlungen. Ich habe die Sache noch mal abgebogen, dabei habe ich mich so weit aus dem Fenster gelehnt, dass ich kaum noch Bodenberührung hatte. Entweder Sie tauschen die Leute aus, oder Sie lassen sie von Profis aus dem Weg räumen, die wesentlich leiser und professioneller vorgehen.«

»Aber, aber, Herr Dr. Korn, vielleicht ist das alles nur ein Missverständnis.« Oberhofer versuchte, die Wogen zu glätten, denn Korn war ein wichtiges Rädchen im Getriebe, aber wie jedes Rädchen war auch er zu ersetzen. Korn würde in dem Fall auch seine Geheimnisse mit ins Grab nehmen und damit die Situation, die er selber so bemängelte, eindeutig verbessern.

»Beim nächsten Missverständnis bin ich draußen, verstanden, Oberhofer?«

»Ja, sicher, Herr Dr. Korn, wir werden reagieren, seien Sie versichert.« Oberhofers Federhalter malte kunstvoll den Buchstaben »K« auf das geschmackvoll bedruckte Briefpapier, zog einen Kreis herum und markierte alles mit einem Kreuz. Er musste es nur noch von Xaver Egli, der grauen Eminenz, absegnen lassen.

Uckermark, Friedrichsfelde

Krause war schon vor Ort, als ich auf dem Hof erschien. Er saß an Jans Gartentisch, vor sich eine unscheinbare kleine Pappschachtel.

»Ist hier heute für mich angekommen, Witzler, die Jungs haben es morgens aus dem Briefkasten geholt. Ist keine Postsendung, muss jemand persönlich eingeworfen haben.« In der mit dünnen Papierschnipseln ausgepolsterten Schachtel lag ein blutverkrusteter Klumpen, ein kleiner menschlicher Zeh. Den DNA-Test konnten wir uns sparen, es war der kleine linke Zeh vom Schäfer Jan Kurz.

»Ich soll mich gefälligst raushalten, sonst werden die nächsten Schachteln größer, steht hier auf dem Packpapier. Verdammte Scheiße, ich weiß nicht, ob ich heulen oder lachen soll, Witzler. Einerseits bin ich heilfroh, dass Jan noch lebt, andererseits hat man ihn verletzt. Mensch, Witzler, ich fühle mich irgendwie schuldig, als hätte ich ihm das alles eingebrockt.« Krause war in sich zusammengesunken, so hatte ich ihn noch nie erlebt. Weggefegt war all die Professionalität, die ihn im Dienst auszeichnete. Aus dem Kühlraum holte ich eine angefangene Flasche Aquavit und zwei Gläser. Krause hob das randvolle Glas, stellte es aber genauso voll wieder zurück.

»Witzler, ich bringe den Zeh sofort zu Professor Arndt. Vielleicht erfahren wir so, wo Jan gefangen gehalten wird.« Er schnappte sich die Schachtel, und als sein Audi mit durchdrehenden Rädern die Hofzufahrt runterrauschte, hatte er die kleine Schwäche überwunden. Drei Stunden später kam sein Anruf.

»Witzler, laut Professor Arndt ist der Zeh vor nicht mal vierundzwanzig Stunden amputiert worden. Anhand der Knochenverletzung geht Arndt davon aus, dass eine Kneifzange benutzt wurde. Er denkt, dass die Entführer den Zeh in der Nacht entfernt, verpackt und dann sofort die Schachtel nach Friedrichsfelde gebracht haben. Mein Bauch sagt mir, dass sich Jans Aufenthaltsort ganz in der Nähe befinden muss. Wir müssen unbedingt die Fährte der beiden Legionäre aufnehmen, dann finden wir auch den Aufenthaltsort von Jan. Professor Arndt lässt grüßen und hat mir versichert, dass die Ergebnisse der Obduktion von Watzke in spätestens zwei Stunden in der Cloud sind, in unserer Cloud. Die Leiche ist schon wieder auf dem Weg nach Eberswalde.«

Der Befund bestätigte Jochens Annahme, dass Watzke schon vor dem Unfall das Genick gebrochen wurde, und er bestätigte, dass der Eberswalder Staatsanwalt ein Doppelleben führte und den Schwedter Pathologen entweder mit im Boot oder fest in der Hand hatte. Eines war Fakt, wir mussten sofort unsere Verfahrensweise ändern. Krause versprach, sich umgehend um eine neue verschlüsselte Cloud zu kümmern. Andererseits musste die Uckerlamm-Cloud weitergeführt werden, damit Korn keinen Verdacht schöpfte. Wir vereinbarten, dass Jans Friedrichsfelder Büro unsere neue Zentrale sein würde. Krause, der alte Fuchs, aktivierte die beiden Kurden als Beobachter und erhöhte die Kamerapräsenz auf dem Grundstück beträchtlich. Auf dem Dach des Schafstalls wurde ein verschlüsselter LTE-Hotspot mit vier gebündelten Hunderttausender Volumen installiert. Jans romantisches Anwesen verwandelte sich zu einer Festung. Krause hatte sogar fünf Scharfschützenstellungen anlegen lassen, die das gesamte Areal unter Beobachtung hatten. Im Augenblick waren dort nur Kameras postiert. Für den Fall einer gefährlichen Lage waren zehn Topleute des Dienstes gelistet. Achim fand das ein wenig übertrieben, aber Krauses Argument, dass man es mit Elitekämpfern der Fremdenlegion zu tun hatte, war nun einmal nicht vom Tisch zu wischen.

Berlin, Chausseestraße

»Na, Witzler, Lust auf ein exklusives Wochenende in der Schweiz? Mit Mietwagen, teurem Hotel, Konzertbesuch in der ›Camerata Bern‹ und einem leckeren Käsefondue im ›Le Mazot‹? Die ganze Nummer ist natürlich für zwei gebucht. Führen Sie die werdende Mutter noch mal groß aus, bevor der Familienalltag über Sie hereinbrechen wird wie einst die Sintflut über Noah.«

Krause grinste listig hinter seinem Monitor hervor. »Ich glaube, ich habe das Wespennest gefunden, Witzler. Nach Meinung von Willem de Brenke steckt ein weit verzweigtes Investorennetzwerk hinter all den leisen Veränderungen in der Uckermark. Willem sprach von unglaublich viel angriffslustigem Geld. Dreh- und Angelpunkt dieser Krake ist eine unscheinbare Finanzagentur unter dem Mantel der BERNFINANZ AG. Ich bin mir sicher, dass de Brenke auch Namen hat, sie uns aber nicht nennen wird. Willem de Brenke ist wie ein alter Hafenlotse, der gibt immer nur genauso viel von seinem Wissen preis, dass keines der Schiffe auf Grund läuft. Wir haben eine Adresse, aber keine Namen. Aber wir haben einen alten Kontakt in der Geldszene von Bern, und das weiß de Brenke nicht, da der noble Knabe auf unserer Gehaltsliste steht.« Krause drückte die ›Kaffeetaste‹.

»Frau Junkers, bringen Sie uns bitte noch zwei Dopios und wenn noch ein Plunderstück da wäre ...« Krause, das alte Süßmaul.

»Wie dicht wollen Sie Krause-M an die Sache heranlassen, Chef? Ich habe den Eindruck, der hat die Hosen gestrichen voll, seit Dr. Korn darin verwickelt ist. Nicht, dass ich Krause-M Nähe zu Korn unterstellen möchte, eine gewisse systemtreue Unterwürfigkeit tritt da aber zutage. Wenn wir dem nicht ein sicheres Fundament anbieten können, fängt er uns unter Umständen an zu wackeln. Immerhin ist er weisungsgebunden durch die Staatsanwaltschaft.«

Krause wiegte abwägend den Kopf. »Ich kann ihm ja mal glaubwürdig unterbreiten, was ihm blüht, wenn er unsere Ermittlungen behindert und sich auf einen korrupten Staatsanwalt einlässt. Wenn wir den großen Scheißehaufen irgendwann runterspülen, wird eine Menge Sog entstehen. Ich glaube nicht, dass er stark genug ist, dagegen anzupaddeln. Schauen Sie mich nicht so an, Witzler. Nur weil ich die Wahrheit sage, bin ich noch lange kein böser Kerl. Keine Bange, den nackten Fakten, wie ich sie Ihnen eben geschildert habe, stülpe ich nachher ein schönes Mäntelchen über und verkaufe sie Krause-M genau so, dass er versteht, dass man ganz schnell zwischen die Fronten geraten kann. Sie fahren bitte morgen mit

Mila am KaDeWe vorbei und holen sich eine passende Garderobe für die Schweiz. Wir haben zwei Identitäten für Sie konstruiert. Sie gehen als Industriellenpaar ins Rennen, bereiten Sie Mila bitte gründlich darauf vor. Die entsprechenden Datensätze finden Sie in der Cloud. Wir sehen uns heute Abend in Friedrichsfelde.« Damit war ich verabschiedet.

Schorfheide, Joachimsthal

»In die Schweiz? Können wir das nicht später machen? Andi, der Hof ist immer noch nicht ganz fertig, das Klobecken oben muss noch angebaut werden, Bert und Gerolf wollen am Wochenende die Heizung im Obergeschoss anschließen, wir sollen die Farbe für den Treppenabgang besorgen, kurz gesagt, wir haben einen Arsch voll Arbeit, und du willst mit mir in die Schweiz fahren. Irgendwie passt mir das nicht.« Wurde aus meinem verrückten, polnischen Hühnchen gerade eine sich sorgende Muttergans?

»Wir sind von Krause dazu eingeladen worden, und als Ouvertüre darfst du dir morgen ein paar Kleider im KaDeWe kaufen.«

Mila kombinierte rasend schnell. »Du lädst mich gar nicht auf eine Urlaubsreise ein! Krause steckt dahinter. Das ist eine verdeckte Operation, oder?« Mir blieb nur, lächelnd mit den Achseln zu zucken.

»Vielleicht? Aber auf jeden Fall eine, die dir gefallen wird. Warst du schon mal in der Schweiz?« Sie schüttelte den Kopf.

»Wunderschöne Landschaft, geile Berge, freundliche Leute und die Häuser wie kleine Puppenstuben. Wir treten als wohlhabende Industriellenkinder auf. Leckeres Essen, coole Klamotten, teurer Mietwagen, Mensch Mila, man kann sein Wochenende auch schlechter verbringen. Bert und Gerolf können wir unseren Schlüssel anvertrauen, für Gerolfs Ehrlichkeit würde ich mich in Stücke hacken lassen.« Wie konnte es nur so schwer sein, eine Kriminalkommissarin mit Besoldung A9 von ein paar Tagen in Überschwang und Luxus zu begeistern!

»Haben die in der Schweiz auch Küchenstudios? Ich würde mir gerne ein paar Inspirationen holen.«

»Wenn das die einzige Bedingung ist, ja, die Schweizer kochen nicht mehr alle im Freien, und ich werde mit dir nach Küchen schauen, wenn uns Zeit dazu bleibt. Ist die Sache damit geritzt?«

Sie schlang mir ihre Arme um den Hals. »Geritzt!«

Schweiz, Bern, Helvetiastr. 6

»Ist das wirklich nötig, Karl?« Xaver Egli saß in seinem bequemen Clubsessel, einen sündhaft teuren Sherry in der Hand.

»Immerhin hat uns Korn bis heute immer gute Dienste geleistet. Ohne ihn hätten wir weder die Übersicht in der Region noch den ständigen Einblick in die Ermittlungen der Polizei. Ich weiß nicht, ob es klug ist, ihn einfach aus dem Weg zu räumen. Immerhin hat er recht, die Knaben von ›Legion Secure‹ benehmen sich manchmal wirklich wie Stümper. Es war aber zu erwarten, dass bei einer

Aktion solcher Größenordnung ein wenig ›Geklapper‹ entsteht. Ohne ein wissendes Zahnrädchen im großen Getriebe steht man da ganz schnell mit runtergelassenen Hosen da.« Egli steckte seine Cohiba Esplendidos an und sah dem davonziehenden Rauch nach.

»Vielleicht reicht ein Warnschuss? Wir müssen ihm auf jeden Fall klarmachen, dass hier nicht der Schwanz mit dem Hund wedelt, Xaver.«

»Ist es wirklich die Sorge ums Projekt, oder ist er dir auf die Füße getreten, Karl? Komm, ich kenne dich, seit du ein Bub warst. Ich weiß, wie du reagierst, wenn du schräg von der Seite angemacht wirst. Dieser Korn ist nicht dein Fall, oder?«

Oberhofer wand sich unwohl im Stuhl. »Ja, vielleicht. Er ist ein arrogantes Miststück und hält sich aufgrund seiner Stellung für unantastbar. Er kommt mir blöd, er behandelt mich wie einen Schuljungen, er hat ein Vokabular, dass sich mir das Nackenhaar sträubt, seine Arroganz wird uns irgendwann gefährlich werden. Ich bin mir sicher, wenn der seine Felle fortschwimmen sieht, wirft er uns Steine in den Weg, und bei seiner Position können die ganz schnell zu ausgewachsenen Felsen werden.«

Xaver Egli nippte an seinem Sherryglas. »Ich kümmere mich darum!«

Schweiz, Bern

Mila saß ziemlich verspannt auf ihrem Nappaledersessel und checkte das dritte Mal, ob der Gurt wirklich fest genug war. Krause hatte uns einen Learjet beim Jetkontor in Hamburg gemietet. Als Nachkommen einer alten deutschen Industriellenfamilie konnten wir schlecht in Bern aus einem Butter-&-Brot-Airbus von Easyjet steigen. So kleine Flieger reagierten aber empfindlicher auf Turbulenzen, und das beunruhigte meine sonst so toughe Emanze zutiefst. Wir befanden uns im Landeanflug auf Bern. Wie die meisten kurzfristigen Charterflieger ließ man uns eine geraume Zeit über dem Luftraum von Bern kreisen. Die Start- und Landebahn war mit Businessfliegern mehr als ausgelastet. Zahllose Geschäftsleute aus aller Welt strömten täglich nach Bern, oft morgens hin und abends zurück. Nach zwanzig Minuten bekam der Pilot sein »Go«. Da man ihn zwischen zwei geplante Billigflieger schob, wurde der Landeanflug sehr schnell und sehr direkt, ähnlich einem Anflug auf einen Flugzeugträger. Milas Gesichtsfarbe wechselte auf leichenblass. Erst der wirklich hervorragende Espresso in der Goldlounge des Flughafens ließ ihre gesunde Röte wieder zurückkehren.

Zwanzig Minuten später wurden wir abgeholt. Krauses Vertrauensperson entpuppte sich als unauffällig gekleideter Mittfünfziger mit einer prächtigen Stirnglatze, einem ordentlichen Bauchansatz und einer eleganten Goldrahmenbrille eines italienischen Designers. Er sprach Hochdeutsch mit einem Schweizer Akzent, schwer zu sagen, ob erlernt oder mit den Jahren angewöhnt. Auf dem Weg in die Stadt brachte er uns auf den neuesten Stand von Krauses Planung. Für heute waren nicht mehr als die Anreise und zwei, drei Telefonate vorgesehen. Im S 500 unseres Vertrauten rauschten wir durch die Innenstadt von Bern, direkt ins Bellevue Palace, dem zu Recht schönsten, aber auch mit Abstand teuersten Hotel von Bern. Wir checkten unter unseren falschen Namen ein und saßen zehn Minuten später auf der Terrasse unserer Suite mit einer wunderschönen Aussicht über die ganze Stadt, am Horizont sah man die Schneekuppen der Berner Alpen. Mila stellte ich einen Orangensaft auf den schweren Natursteintisch, ich genehmigte mir ein Bier aus der Bar und stellte die Schale mit den Nüssen dazu.

»Nicht schlecht, so ein Leben als Nancy und Richard Burger, oder? Schönes Hotel, geile Aussicht, kalte Drinks, so lässt sich's leben.«

»Schon okay, Andi. Ich habe aber immer noch nicht ganz geschnallt, was Krause sich von unserem Besuch verspricht. Wir werden wichtige Leute treffen, Geldleute, Banker, okay, aber was ist die Story? Wo ist die Falle? Ihr habt mich mit der Nummer überfallen, alle beide. Ich habe echt keinen Plan, was hier gespielt wird. Habe ich auch eine Rolle dabei, oder bin ich nur das hübsche, dumme Anhängsel eines Millionärserben? Los, Andi, und verarsch mich nicht!«

»Bleib locker, Mila, bitte. Wie ich schon zu Hause gesagt habe, Krause hat einen Kontaktmann, der ihm von Zusammenhängen zwischen aggressivem internationalen Geld und den derzeitigen Veränderungen in der Uckermark berichtet hat. Krause vertraut diesem Kontakt bedingungslos und versucht nun, in das Innere des Kreises zu kommen.«

»Jaja, okay, aber was machen wir dabei?«

»Wir sind das aggressive, internationale Geld, Mila!«

»Wir sind was?«

»Okay, warte, ich erkläre es dir ganz langsam.«

Milas Miene wurde nicht freundlicher, als ich die Schreibmappe vom Sekretär nahm und anfing, einen großen Kreis darauf zu malen.

»Was soll das, Andi? Ich bin nicht ›Klein Doofie‹, klar?«

»Gib mir 'ne Chance, du mein Rehlein, mein Mutterreh, mein …« Die Miene war immer noch nicht freundlicher, kein bisschen. »Also, das ist unser Familienvermögen.« Mein Finger zeigte auf den Kreis. »Sagen wir mal glatte einhundert Millionen Euro, plus minus zehn Millionen.«

»Hundert Millionen Familienerbe, für den Anfang mal nicht schlecht.« Mila zog die Nase kraus und grinste mich an. »Alles geerbt, richtig?«

»Richtig, alles geerbt über die letzten hundertfünfzig Jahre, solange sammeln die Burgers schon Geld für die große gemeinsame Schatulle. Das Einsammeln der Gelder ist heutzutage gar nicht das eigentliche Problem. Ein solides Konzept, eine erfahrene intelligente Führung, die richtige Mischung aus Innovation, Fortschritt, Solidität, Erfahrung und Weitsicht, und der Rubel rollt fast von allein.«

»So wird der Familienschatz immer größer und größer. Der Teufel scheißt immer auf den größten Haufen, sagt mein Vater.«

»Richtig, der Haufen wird immer größer bis zu dem Augenblick, an dem der alte Burger die Augen für immer schließt. Dann steht der Fiskus auf der Matte, und noch ehe der alte Burger kalt ist, haben sich die Bargeldbeträge, Bankeinlagen und Aktien um ein Drittel erleichtert.

Dreißig Mille von den hundert hat sich Vater Staat ruck-zuck an Land gezogen. Jetzt sterben die älteren Erben einer nach dem anderen in schnellen Abständen, und in nicht mal einer Generation hat's mehr als die Hälfte der zusammengerafften Goldstücke verloren. Nun gibt es aber Werte, die von dieser drakonischen Art der Besteuerung ausgenommen sind, weil ein gesellschaftliches Interesse an einem Vermögenszusammenhalt besteht. Zu diesen Wer-ten gehören Fabriken und Anlagen, in denen beschäftigte Arbeitnehmer jeden Monat fleißig Lohnsteuer, Kranken-versicherung, Rentenbeiträge etc. einzahlen. Verständlich, dass der Staat hier eine Ausnahme macht. Verbunden ist diese Ausnahme aber mit der Weiterführung des Betriebes und mit der Weiterbeschäftigung der Masse der Angestell-ten. Wenn der Erbe darauf keine Lust hat und den Laden verhökert, steht das Finanzamt sofort wieder vor der Tür. Also eine Nummer, die auf die eine oder andere Art im-mer mit Stress verbunden ist.« Mein Mund war trocken, das Bier auf dem Tisch leer und der Teller mit den Nüs-sen leergefegt wie die Straßen von Eberswalde wochentags nach zwanzig Uhr. Die Bar der Suite hatte mit meinem deutschen Durst gerechnet und eine bunte Palette inter-nationaler Biere im Angebot. Ich entschied mich für ein belgisches Tripel mit reichlichen 9,5 Prozent, lecker, süf-fig und sanft im Abgang. Mila servierte ich gekonnt eine Apfelschorle und eine original Schweizer Brezelmischung.

»Kommen wir zur zweiten Lektion in Besitzstands-wahrung. Ist dem oder den Erben die Weiterführung des stressigen Familienbetriebes eine zu große Last oder Herausforderung, so legt man die Werte schon zu

Lebzeiten des zu erwartenden Todeskandidaten in Ackerland oder Wald an, das ist nämlich in Deutschland und
den meisten EU-Ländern erbschaftssteuerfrei. Lediglich
für die erzielten Pachterträge muss man Einkommens-
steuer zahlen. Wenn man dann noch durch geschickte
Beteiligungen an den Erträgen der Pächter beteiligt ist,
hat man den Kreis geschlossen. Man muss gar nichts
mehr erwirtschaften, das Kapital steigt allein durch die
Wertsteigerung der Landflächen. Und das, Mila, ist der
Grund, warum das Kapital im Augenblick aggressiv in
die landwirtschaftlichen Großflächen der Uckermark
drängt. Wenn zum Zwecke der Kapitalanlage zwei Län-
dereien mit jeweils fünfhundert Hektar zusammengelegt
werden sollen und ein kleiner Bauer mit seinen zwanzig
Hektar dazwischenliegt, wird ihm erst mal freundlich
mithilfe einer entsprechenden Geldsumme klargemacht,
dass es Zeit ist, zu verschwinden. Manchmal hebt man
die Summe noch mal an, dann sollte der alte Trottel aber
die Zeichen der Zeit verstanden haben und sich aus dem
Staub machen. Denn die zweite Runde heißt massive
Einschüchterung, Vertreibung, Erpressung und in letzter
Konsequenz Auslöschung, wenn ich die Schicksale von
Watzke und Hornig so pietätlos nennen darf.« Das Trip-
le-Bier war ausgesprochen lecker und klingelte leicht in
meinem Hinterkopf. Mila sah nachdenklich in Richtung
Berner Alpen und schnappte sich die letzte Brezel.

»Damit kenne ich jetzt den Hintergrund unseres Be-
suchs. Wen treffen wir denn jetzt hier?«

»Wir treffen einen Vertreter der BERNFINANZ AG.
Nach Aussage von Krauses Quelle ist die der Strippenzieher

in dem ganzen Gewirr. Die Quelle geht davon aus, dass hier in Bern der Kapitalfluss und der Immobilienerwerb ebenso gesteuert werden wie die Fördergeldbeschaffung aus den Deutschen und Europäischen Honigtöpfen. Kurzum, alles, was mit Geld und Bestandswahrung zu tun hat.«

»Fällt unter Bestandswahrung auch Mord und räuberische Erpressung? Gesetzt den Fall, dass die wirklich alles von hier steuern, haben die mit Sicherheit auch die Legionäre engagiert. Vielleicht haben die hier auch ein paar von denen stationiert, zu ihrer eigenen Sicherheit.«

Der Einwand war nicht von der Hand zu weisen. Wortlos öffnete ich den Aktenkoffer, den mir unser Chauffeur in die Hand gedrückt hatte. Eine SigSauer für Mila und eine Glock 19C für mich mit jeweils vier vollen Magazinen und nochmals je einhundert Schuss im Pappkarton. Mila schüttelte wortlos den Kopf.

»Mila, wir sind die Guten! Bullen tragen nun mal Pistolen, auch wenn sie sich als Fabrikanten verkleiden.«

»Wie sicher ist eigentlich Krauses Quelle?«

»Krause schwört auf seine Loyalität. Die beiden haben eine gemeinsame Vergangenheit. Sie waren beide bei der Terrorabwehr im Libanon der Siebziger, also eine alte ›Soldatenfreundschaft‹.«

»Weißt du, wer die Quelle ist?«

»Willem de Brenke!«

Mila fiel die Kinnlade runter. »Der Willem de Brenke von der de Brenke Group?«

»Genau der. Willem de Brenke ist Major a. D. der niederländischen Armee und hat in den Siebzigern ziemlich erfolgreich im Libanon Terrorgruppen gesichtet, infiltriert und Attentate vereitelt. Bei den Israelis hat er heute noch eine Ausnahmestellung, ebenso wie sein damaliger deutscher Partner Wilfried Krause. Also ich halte de Brenke für absolut glaubwürdig.«

»Und mir ist gerade klargeworden, wen du damals angerufen hast, als de Brenkes Lkw unten in Frankreich auf die Fähre sollten.« Sie knuffte mir in die Seite. »Deine Industrielle hat seit einer Stunde Kohldampf, dass ihr die Därme knurren. Die Nüsse waren etwas für den hohlen Zahn, und die Brezeln sind nicht mal unten angekommen. Mir wurde etwas versprochen von teuren Restaurants, Käsefondue und Schweizer Küche! Also, Herr Burger, werfen Sie sich Ihren Mantel um, der Prinzessin gelüstet es nach Gebratenem und Gesottenem.«

Wir überquerten die Aar und fanden im »Schwellenmätteli« einen Tisch auf der Terrasse. Krause hatte mir das Restaurant als Geheimtipp für ein romantisches Abendessen empfohlen, mit Recht. Der Kellner beriet uns und eröffnete mit einem Auberginen-Tomaten-Tatar, gefolgt von einem Steak vom Stör für Mila und einem Black-Angus-Rindspieß für mich. Nach gut einer Stunde endeten wir mit warmen Schokoladenküchlein und Beeren im Glas, dazu einen Café Crème. Die Industriellentochter war satt.

Um sieben Uhr morgens vibrierte mein Telefon, es war Bert.

»Moin, Andi, schöne Scheiße passiert. Also, wolla nich 'n paar Tage länger Urlaub machen?«

»Was'n los, Bert? Hör auf, rumzudrucksen.«

»Deine Küche is im Arsch.«

»Wieso meine Küche, was macht ihr denn in meiner Küche? Ihr wollt doch das Obergeschoss fertigmachen?«

»Na ja, ham wa ja ooch, nur da is'n Malheur passiert. Wir ham jestern die Heizkörper anjeschloss'n, und denn hab ick nich mehr abjedrückt, weil et schon so spät war und meine Olle anjerufen hat, dat se et satt hat, imma mit'n Abendbrot zu warten, bis ick endlich na Hause finde, ja, und ick soll ma jetze uff'n Weg machen, sonst könnt ick alleene fressen und dit die nächsten dreißich Jahre, wenn mir noch so viel bleib'n. Bin ick also na Hause.«

»Bert, bleib mal bei der Sache, was ist passiert?«

»Also, ick kam na Hause ...«

»Bert?«

»Jut, also, als ick raus bin bei dir, hab ick den Notschalt-knopp von die Heizung wieda injeschaltet, damit inne Nacht nüscht einfriert, wat ja völlich bekloppt war, weil wa et noch lange nich unter Null ham. Ick hab's aba je-macht, weil ick et imma so mache, is 'ne Anjewohnheit.«

»Gut, jetzt ist die Heizung im Arsch?«

»Nee, Andi, dit is ja dit Problem, die Heizung funktio-niert wie Bolle, leider.«

»Wieso leider?«

»Weil deine Heizung eene automatische Füllstands-kontrolle an'n Kessel hat und imma, wenn der Füllstand von deinem kleenen Kessel unter Normal sinkt, jeht dit olle Ventil uff und zieht Wasser. Nu ham wa ohm die janzen Leitungen verpresst, und wat soll ick sagen, ick hab eene Pressung vajessen. Also hat die olle Heizung die janze Nacht Wassa durchjepumpt, wat denn Jott sei Dank durch die noch nich versiejelten Rohrlöcher nach unten in deine Küche jelofen is. Die jute Nachricht is, ohm is nur een Quadratmeta von dit Parkett hochjekommen, dit ersetz ick aba morjen früh, Dieter hat ja noch jenuch im Lager. Die Scheiße is, dat dit Wasser jenau oben uff deine Hängeschränke jelofen is, von da runter uffe Arbeitsplatte und denn in die Untaschränke jesickert. Wie jesacht, is ja allet schön langsam durchjelofen. Glück im Unglück is, dat dein Küchenfußboden jefliest is und dit janze Wasser sich an die Ausgangstür jesammelt hat, von wo et raus in Jarten abjeflossen is. Aba, wat soll ick sagen, die Küche is völlich im Arsch. Dit is allet uffjequollen, die janzen Schränke, dit sieht aus, als hätte deine Küche die Schweinepest. Ick hab aba 'ne Lösung, wenn et dir passt.«

Mila kam aus dem Bad, sich den Kopf abrubbelnd. »Der Kontaktmann?«

Ich schüttelte den Kopf und lächelte mein süßestes Surferlächeln. »Wie sieht die Lösung aus?«

»Also Mirko, du kennst doch olle Mirko, der mit den ick damals die Waschküche in'n Schuppen rausjerissen habe. Den musste kennen, aba is ja och ejal. Uff jeden Fall hat Mirko noch eene komplett nagelneue Einbauküche inne Scheune. Total geilet Teil, is aus so'n neuet Wessihaus, weeste. Sorry, bist ja och 'n Wessi, hat ick ja völlich vajessen. Also, soll ick dit Ding einbau'n, ick jeebs dir für umme. Mirko hat noch een off'n bei mir, dit mach ick denn mit den selba klar. Sieht echt geil aus dit Teil, wat meenste?«

»Ja okay, können wir so machen, nach Abschluss der Arbeiten gibt es dann einen Bericht, Danke für den Anruf.« Ich legte auf.

»Der Kontaktmann?«

»Nein, Krauses Sekretärin, es gibt eine kleine Änderung im Programm.« Mila zog die Augenbrauen zusammen, was sie älter, aber auch noch interessanter machte.

Bert sah irritiert auf sein Samsung. »Bericht nach Abschluss der Arbeiten, wat is'n mit dem los, dem hab ick jerade 'ne Küche für dreißich Tausend D-Mark jeschenkt. Ick hab jewusst, dass er se nimmt, wie jut, dass wa se schon fast einjebaut hab'n.« Bert klatschte Gerolf ab.

Ich hatte kaum aufgelegt, da klingelte unser Kontaktmann an.

»Morgen, Herr Burger. Hab eben dreimal probiert, war immer besetzt. Rückfrage an Berlin gehabt? Hätten Sie Krause einen schönen Gruß bestellen können.«

»Sind Sie immer so neugierig!«

»Sorry, ich dachte, wir wären auf der gleichen Seite.«

»Das macht mich aber nicht automatisch zu Ihrer Plaudertasche, Herr … ?«

»Müller, Müller wie Krause!« Er lachte kehlig. »Ich wollte Ihnen auch nur mitteilen, dass der Mietwagen unten in der zweiten Ebene steht, silberner SL. Die Mietunterlagen liegen im Handschuhfach. Wir hören voneinander.«

Zehn Minuten später war ich aus der Parkgarage zurück, die Mietunterlagen unterm Arm. Der Tisch auf der Terrasse war gedeckt wie eine Tafel auf dem Diplomatenball der Kanzlerin, anscheinend hatte man während meiner Abwesenheit Frühstück serviert. Mila, immer noch im Bademantel, lümmelte in einem der bequemen Terrassensessel, sah mich mit Katzenaugen an und schnurrte.

»Na, Herr Burger, Lust auf Frühstück? Oder lieber vorher eine kleine Nascherei?«

Lachend den Kopf schüttelnd, zog ich eine Haftnotiz vom Mietvertrag. »Wir haben einen Termin in einer halben Stunde, also lass uns was futtern und dann los.«

»Du bist ein unromantisches Scheusal, Andi Witzler!« Sie warf mit einem der weichen Hotelpantoffeln nach mir.

Der Termin führte uns in den Berner Tierpark Dählhölzli. Wir nahmen den SL, obwohl es laut Navi zu Fuß schneller gewesen wäre, Millionäre laufen aber nicht. Obwohl es früh am Morgen und noch relativ kühl war, tobten gefühlte tausend Kinder auf der Terrasse des Tierparkrestaurants. Unser Kontakt saß an einem der hinteren Tische, wie verabredet. Ein unauffälliger Typ mit Jeans und Steppjacke von Northface, die Haare dunkelblond mit einzelnen grauen Strähnen. Ich schätzte ihn auf Ende dreißig.

»Grüezi, mein Name ist Jens Dankwart, Herr und Frau Burger, richtig?« Höflich stand er auf und schüttelte uns die Hände. »Entschuldigen Sie, aber ich habe versucht, das Angenehme mit dem Nützlichen zu verbinden. Meine Frau ist mit unseren Jungs im Park, wir haben also ein wenig Zeit für uns. Lassen Sie uns ein bisschen plaudern.« Er lächelte und lehnte sich zurück. Ich bemerkte unter seiner Jacke die geschickt versteckte Waffe, das Schulterholster drückte sich unmerklich ab. Augenblicklich waren alle meine Sinne in voller Bereitschaft. Ein Banker mit Waffe an Bord war auch in der bankenreichen Schweiz höchst ungewöhnlich.

»Okay, lassen Sie uns ein wenig plaudern. Schatz, möchtest du einen Latte?« Mila reagierte wie vereinbart. »Café Latte« war unser Stichwort für den Fall, dass etwas nicht stimmen würde.

»Gerne, du kannst mir ja schon mal einen bestellen, ich muss aber vorher mal für kleine Prinzessinnen.« Sie querte die Terrasse und verschwand im Restaurant. Keine Minute später hörte ich sie in meinem Minikopfhörer.

»Es sind zwei Männer, einer steht drüben am Eisstand, helle Jeans, schwarze Jacke mit grauer Wollmütze, der andere steht am Parkplatzschild. Mehr kann ich im Augenblick nicht sehen, aber ich bin auch kein Profi. Soll ich abhauen oder wieder an den Tisch kommen? Bei wiederkommen schaue bitte einfach mal in den Himmel, bei abhauen kratz dich am Ohr.«

Ich drehte den Kopf, als würde mir das Genick wehtun.

»Entschuldigen Sie, aber ich habe mir letzte Woche beim Sport einen Nerv eingeklemmt. Trotz Physio hab ich dauernd einen steifen Hals.«

Richtig, der Typ am Eisstand hatte eben mit unserem Kontakt einen Blick gewechselt und dann zum Mann am Parkplatz herübergeschielt. Ob sie Waffen trugen, konnte ich auf diese Entfernung leider nicht ausmachen. War das nun eine bedrohliche Situation? Wir waren hierhergekommen, um eine beträchtliche Menge Geld in einen sehr verschwiegenen Fonds zu investieren. Es war ganz

sicher davon auszugehen, dass man uns vorher überprüfte. Was mich jedoch störte, waren die Waffen. Nach
kurzer Überlegung fasste ich mir in den Nacken und sah
hoch in den Himmel. Wenn wir in die ehrenwerte Gesellschaft wollten, mussten wir diesen Test bestehen. Im
Notfall hatte ich meine Glock im Hosenbund und Milas
SigSauer steckte in der Gucci-Handtasche, durchgeladen
und gesichert. Ich winkte der Bedienung, und wir bestell-
ten drei Latte Macchiato, mein Gegenüber hatte mich
keine Sekunde aus den Augen gelassen.

»So, Herr Dankwart, dann schießen Sie mal los. Kommen Sie aus Bern? Was muss man hier gesehen haben?«
Ich lachte ihm ins Gesicht. »Wir sind das erste Mal in
Bern. Wie Sie ja sicherlich schon wissen, wohnen wir am
Arsch der Welt, im brandenburgischen Wald. Bisher kennen wir nur Genf und Luzern in der Schweiz und natürlich Davos vom Winter.« Mila erschien wieder am Tisch
und rubbelte sich die Arme.

»Doch ganz schön frisch, wollen wir nicht lieber reingehen?« Das war nicht abgesprochen, aber ein gerissener
Schachzug. Wir zwangen ihnen praktisch unsere Handlung auf, was nur Recht war, schließlich waren wir die
Kunden mit dem vielen Geld.

»Ich sag nur schnell der Bedienung Bescheid, du kannst
uns ja schon mal einen Tisch drinnen besorgen.«

Damit trennten wir uns auf, und sie mussten jetzt zwei
Personen im Blick haben. Wenn sie Profis waren, hatten
sie die Situation vorausgesehen und auch im Restaurant
einen oder zwei Beobachter postiert. Sie waren Profis, auf
dem Weg ins Restaurant bemerkte ich einen angeblichen

Familienvater, der mich im Visier hatte, außerdem spiegelte sich in einem der SUV auf dem Parkplatz für den Bruchteil einer Sekunde die Sonne in einem mächtigen Teleobjektiv. So war es auch keine Überraschung, dass im Restaurant ein junges, adrett gekleidetes Pärchen einen interessierten Sekundenblick auf mich warf, als Dankwart und ich an Milas Tisch erschienen.

»So, Herr Dankwart, dann lassen Sie mal hören. Was macht Ihre Möglichkeiten denn so attraktiv?« Ich hatte mich für einen Frontalangriff entschieden, um die Sache zu einem schnellen Ende zu bringen. Es waren mir eindeutig zu viele Unbekannte in diesem Spiel, bewaffnete Unbekannte möglicherweise.

»Ach, Herr Burger, verzeihen Sie, aber ich bin hier heute nur für den Kaffee zuständig. Ich soll Ihnen etwas geben und nicht Ihre Fragen beantworten, jedenfalls nicht diese Fragen.« Er hob lächelnd beide Hände, und wieder wurde die Beule in der Jacke offensichtlich. Vielleicht war das ja beabsichtigt? Mir kam urplötzlich ein Spruch meines Vaters in den Sinn: »Mit Geld spielt man nicht!«

»Ihre Eingangsfrage kann ich aber sehr wohl beantworten. Es gibt hier in Bern schon ein paar interessante Orte, die Sie sich nicht entgehen lassen sollten, zum Beispiel das Einsteinhaus, schließlich hat der alte Knabe hier seine akademische Laufbahn begonnen, oder den Käfigturm, da wurde die Zeit ›relativ‹ lang für die Gefangenen im Mittelalter. Ich könnte Ihnen jetzt noch viele Facetten von Bern nennen, leider hab ich keinen Stadtplan für Sie, aber deswegen sind Sie ja auch nicht hergekommen.«

Er stand auf, zog ein Couvert aus der Tasche und verabschiedete sich. »Der Kaffee ist schon bezahlt, ciao und auf Wiedersehen.«

Im Couvert steckte ein gefalteter Computerausdruck. »Morgen, Helvetiastraße 6, Bern, 10.00 Uhr.« Im Augenwinkel beobachtete ich, wie das junge Pärchen am Tresen die Rechnung beglich und ebenfalls das Lokal verließ.

»Was war das denn?« Mila schüttelte den Kopf.

»Die haben uns nur überprüft. Die hatten lediglich den Auftrag, die Nachricht zu überbringen und dabei abzuchecken, ob wir sauber sind und sie sich nicht irgendwelche Läuse in den Pelz setzen. Wir wurden fotografiert und irgendein Computergenie wird jetzt im weltweiten Netz nach Bildern von uns suchen.«

»Und wenn die etwas über uns finden? Oder über die echten Burgers? Die merken doch sofort, dass wir nicht die sind, für die wir uns ausgeben.« Mila war besorgt.

»Vertrau einfach mal Krauses ›IT-Affen‹, die haben das ganze Netz gesäubert, noch bevor wir im Flieger saßen. Schau mal auf dein WhatsApp, du hast kein Profilfoto mehr, oder?«

»Upps!« Sie steckte ihr Telefon wieder ein. »Ich habe Angst vor euch. Ihr lasst einfach Fotos und Identitäten verschwinden, löscht oder verfälscht vermutlich Nachrichten, taucht in aller Welt plötzlich auf und verschwindet ebenso plötzlich wieder.«

»Mila, wir machen das nicht, weil wir sonst nichts zu tun haben. Wir machen das, weil es die Welt, deine Welt, unsere Welt, ein kleines bisschen sicherer macht.«

»Na hoffentlich! Können wir jetzt gehen? Der Kaffee schmeckt beschissen.«

Da das Frühstück auf unserer Terrasse vermutlich bereits abgeräumt war, bog ich an der Kirchenfeldstraße nach rechts ab und tippte »Grindelwald« in das Navi. Nach der aufwendigen Überwachungszeremonie im Tierpark war davon auszugehen, dass auch unser Hotel wenigstens einen, eher aber mehrere Beobachter hatte. Kurzfristig entschied ich, Mila die Berner Alpen zu zeigen und dort später eine kleine Hütte für die Nacht zu nehmen, unter anderer Identität, versteht sich. Sollten die Überwachungsprofis so gut sein, wie ich vermutete, hatten sie mit Sicherheit einen Zugang zum Meldenetz der Schweizer Hotellerie. Wenn die Burgers heute Nacht nicht im Hotel erschienen und auch nicht in der Verzeichnisliste auftauchten, würde das für Unruhe sorgen. Wenn wir morgen beim Termin vom Sternenhimmel in den Berner Alpen schwärmten, würden sich einige Mitarbeiter einen Anschiss abholen, das kannte ich selber noch aus meinen frühen Jahren beim Dienst. Die wesentliche Frage war aber, warum waren die so misstrauisch, und überprüften die jeden Investor so akribisch? Wenn ich den Ausführungen unseres Wirtschaftsgenies Dr. Schneider richtig gefolgt war, hatte eine Investition in Land und Wald einen sehr dauerhaften Charakter, ganz im Gegensatz zu einem Hedgefonds, wo Anleger anonym zum Teil immense Summen für einen vergleichsweise kleinen Zeitraum parkten, um bei einem schnellen Verkauf einen ordentlichen Schnapp zu machen und wieder zu verschwinden. Verständlich, dass man sich bei unserem

Geschäftsmodell seine Kunden genau ansah, zumal ja eine falsche Aussage an richtiger Stelle zu einem kolossalen Fiasko führen konnte, wie das Schicksal der Mozzarella-Mafia bewiesen hatte.

Auf Höhe des wunderschönen Thunersees meldete mein iPhone »Dringend Cloud prüfen!«. Ich hielt an der nächsten Möglichkeit und überließ Mila den Fahrspaß. Die Meldung in der Cloud hatte es in sich. Dank seiner vielfältigen Möglichkeiten hatte Krause sich anscheinend unbemerkt an die Fersen des Eberswalder Staatsanwalts Korn geheftet. Soeben meldete er, dass ein Dr. Korn auf den Morgenflug nach Bern gebucht war und es eine Mietwagenreservierung für zwei Tage bei SIXT gab. Die »Sucher« hatten vermutlich weder zum Industriellenpaar Nancy und Richard Burger noch zu den sicherlich von Korn erwähnten Ermittlern Witzler und Levandowski Fotos oder Beiträge im Netz gefunden. Berns Überwacher schienen echte Profis zu sein. In Wilderswil, kurz hinter Interlaken, ließ ich Mila rechts ranfahren. Das Gasthaus Steinbock bot eine Terrasse mit atemberaubend schöner Aussicht und einem ausgiebigen Frühstück, außerdem war es Zeit für einen Anruf.

»Morgen, Witzler, na, genießen Sie die Aussicht?« Krause saß sicher vor seinem Bildschirm und aß Schokokekse.

»Ja, schon, aber viel wichtiger ist die Frage, wie stehen die Aussichten für morgen? Eins ist Fakt, die Knaben, die uns beobachten, tragen Waffen und das in aller Öffentlichkeit. Wenn mich mein Eindruck nicht täuscht, hat mein Gegenüber mir seine Wumme kurz vor dem Abschied noch einmal eindrucksvoll demonstriert. Einem

Richard Burger würde die Beule in der Jacke überhaupt nicht auffallen, einem Ermittler Witzler dagegen sehr wohl. Vermutlich war das ein Schuss ins Blaue, um die Reaktion zu testen. Eines ist mal Fakt, die sind hier alarmiert, die Frage wäre, von wem?«

»Von Korn natürlich!«

»Sicher hat Korn über unsere Ermittlungen berichtet, aber woher soll Korn wissen, dass wir kurzfristig in die Schweiz geflogen sind? Entweder es gibt irgendwo eine undichte Stelle, oder Korn ist Hellseher.« Mir kam ein dummer Gedanke. »Ich rufe gleich zurück.«

Mila war bereits über das Büfett hergefallen, gebratene Würstel, Rührei, Matjes, Bergkäse und grüne Tomaten stapelten sich in reichhaltiger Portionierung auf ihrem Teller.

»Sorry, dass ich schon angefangen habe.« Sie lachte, und ein paar Krümel Rührei fielen ihr aus dem Mund.

»Was gab's denn so Dringendes? Kommt dein Chef nicht mal einen Tag ohne dich aus?«

»Korn sitzt morgen um 7.05 Uhr in der Frühmaschine von Berlin nach Bern.« Ich kam nicht dazu, weiterzureden.

»Scheiße, ich bin doch so eine blöde Kuh. Meine Fresse, wie kann man so dämlich sein? Weiber sind echt so bescheuert.« Sie warf das Besteck auf den Tisch.

»Was ist denn mit dir los?«

Sie schüttelte resigniert den Kopf und rieb sich die Augen. »Am Abend nach unserem KaDeWe-Einkauf bin ich noch nach Eberswalde rüber in die Dienststelle, um meine Sporttasche zu holen. Auf dem Rückweg hab ich an der AGIP getankt, da hab ich Anne getroffen. Die hat natürlich sofort die neuen, sauteuren Klamotten bemerkt und mir ein Loch in den Bauch gefragt. Und ich blöde Kuh hab ihr erzählt, dass du mich auf ein paar romantische Tage eingeladen hast. Von der Schweiz hab ich aber nichts erzählt.«

»Na und?« In dem Augenblick der Frage verstand ich. »Nee!«

»Doch, Andi, Anne hat mit Korn seit über einem Jahr ein Verhältnis, sie träumt von seiner Scheidung und endloser Liebe.«

»Alles klar, ich verstehe. Anne kommt nach Hause, schwer beeindruckt von deiner Jeans und geht Korn auf den Sack, was er doch für ein Knauser und der Witzler für ein romantischer, großzügiger Typ ist. Ausgerechnet der Witzler, über den er nichts herausbekommen kann. Korn ist ja nicht umsonst leitender Staatsanwalt, der kann eins und eins zusammenzählen. Welcher normal verdienende Ermittler kauft seiner Freundin mal schnell eine Jeans für schlappe sechshundert Euro. Der hat sofort gerochen, dass da was faul ist. Scheiße. Dann hat er gleich Bern alarmiert, logisch. Jetzt verstehe ich auch, warum die im Tierpark mit Knarren erschienen sind. Die wollten uns nicht einschüchtern, die wussten einfach nicht, mit wem sie es zu tun bekommen würden. Denn sie haben ja keine Fotos von uns.«

»Doch, Andi, Anne hat Fotos von mir auf ihrem Handy. Leider habe ich ihr auch eins von dir gesendet.«

»Hä, wieso von mir?«

»Weil kleine dumme Mädchen immer prahlen müssen. Ich hab ihr einfach ein Bild von meinem ›Prachtexemplar‹ gesendet, weißt du, das mit dem knappen Shirt und der dreckigen Jeans, wo du völlig verschwitzt den Thuja ausbuddelst. Schau mich nicht so an, ich könnte mich selber in den Arsch beißen, so ein Mist.«

»Anne hat nur die Bilder auf dem Handy, keine Papierfotos?«

»Wann hast du das letzte Mal Papierfotos gemacht, Andi?«

»Dann haben sie doch keine Fotos, weil die Bilder alle weg sind. Krauses ›IT-Affen‹ haben ganz sicher Annes Handy durchsucht und dann abstürzen lassen. Jetzt hat sie bestimmt ein Neues, aber das Update mit ihrer Cloud funktioniert einfach nicht richtig, Kontakte, Bilder, alles weg, sicher geht sie gerade irgendeiner Hotline gehörig auf den Geist. Da sie keine Bilder haben, haben sie Korn einfliegen lassen, nur so macht die Sache Sinn.« Es war an der Zeit, mit Berlin Rücksprache zu halten. Ich setzte Krause über Milas Freundin Anne Kümmer und ihr besonders intensives Verhältnis zu ihrem obersten Vorgesetzten in Kenntnis. Der lachte herzhaft.

»Ein Hoch auf unsere IT-Affen. Nebenbei, Respekt, Sie machen 'ne dolle Figur in Jeans und Thuja. Wenn ich mal einen brauche, der mir in Friedrichsfelde beim Buddeln hilft, weiß ich ja, an wen ich mich wende. Hilde schicke ich aber vorher töpfern, nicht dass sie sich noch die Augen verblitzt.« Krause lachte amüsiert, wurde aber augenblicklich wieder dienstlich. »Wie schätzen Sie die Lage ein, Witzler?«

»Ehrliche Ansage? Ich denke, wenn uns Korn dort morgen früh identifiziert, ist unsere Möglichkeit, an die Strippenzieher zu kommen, verpufft, günstigenfalls.«

»Was meinen Sie mit günstigenfalls, Witzler?« Krause lauerte.

»Ich habe eine schwangere Frau dabei, eine, die mir sehr viel bedeutet. Ich werde nicht zulassen, dass ihr etwas passiert, Job hin oder her.«

»Beruhigen Sie sich wieder, Witzler. Ich habe eine außerordentlich interessante Neuigkeit für Sie. Korn wird morgen früh bei Ihrem Termin anwesend sein, er wird bestätigen, dass er Sie vor zwei Jahren im Golfpark Schloss Wilkendorf, in der Nähe von Werneuchen bei einer Benefizgala gesehen hat, einer Gala von Walter Burger, und dass Sie allem Anschein nach wirklich zur Familie gehören.« Krause lachte gerissen. »Kurz nachdem Sie weg waren, habe ich mir bei einem kalten Aquavit in Friedrichsfelde Gedanken darüber gemacht, wie ich mir auf einfache Art die Schweizer Geldmöpse in den nächsten Jahren aus der Nachbarschaft fernhalte. Dann habe ich drei Männer vom Dienst kommen lassen und Korn in Eberswalde einen Besuch abgestattet. Kurzum, Korn ist umgedreht, und ob ich ihm im Nachgang die Kronzeugenregelung durchgehen lasse oder nicht, habe ich mir vorbehalten. Witzler, Sie machen auch nur diesen einen Termin dort in der Schweiz, um Ihren Identitätsnachweis zu führen. Danach bestimmen wir die Orte aller weiteren Treffen, schließlich sind Sie der Kunde mit der dicken Brieftasche. Ich kann Sie übrigens beruhigen, wir hatten Sie bereits im Café unter Schutz. Da keine Leute von uns in der Nähe waren, mussten die Franzosen ran. Seit heute Nacht sind Kleinert, Schmidt und Wagner in Bern. Morgen früh kommen noch zwei Langwaffenteams für die Objektbeobachtung in der

Helvetiastraße. Ich gehe aber davon aus, dass mit Korns Aussage der Drops gelutscht ist, und die Gier wieder einmal über den Argwohn siegt. Noch Fragen, Witzler?«

»Darf ich die Informationen teilen?«

»Negativ, Witzler, der Bock ist zu fett, um ihn zu teilen. Aber warten Sie.« Krause schien abzuwägen, wie viel er rauslassen konnte und wie sehr Mila sein Vertrauen genoss, nicht als Mensch, mehr als Figur auf seinem Schachbrett.

»Beruhigen Sie Mila und teilen Sie ihr mit, dass Korn von der Generalstaatsanwaltschaft die Weisung bekommen hat, Sie beide morgen als das Ehepaar Burger zu identifizieren, nicht mehr, verstanden. Übrigens wurde Korn von mir dazu aufgefordert, den bevorstehenden Urlaub des Ermittlerpärchens bei der BERNFINANZ zu melden. Wir haben Sie während der Zeit Ihrer Abwesenheit in einer Ferienwohnung im Elbsandsteingebirge angemeldet. Die IT-Kontrollettis der BERNFINANZ haben umgehend in den Datenbanken der deutschen Meldestellen herumgestöbert. Scheinen Profis zu sein, Profis mit beachtlichen Ressourcen, nebenbei gesagt. Wir hören uns nachher noch mal. Over und aus.« Mir fiel ein Stein vom Herzen. Die Geschichte war zwar immer noch brandgefährlich, hatte aber deutlich an Schärfe verloren.

Mila war sichtlich erleichtert. Ich verzichtete darauf, meine immer noch bestehenden Bedenken zu äußern. Vielleicht war sie so morgen unverkrampfter, wenn sie Korn gegenüber saß.

Pling. Mila hatte eine Nachricht bekommen, anscheinend eine, die sie nicht so richtig deuten konnte. Sie verdrehte die Augen.

»Na, Nachricht von Anne?«

»Nee, von Bert! ›Kann Andi nicht erreichen … Küche ist drin … Gruß Bert.‹ Andi, was meint der?« Ich brauchte etwa zwanzig Minuten, um Mila zu beruhigen und ihr eine Küche »zu verkaufen«, die weder sie noch ich ausgesucht oder je vorher gesehen hatten. Sie nahm mir den Schwur ab, dass ich sie nicht aufs Kreuz gelegt hatte, um eine Küche nach meinen Vorstellungen einbauen zu lassen. Erst dann antwortete sie Bert: »Super! Kannst uns ja mal ein paar Fotos senden. Danke schön.«

Zwanzig Sekunden später war klar, dass wir in der Schweiz keine Küchenstudios mehr aufsuchen mussten. Die Küche war der Hammer. Unaufdringlich, aber sehr geräumig, die Türen mit Naturholzfurnier und flaschengrünen Applikationen, alle freien Wandflächen waren mit beigefarbenen Glasplatten abgedeckt und sämtliche Elektrogeräte stammten von Miele. Das würde ich Bert nicht für Umme durchgehen lassen, wir hatten viertausend Euronen für die neue Küche geplant, und wenigstens diese vier Riesen würden jetzt auf sein Konto wandern, ob er nun wollte oder nicht.

Um kurz nach zwei erreichten wir endlich die von mir über einen alten Kontakt gebuchte Alphütte. Einfach, schlicht, aus einheimischen Hölzern vor Jahren erbaut, strahlte sie Ruhe, Beschaulichkeit und Sicherheit aus. Der SL stand unten auf dem Hof vom Vermieter der romantischen Hütte. Mit zweitausenddreihundert Schweizer Franken die Woche war das Ambiente sicherlich kein Schnäppchen, laut Krause aber durchaus angemessen für ein Millionärspärchen und innerhalb des veranlagten Spesenrahmens. Mila litt schon wieder unter einem Hungeranfall und leerte meinen Rucksack auf dem Massivholztisch der kleinen Sonnenterrasse. Bevor ich ihr auch nur ein Messer anbieten konnte, hatte sie sich schon ein beträchtliches Stück Brot vom Laib gerissen, ins Marmeladenglas getaucht und kaute geschäftig vor sich hin. Der mitgebrachte Dosenöffner wurde sofort in Beschlag genommen und eine Leberwurst geöffnet.

»Andi, haste ma 'n Messer?«

»Hier ein Messer und hier ein Teller, kau doch erst mal runter, bevor du dich verschluckst.«

»Da kann ich gar nichts für, ist ganz gesunder Mutterhunger. Willste auch ein Brot?«

»Schön, dass du bei so knappen Vorräten noch teilst.«

Sie überflog kurz den Rucksackinhalt auf dem Tisch. »Knapp? Wie lange willst du denn hier bleiben?« Sie bemerkte, dass ich sie gerade auf den Arm nahm. »Vorsichtig, Freundchen, hungrige Mütter sind bissig!«

Schweiz, Bern, Helvetiastraße 6

Das Haus im Zentrum Berns versprühte den Charme einer in die Jahre gekommenen Lady. Unten gab es einen Kindergarten und einen unspektakulären Copyshop ohne große Werbeflächen, eher ein Laden für Schüler und Studenten, die ihre Arbeiten schnell und kostengünstig vervielfältigen mussten. Die beiden darüber gelegenen Etagen boten zwei prächtige Erker auf der Ecke, von den Wänden blätterte jedoch die Farbe. Dem Klingelschild nach teilte sich die BERNFINANZ AG die beiden Obergeschosse mit der BERNCONSULT AG und der BERNER LAND AG, Familienbande, vermutlich waren sie auch Eigentümer der Immobilie. Die kleine Linse auf dem Klingelfeld sicherte die Bewohner vor ungewollten Gästen. Man hatte uns anscheinend schon beobachtet, jedenfalls sprang die Tür auf, als wir die Klingel betätigen wollten.

»Guten Morgen Frau Burger, Herr Burger. Oberhofer mein Name. Treten Sie näher.« Der wirklich sehr dünne Herr Oberhofer gab uns beiden die Hand, der kräftige Zugriff seiner sehnigen Hand überraschte mich. »Folgen Sie mir bitte!« Von hinten bot Oberhofer einen eleganten Laufstil. Seine leichtfüßige Silhouette im schwarzen Anzug ließ mich an einen tanzenden Bleistift denken, schwul oder Extremsportler oder beides.

»Darf ich Ihnen die Herren vorstellen? Herr Egli, unser Alterspräsident, Herr Joix, unser Finanzdirektor, Herr Dr. Lauterbach, Steueranwalt. Herrn Dankwart, unseren Chef für Sicherheit und Information, haben Sie ja schon kennengelernt.«

In der Mitte des Tisches standen bereits eine großzügige Keksschale und Kaffee. Unwillkürlich musste ich an Krauses ›Gefechtskeksbox‹ denken und lächelte, was nicht unbemerkt blieb.

»Alles zu Ihrer Zufriedenheit, Herr Burger? Ist Gebäck angemessen, oder hätten Sie lieber ein Stück Kuchen? Vielleicht hat das Frühstück im Palace Sie ja enttäuscht.« In Dankwarts Augen konnte ich lesen, dass ihm unser Verschwinden von der Bildfläche einen gehörigen Rüffel eingebracht hatte.

»Nein, schon gut, Herr Oberhofer. Wir hatten schon sehr früh ein ordentliches Frühstück in den Bergen, mit frischer Milch und Käse vom Alpbauern.«

»Ah, Sie haben außerhalb gefrühstückt und anscheinend wahrlich eine gute Wahl getroffen, das freut mich für Sie.«

»Wir waren die Nacht über in den Bergen, ein alter Freund hatte uns einen Tipp gegeben. Es war eine unglaublich schöne Nacht, man ist den Sternen hier wirklich einen Schritt näher.« Mila hatte sich ins Gespräch eingeschaltet, wie verabredet übernahm sie den Part Kunst, Natur und Gesellschaft. In diesem Augenblick öffnete sich die Tür und Korn trat ein. Unter dem Arm trug er eine lederne Aktenmappe.

»Da kommt ja Herr Dr. Korn, unser Mann für Deutschland. Herr Doktor, würden Sie bitte Familie Burger die Unterlagen aushändigen.« Oberhofer lächelte freundlich, Egli beobachtete mich aus dem Augenwinkel, Dankwart hatte ein Auge auf Korn.

»Danke sehr.« Ich nahm ihm die Mappe ab. »Sagen Sie, kann es sein, dass wir uns schon mal über den Weg gelaufen sind? Ich könnte schwören, ich habe Sie schon mal gesehen, Herr Dr. Korn.« Mit dem unschuldigen Lächeln eines Siebenjährigen sah ich Korn ins Gesicht. Krause hatte mir zu dieser Facette geraten. Wenn Korn unsere falsche Identität mithilfe seiner Aussage über die Benefizgala auf Schloss Wilkendorf bestätigt hatte, war es auch durchaus möglich, dass wir uns an sein Gesicht erinnerten. Mila sah wie vereinbart kurz hoch, machte aber ein ratloses Gesicht, als könne sie sich nicht erinnern, Korn schon jemals gesehen zu haben.

»Kann schon sein, Herr Burger, ich bin in meiner Position viel in der Öffentlichkeit, darunter waren in der Vergangenheit auch einige Veranstaltungen Ihres Onkels, vermutlich sind wir uns dort schon mal über den Weg gelaufen.« Korn nickte freundlich und blickte zu Egli herüber.

»Danke, Herr Doktor, das war es erst einmal.« Korn war verabschiedet, blieb die Frage, ob unser Theaterspiel glaubhaft gewesen war. Es sah ganz danach aus, Dankwart schaute aus dem Erkerfenster in den Himmel und Egli blätterte in seinen Unterlagen.

»So, Herr Burger, den eingereichten Unterlagen nach war Ihre Familie in der letzten Generation tugendhaft sparsam und hat den Familienschatz zusammengehalten. Auch wenn wir hier öfter mit ungewöhnlich hohen Vermögen arbeiten, beeindrucken mich Ihre Zahlen durchaus.« Egli blinzelte durch seine Halbrandbrille.

»Die Frage, die mir unter den Nägeln brennt, ist, wie viel Ihres verfügbaren Budgets möchten Sie uns anvertrauen? Ich weiß, das kommt jetzt ein wenig direkt. Aber ich bin kein Diplomat, ich bin ein Mann des Geldes. Geld werden die verschiedensten Dinge angedichtet, Innovation, Beruhigung, Belebung oder auch Verlustangst. Aber die zentrale Geldfrage ist ›Haben oder Nichthaben?‹, darauf läuft doch die ganze Geschichte letztendlich hinaus. Deswegen spare ich mir das ganze Rumgeplänkel und nehme die Abkürzung. Also, welches Stück vom großen Kuchen wandert zu uns?«

Egli lächelte mit einem zugekniffenen rechten Auge. Geld stank zwar nicht, Leute wie er schienen aber einen

Riecher dafür zu haben. Krause hatte über Egli recherchieren lassen, viel war dabei jedoch nicht herausgekommen. Der Alte stammte aus einer Schweizer Beamtenfamilie, hatte in London studiert, eine lange Zeit in den Emiraten Ölgeschäfte gemacht. Mit dem Beginn des Baubooms dort unten hatte er den Scheichs den Rücken zugewandt und war in die Schweiz zurückgekehrt. Ab diesem Zeitpunkt war er praktisch vom Radarschirm verschwunden, es gab nur eine kleine Notiz, dass er aufgrund seiner Altersdienstzeit zum Major der Schweizer Armee befördert worden war. Krause hatte sofort einen nachrichtendienstlichen Hintergrund in Eglis militärischer Vergangenheit vermutet, die befragten französischen Stellen konnten dies aber nicht bestätigen. Laut deren Unterlagen war Egli ein einfacher Major a. D. der Infanterie.

»Wir dachten an dreißig bis vierzig Prozent, der in den nächsten zwei Jahren frei werdenden Anlagewerte.« Eine wage Aussage mit viel Spielraum nach oben und nach unten. Jedoch ausreichend, um eine satte, zweistellige Millionensumme als Kernkapital erkennen zu lassen. »Wir werden Ihre Möglichkeiten genau prüfen, Herr Egli, und uns erst danach auf einen konkreten Betrag festlegen. So ist mein Onkel bisher immer verfahren, und wie man sieht, war er damit ziemlich erfolgreich.« Egli hatte schon erwartet, dass wir nur das Fußvolk des großen Walter Burger waren, geschickt, um die Möglichkeiten auszuloten und die Spielfiguren persönlich kennenzulernen.

»Na dann fangen Sie an zu prüfen, junger Mann. Ich brauche Sie sicherlich nicht daran zu erinnern, dass der Inhalt der Mappe streng vertraulich ist.«

»Herr Egli, auch wenn wir im banal idyllischen Brandenburg wohnen, ist dies hier nicht unser erster Schritt in Sachen Vermögenssicherung. Ich will Sie ja nicht unter Druck setzen, aber mein Onkel hat mit Sicherheit mehr als ein Eisen im Feuer.« Laut Krause würde es den Bernern überhaupt nicht passen, dass ihre vertraulichen Unterlagen das Haus verlassen würden. Sein Rat war gewesen, eine gehörige Portion Überheblichkeit zu verteilen. Sie würden uns mit den Papieren abziehen lassen, getreu der Devise »Gier frisst Hirn!«.

Zurück im Hotel wurde ich mein dummes Gefühl nicht los. Es war einfach zu glatt gegangen. Diese Sache war noch lange nicht ausgestanden. Noch waren wir hier, noch befanden wir uns auf ihrem Spielfeld. Ich öffnete die Akte und fotografierte Seite für Seite. Krause würde zeitgleich die Unterlagen auf seinem Bildschirm haben und sichern, auf meinem iPhone würde bei einer eventuellen Überprüfung keines dieser Bilder jemals auftauchen.

Mila trat aus der Tür des Ankleidezimmers, frisch geduscht in einer ausgewaschenen Jeans, nur ein schlichtes rotes Sweatshirt der UCLA übergestreift. »Mein Gott bin ich froh, dass wir das überstanden haben.«

Ich schüttelte den Kopf, legte den Finger vor meine Lippen und schrieb eine Nachricht auf mein Display. »Zieh dir sofort deine Steppjacke über und stecke alle wichtigen Papiere in deine Handtasche. Wir verschwinden sofort und lassen uns die Sachen zum Flughafen nachsenden.« Als sie die Akte einstecken wollte, schüttelte ich mit dem

Kopf und zeigte auf die Kamera in meinem Telefon. »Lass uns rausfahren, irgendwo in der Nähe wird es doch wohl ein ordentliches Restaurant geben. Komm, lass die Akte liegen, so dringend ist das alles nicht, ohne Onkel Walters Okay geht da sowieso keine Eurone über den Tisch.« Ich prüfte die Glock kurz auf ihre Einsatzbereitschaft und steckte sie zurück ins Holster. Mila zog wortlos die Augenbrauen hoch, hob die Sig aus ihrer Tasche und folgte meinem Beispiel.

Zehn Minuten später zahlte ich an der Kasse der Avia-Tankstelle am Freundenbergplatz, der SL war voll bis an den Rand, wir hatten vier Liter Cola, zahllose Schokoriegel und zwei Fertigkuchen an Bord und würden frühestens in Stuttgart wieder halten müssen. Das Hotelpersonal hatte ich angewiesen, unser Gepäck in einer Stunde zum Flughafen zu bringen. Ein Mitarbeiter des Jetcontor Hamburg würde ihnen die Sachen abnehmen, wir würden auswärts essen und dann direkt zum Flughafen fahren. Als die Mappe sich in Bewegung setzte, folgten Dankwarts Männer dem GPS-Signal des versteckten Senders. In dem Augenblick, als vom Überwachungsteam gemeldet wurde, dass das Signal aus einem geschlossenen Ford-Transit-Lieferwagen des Bellevue Pallace kam, begann die BERNFINANZ-Zentrale in der Helvetiastraße zu summen wie ein Bienenstock. Zu diesem Zeitpunkt hätten wir eigentlich längst in Deutschland sein sollen, eine Wanderbaustelle auf der A2 hatte uns aber kurz vor Olten in die Knie gezwungen. Mila übernahm das Steuer, und wir bogen runter auf die Landstraße in Richtung Basel. Kurz hinter Läufelingen überholte uns ein Motorrad in der Kurve. Der Fahrer schien ein Könner zu sein, ich konnte beobachten, wie sein Kniepad über den Asphalt schliff. Als hätte er meinen bewundernden Blick bemerkt, drehte er sich kurz um. Ich hielt den Daumen hoch, verrückte Nummer, die er uns da eben geboten hatte. Die Maschine raste davon. Kurz hinter Buckten kam uns der Biker wieder entgegen, er fuhr aber nun freihändig und hatte irgendetwas in den Händen, mit dem er auf uns zielte.

»Runter!« Ich rutschte augenblicklich in den Sitz, als auch schon eine Garbe Geschosse die Windschutzscheibe bersten ließ. Mila hatte ebenso schnell reagiert und das Gaspedal bis Anschlag durchgetreten.

»Bist du verletzt?«

»Keine Ahnung, es tut nirgendwo weh.«

»Du blutest am Arm!«

»Keine Ahnung, ich hab nichts.« Mila hatte auf Rennmodus geschaltet, die 455 PS des Fünf-Liter-Motors katapultierten uns davon. Der Rückspiegel war getroffen und baumelte am Kabelbaum. Ich riss ihn ab und konnte beobachten, wie der Schütze wendete und die Verfolgung aufnahm. Die Landstraße hatte zwar einige gemeine Kurven, in denen Mila mit ihren Drifts den Abstand vergrößern konnte, beim Beschleunigen war die leichte Maschine aber eindeutig im Vorteil, der Abstand verringerte sich zusehends. Nach einer langgezogenen Linkskurve folgte eine fast gerade Aufwärtsstrecke. Hier konnte der riesige Achtzylinder des SL seine Qualitäten ausspielen. Mila fluchte wie ein Rohrspatz über den vom Hersteller eingebauten Begrenzer bei 250 km/h, wir machten aber trotzdem Meter um Meter gut. Als wir über die Bergkuppe und damit außer Sicht waren, brüllte ich »Vollbremsung!«. Meine Stimmlage ließ keinen Platz für Fragen oder Diskussionen. Mila trat aufs Bremspedal, bis das ABS hämmernd den Wagen zum Stehen brachte.

»Runter, festhalten!« In diesem Augenblick flog die Maschine über die Bergkuppe. Der Fahrer hatte nicht den Hauch einer Chance, als sein Gehirn »Bremsen« dachte, knallte die Maschine auch schon in den stehenden Mercedes. Er flog etwa dreißig Meter über den Wagen und schlug am rechten Fahrbahnrand sich mehrfach überschlagend zwischen den Felsen auf. Wir zogen die Überreste des schweren Motorrades von der Straße und ließen sie den angrenzenden Abhang runterfallen. Mit meiner Sportjacke wischte ich die Splitter der Verkleidung von der Fahrbahn. Der SL sah von hinten aus, als hätte ihm ein Riese in den Arsch getreten. Gott sei Dank hatte die Aluminiumverbundkonstruktion eine erstaunliche Härte und Zähigkeit. Die Achse schien nicht verzogen. Wir rollten mit dem Wagen bis auf Höhe des Opfers vor. Bis jetzt war noch kein Fahrzeug zu sehen, es konnte aber nicht mehr lange dauern, bis der erste Neugierige hier erschien. Mit Milas und meiner Jacke versuchten wir, die Beschädigung am Heck soweit wie möglich zu kaschieren. Gerade als ich das Opfer überprüfen wollte, kündigte sich von Ferne ein Auto an. Mila reagierte geistesgegenwärtig, sie zog die Hose runter und kniete sich an den Straßenrand. Der Fahrer hupte frech und zog, ohne das Tempo zu verringern, vorbei. Krauses Ansage war unmissverständlich gewesen, der tote Knabe hatte umgehend die Schweiz zu verlassen. Gemeinsam wuchteten wir den Körper hinter die Sitze des Roadsters. So wie der Kopf dabei hin- und herpendelte, konnte man Genickbruch als vermutliche Todesursache annehmen.

»Ich fahr weiter, okay?«

»Ich kann auch fahren!«

»Aber nicht mehr lange!«

»Wieso?« Mila sah mich trotzig an. »Ich hab nichts, am Arm ist nur ein Kratzer.« Was sogar der Wahrheit entsprach. Ein scharfes Stück Blech vom Scheibenrahmen, hatte den Ärmel ihrer Louis-Vuitton-Jacke durchtrennt und eine ungefährliche kleine Wunde gerissen. Mein geschultes Auge hatte aber den Schock in ihren Augen längst ausgemacht. Es war keine Frage ob, sondern wann sie die Macht der schrecklichen Bilder erreichen würde.

»Los, Schlüssel bitte!« Sie biss sich auf die Unterlippe und zog den Schlüssel aus der Tasche.

»Schnall dich an!«

»Damit mir nichts passiert, schon klar.« Sie fing an, laut zu lachen, tat aber, was ich ihr sagte.

»Nein, damit die Polizei uns nicht wegen nichtangelegter Sicherheitsgurte rausholt und dann große Augen macht. So, weiter geht's.«

Der Wagen zog zwar ganz leicht nach rechts, fuhr aber sonst erstaunlich stabil. Einzig die fehlende Windschutzscheibe ließ uns trotz dicker Jacken ordentlich frösteln. Kurz vor Basel bogen wir von der Landstraße runter und schlugen uns von Gelterkinden über Rickenbach, Buus, Maisprach und Magden durch bis nach Deutschland ins idyllische Rheinfelden, dann noch gute zehn Kilometer bis Lörrach. Dort hatte Krause einen Kontakt aktiviert, der schon in einem Lager auf uns wartete.

Wir luden die Leiche in das geräumige Gepäckabteil eines Audi A8. Der Kontakt hatte den Kofferraum schon im Vorfeld mit blauen Plastikmüllsäcken ausgepolstert. Vermutlich war er von Krause über den Zustand unseres Fahrgastes informiert worden. Mila hatte die Stimme verloren, sie war wortlos ausgestiegen und hatte sich in den Audi gesetzt. Angeschnallt harrte sie der Dinge, die ihr heute noch widerfahren würden. Zum Abschied drückte mir der Kontakt ein kleines Blechkästchen in die Hand. Krause war ein allwissender Gutmensch. Als Mila kurz vor Freiburg anfing, hysterisch zu kreischen, nach Luft zu schnappen und am ganzen Körper zitterte, zog ich eine der militärischen Notfallspritzen aus der Blechbüchse und knallte sie ihr durch die Jeans in den Oberschenkel, ein kräftiger Druck auf den daumendicken Gummikopf, augenblicklich wurde sie ruhiger, keine fünf Minuten später lag sie regungslos glücklich im Sitz und schlief bis Berlin durch.

Uckermark, Friedrichsfelde

Krause saß vor dem kleinen Kanonenofen in Jans Büro und stopfte Unmengen von zerknülltem Zeitungspapier in das Feuerloch, oben legte er einige dünne Scheite zum Anfeuern auf.

»Verdammte Scheiße, ist das kalt geworden, Witzler. Ich verstehe gar nicht, wie Jan nur mit seinem Kaminofen und der ›Nuckelpinne‹ hier die Winter überstanden hat.«

»Im Keller steht ein Ölbrenner, wir müssen ihn nur starten.«

Krause war überrascht. »Ein Ölbrenner?«

»Ja, um die zwanzig KW, damit beheizt er das Haus und die Töpferei im Nebengebäude, außerdem ist sein Kamin wasserführend und ebenfalls in den Heizkreislauf eingebunden.«

Krause nickte beeindruckt. »Na, dann lassen wir mal den Brenner von der Leine. Los, Witzler, fahren Sie die Anlage hoch, bevor wir uns hier den Arsch abfrieren. Krause-M ist in etwa einer Stunde mit von der Partie. Einige Dinge müssen wir vorher noch schnell durchhecheln, der braucht nicht alles zu wissen. Man hat übrigens das Motorrad gefunden. Es wurde in Frankreich letzte Woche als gestohlen gemeldet. Die Schweizer Behörden gehen von Unfallflucht aus. Sie vermuten, der Dieb hat das Fahrzeug mit dem Wurf in die Schlucht entsorgen wollen. Der Mietwagenvermieter wird Stillschweigen bewahren. Hoffen wir mal, dass die Sache damit erledigt ist. Der Fahrer liegt bei Professor Arndt auf dem Tisch. Arndt meint, ziemlich alter Knabe, er schätzt um die sechzig, dafür war er aber noch flott unterwegs. Wir machen gerade einen Datenbankabgleich, ich habe da so ein Gefühl. Wie geht es Mila? Hat sie alles gut weggesteckt?«

»Die Aktion mit der Spritze fand sie, wie Sie sich bei ihrem Temperament denken können, nicht so gut, hat sich Sorgen gemacht wegen dem Baby. Es ist zum Glück aber alles in Ordnung, und ich glaube, inzwischen versteht sie auch, dass es die einzig richtige Wahl war. Sie wird im Moment noch psychologisch betreut. Krause-M hat sie in den Außendienststatus versetzt, damit sie zu Hause bleiben kann.«

»Ihre Mila ist ein toughes Mädchen, die steckt das weg, Witzler! Jetzt müssen wir sehen, dass wir Jan endlich zurückbekommen. Es wird Zeit.«

Krause-M rollte pünktlich um zehn auf den Hof. Wir saßen zu dritt im wohlig warmen Wohnzimmer, die beiden Kurden hatte Krause nach Angermünde Lebensmittel kaufen geschickt.

»Ich kann, ich muss Ihnen mitteilen, dass der leitende Staatsanwalt Dr. Korn Gegenstand von Ermittlungen ist, die ich hier nicht weiter ausführen kann und darf. Im Rahmen dieser Ermittlungen habe ich direkten Kontakt mit Herrn Dr. Korn aufgenommen und diesem eine Funktion als V-Mann angetragen. Seine Zusage und seine bisherigen Schritte können sich später in Verhandlungen strafmildernd auswirken, werden aber keinesfalls zu einer Einstellung des Verfahrens führen. Korn wird also keinesfalls Staatsanwalt bleiben. Ich führe das so genau aus, damit Sie Ihre Stellung zu Korn überprüfen können.«

»Was soll das heißen, wollen Sie mir unterstellen, ich stecke mit Korn unter einer Decke?« Achim sprang erregt auf. Krause winkte beruhigend mit den Händen.

»Mitnichten, Herr Krause-Marciniak, mitnichten. Ich möchte Ihnen eigentlich nur freie Fahrt signalisieren. Sie werden nach Abschluss der Ermittlungen um die Uckerlamm-Fälle nicht mehr auf einen Staatsanwalt Korn treffen. Kriminalisten sind doch von einer ordentlichen

Zusammenarbeit mit der Staatsanwaltschaft abhängig, und dass ein Missverhältnis für Stress und fehlende Arbeitslust sorgt, ist ja wohl unbestritten. Kurzum, die Nummer Dr. Korn ist Geschichte.« Krause lächelte.

»Deswegen haben Sie mich herbestellt? Das kann doch nicht alles sein.«

Wir wechselten den Ort der Unterhaltung. Beim Betreten unseres »Ermittlungszentrums« in Jans ehemaligem Büro fiel Achim die Kinnlade runter. Überall an den Wänden hingen Karten mit Nadeln, Fotos, Computerausdrucken; auf einem großen Flipchart hatte Krause einen wilden Wust aus Ideen, Fragen, Vermutungen und Namen geschrieben.

»Führen Sie eine Parallelermittlung zu unserem Fall, Herr Krause?«

»Aber aber, Herr Krause-M, wenn ich Sie mal so vertraut nennen darf. Was Sie hier sehen, ist eine wesentlich umfassendere Untersuchung, in der Ihre Mordfälle gewissermaßen nur eine Zutat sind.«

»Zutat? Na danke auch!« Achim konnte aber auch eine Zicke sein. Krause ließ sich nicht aus dem Konzept bringen und fuhr weiter seine Schiene.

»Kommen Sie, Krause-M, ich stehe voll hinter Ihren Ermittlungen, und das schon seit ich Ihnen einen meiner besten Jungs zur Seite gestellt habe, außerdem haben Sie ja wohl von Prof. Arndt und unseren Spurenlabors bisher auch profitiert. Was ich eigentlich sagen will, wir sitzen doch beide im selben Boot, da macht es doch keinen Sinn, wenn jeder in seine Richtung rudert, dann drehen wir uns nur im Kreis. Wir brauchen eine harmonische Schlagzahl, um weiterzukommen. Mein Handicap ist, dass ich Ihnen nicht verraten darf, wer meine Ruder hergestellt hat. Ich mache die Tür da schon so weit auf, wie ich kann, glauben Sie mir. Man schaut mir auch auf die Finger.« Achim schien runterzukommen, ein verschmitztes Lächeln blitzte durch sein mürrisches Gesicht.

»Witzler hat mir versichert, dass Sie nicht loslassen, wenn Sie sich einmal festgebissen haben. Jetzt verstehe ich, was er damit meint. Ich kann mich gut daran erinnern, wie Sie uns auch schon beim letzten Fall unterstützt haben, aber ich muss Ihnen auch sagen, dass ich mich manchmal als Ermittler zweiter Klasse gefühlt habe und manchmal noch fühle, wenn einer meiner Mitarbeiter einen so enormen Wissensvorsprung hat wie Witzler.« Jetzt war die Katze aus dem Sack, und ich konnte auf Achim nicht mal sauer sein. Aus seiner Sicht musste es sich so darstellen. Krause wäre nicht Krause, wenn er nicht sofort eine Patentlösung aus dem Hut gezaubert hätte.

»Kein Problem, gehen Sie einfach davon aus, dass er für mich mein Mitarbeiter und für Sie Ihr Partner ist, egal, wie es aussieht, um die wahre Identität von Witzler zu schützen. Witzler ist in Ihren Augen sicher noch ein junger Bursche, aber ich kann Ihnen versichern, dass seine akademische Ausbildung, seine Erfahrungen und seine Erfolge weit über das hinausgehen, was Sie sonst in Ihrer Dienststelle geboten bekommen, so viel dazu. Das Letzte habe ich natürlich nie gesagt, Witzler, und würde es auch immer wieder abstreiten, Punkt! So, das Wasser kocht, was ist nun, wer will Tee, wer will Grog?«

Obwohl Krause-M für Tee plädierte, blieb das Beutelchen im Karton. Krause goss drei ordentliche Portionen Überseerum in die stabilen Gläser, füllte den Rest mit kochendem Wasser und schob uns die Zuckerdose rüber. »Kneifen ist nicht, Krause-M, mitgefangen, mitgehangen!« Nach einem halben Grog gab sich Krause einen Ruck und weihte Achim in den erweiterten Ermittlungsstand ein. Die Tatsache, dass sich vor unseren Augen eine umfassende Umstrukturierung des Immobilienmarktes in der Uckermark vollzog, war für Achim eine echte Überraschung. Die Ermittlungsergebnisse rund um die Struktur der ehemaligen Fremdenlegionäre fesselte seine Aufmerksamkeit jedoch ungleich mehr.

»Sie erwähnten vorhin, dass dieser Holz in der Uckermark groß geworden ist und sein Vater in der Wachmannschaft von der Hubertusburg war, richtig?«

»Ja, und?«

»Der Matowski bei uns aus der Siedlung war auch dabei, bei der Stasitruppe in der Hubertusburg, vielleicht kennt der den Holz?« Krause-M hatte meine volle Aufmerksamkeit.

»Woher haben Sie die Information? Diese alten Stasitypen sind doch in der Regel verschwiegene Vögel, wie alle ›Nachrichtendienstler‹.« Krause schmunzelte.

»Die waren nicht alle wie Markus Wolf. Der Matowski war einfacher Feldwebel und hat als Kurier die ›Geheimnisse‹ zwischen Berlin und der Schorfheide transportiert. Wir haben uns gleich auf dem ersten Feuerwehrfest ordentlich in die Haare bekommen, als er mir erklären wollte, dass die Kommunisten eigentlich ja nur Gutes im Sinn gehabt hätten. Ich erwiderte ihm, dass ich die Auswüchse kommunistischer Gutmenschlichkeit in Hohenschönhausens Stasiknast zur Genüge gesehen hätte. Fünf Wodka später war der ehemalige Klassenfeind in mir längst vergessen, und er erzählte großspurig, dass er mehr als ein Dreischichtarbeiter im Osten verdiente und eigentlich auch keinen angeschissen hat. Ein ganz normaler Mitläufer also.«

»Wie kommen wir schnell und unauffällig an den Mann ran? Was hat der für Interessen, Hobbys und so weiter? Ist der bei der Freiwilligen Feuerwehr?«

»Nein, nicht wirklich, der ist immer nur im Einsatz, wenn der Durst gelöscht wird.« Krause-M musste lachen. »Der ist entweder besoffen oder mit der Säge im Wald.«

»Mit der Säge im Wald?« Krause sah fragend rüber.

»Der bessert seine Rente auf, die Stasileute haben ja gekürzte Bezüge, da bleibt ihm gar nichts anderes übrig, sonst bleibt die Wodkaflasche leer. Er hat einige Schornsteinfegermeister im ehemaligen Ostberlin als Kunden, die ihren Kaminkunden Brennholz aus der Schorfheide verhökern, mit ordentlich Gewinn versteht sich, Feuerholz vom Fachmann, sozusagen.«

Mir kam da eine Idee. »Wo macht der Holz?«

»Überall, wo er rein darf in den Wald, er liegt ständig auf der Lauer, sobald ein Sturm vorbei ist, rast er in den Wald und sieht nach den gefallenen Bäumen.«

»Dann muss er ein gutes Verhältnis zu den Revierförstern haben, ich kenne auch jemanden, der zu allen Förstern beste Kontakte hat.«

Ich hinterließ auf Matthias' Mailbox eine entsprechende Nachricht. Keine Stunde später rief er zurück.

»Mensch, Andi, woher kennst du denn den alten Holzräuber Matowski?« Ich erklärte ihm kurz die Situation und ließ den vertraulichen Teil weg.

»Da haste aber Glück, ich treffe mich nachher mit Hans und Wilfried wegen 'nem ordentlichen Fuder Buchenholz. Ach ja, brauchste ooch noch Holz? Ich hab meiner besseren Hälfte einen neuen Polo geholt, der soll hinten in den Unterstand, da liegt aber noch die Roteiche. Kannste alles haben, sind, schätze mal, gute zwanzig Festmeter. Über'n Preis quatschen wir später, kannste ja mal drüber nachdenken. Ich meld mich, mach's gut.«

Matthias hielt Wort. Zwei Stunden später war ich auf dem Weg zu Förster Wilfried Eichler, dem zuständigen Revierförster im Süden des Werbellinsees, in dem auch das ehemalige Gästehaus Hubertusstock lag. Laut Eichler lag ein ganz frischer Holzsammlerscheinantrag von Matowski für eine Gruppe umgestürzter Kiefern vor. Eichler hörte meiner einleitenden Erklärung zu, schien aber nicht sonderlich interessiert. Er versicherte mir, den Holzschein für Matowski umgehend zu bewilligen und stellte mir ebenfalls gleich einen aus.

»Gutes Gelingen, Herr Witzler, und grüßen Sie mir den Matthias.« Er warf die Tür seines Subaru Forester zu, tippte sich kurz an die Kappe und verschwand vom Hof.

Zwei Tage später fuhren Matthias und ich morgens in den Wald.

»Matowski war gestern schon hier, schau mal.« Neben einem ansehnlichen Stapel Stammware lag ein halber

Kubikmeter Späne. Selbst die armdicken Äste der Kiefer hatte Matowski auf dreißig Zentimeter geschnitten und ordentlich aufgestapelt. Wir zogen uns ans andere Ende des Kiefernschlages zurück und zerlegten drei ineinander gefallene Bruchstämme. Eine gute halbe Stunde später mischte sich das Geheul einer zweiten Kettensäge in den Sound von Matthias' Siebziger-Schwert. Wir sägten noch bestimmt eine Stunde, bevor wir uns eine Pause gönnten, Matowski ließ nicht lange auf sich warten.

»Na, Männer, ooch uff de Jagd nach jutem Holz? Ick wusste ja nich, dass der Wilfried dit Plätzchen an zwee Werber ausschreibt, aba ooch ejal, is ja jenuch da, und wenn ick den Wetterbericht globe, jibs morgen noch ma Nachschlach. Bis Windstärke zehn soll et jeh'n, da haut et hier bestimmt ooch noch ma vier, fünf Stück um. Morjen erstma, Matthias.«

Er streckte mir seine Hand, groß wie ein Klodeckel, entgegen, ohne sich den verharzten Handschuh in der Größe eines Postsacks auszuziehen.

»Ich bin Andi.«

»Moin, Andi. Habta Kaffee bei? Ick hab mein'n in Beutel vajessen, liecht noch zu Hause uffe Anrichte.« Klar hatten wir Kaffee bei, und was für welchen, halb Kaffee, halb »Zungenlöser«.

»Mensch, da laust mir doch der Affe, Matthias. Dein Kumpel versteht aba wat von Kaffee. Juppijajeh Schweinebacke, da haste doch bestimmt 'ne halbe Pulle Rum rinjemacht. So muss Kaffee schmecken!« Er füllte sich gleich noch mal großzügig den Thermobecher.

»Der Förster hat mir gesagt, beim Hubertusstock liegen noch zwei Kiefern, wir sollen nachher mal vorbeifahren. Die eine liegt halb auf dem Weg, die sollen wir wegsägen, damit der Weg frei ist.«

»Wat, am Hubertusstock? Denn müssen die erst inne Nacht jefallen sein. Ick bin da jestern noch vorbei.«

»Vielleicht liegen die ja auf einem anderen Weg?«

»Da jibs keen andren Weg, ick kenn ma da aus wie in meene Westentasche, ick hab da früher Dienst jeschoben.«

»Dienst geschoben?«

»Ick war bei de Wachmannschaft, damals, wo et noch Jagdresidenz war. Kommste aus'm Osten, Andi?«

»Aus einem kleinen Ort bei Schwerin.« Matthias grinste vor sich hin.

»Und wat machste?«

»Ich bin bei der Kripo.«

»Bei der Kripo, kiek ma an, und denn musste Holz mach'n. Na wat soll't, Matthias is Jastwirt und muss ooch Holz machen. Der Euro wird uns noch alle ruinieren. Wenn ick mir übaleje, wat dit Jas heute kostet, muss man einfach Holz machen, ob de nu Jastwirt, Rentner oda Bulle bist. Wat is, woll'n wa kieken, wat da los is?«

Wir fanden die Kiefern, sie lagen ineinander verkeilt quer über den Weg. Matowski sägte die Stämme professionell zurück und wir schleppten das Astwerk an den Rand. Bald hatten wir ein ansehnliches Häufchen Kaminholz zusammen.

»Haben Sie eigentlich den Holz gekannt, Herr Matowski?«

»Den Holz, du meinst den Stabsoberfeldwebel Holz, den Arsch? Ja, den hab ick jekannt, war mein Vorjesetzter, een unglaublicher Arschkriecher. Wat der mir für'n Stress jemacht hat, der hat jeden von die Bonzen damals allet vasproch'n, und ick bin denn manchma bis inne Nacht uffe Beene jewesen, um et zu erledijen, und wat hat et ihn jenützt? Nüscht, der is gleich nach de Wende abjekratzt, Herzinfarkt und weg war er.«

»Ich meinte eigentlich den jungen Holz, Peter Holz.«

»Ach dit Trüffelschwein, jenau. Der war jenau so 'ne Fotze wie sein Vadda. Ick hatte damals schon Angst, dassa ooch zu uns kommt, aba sein Vadda hat denn über den Minister irjendwat mit Abteilung Ausland jedeichselt. Der hat mir als Piepel ma richtig anjeschwärzt. Da hatt ick zwee jute Stück Schwarzwild nich abjejeben, ick erinner mir jenau. Da hatte Jünter Mittach mit zwee Rumänen bestimmt zwanzich Schweine plattjemacht. Wir sind denn mit'n Jeep raus und hab'n die injesammelt. Zwee ordentliche Läufer hab ick an die alten Bunker, 'n Ende vorn Hubertusstock, abjeworfen und drinne ausjepelzt und uffjehängt. Konnt ick doch nich ahnen, dass der Piepel da och rumstreunert. Ick war noch ja nich janz uff'n Jehöfft, da hat ick schon seinen Alten anne Hacken, der mir den Arsch uffjerissen hat.«

»Wo sind denn diese Bunker?«

»Jar nich weit von hier. Is gleich um die Ecke, da vorne anne Buche rechts weg, aba die findste kaum, die dürften mittlerweile völlig einjefallen sein, die warn damals schon ziemlich hinüber.« Matowski wollte gleich rüber mir alles zeigen, aber irgendwas in meinem Inneren riet mir zur Vorsicht. Ich zog mein Telefon und sendete Krause unauffällig eine Nachricht. »Unbedingt warten!«, kam es sofort zurück.

Drei Stunden später erschien Krause mit vier Leuten, zwanzig Minuten später rollten zwei schwarze Mercedes Sprinter vor einen der Bungalows in der Hubertusstockanlage. Zwanzig Angehörige der GSG 9 verschwanden im Gebäude und bereiteten sich auf ihren Einsatz vor. Matthias und Matowski waren inzwischen zu Hause. Krause hatte mit der großen Sirene Alarm geheult. Der seinerzeit von Herbert, dem Waldarbeiter, in der Nähe beobachtete Mercedes ML mit dem französischen Kennzeichen, die Ortskenntnis und Vergangenheit des jungen Peter Holz, die zeitliche Nähe des Tatortes beim Fund von Jan Kurz' kleinem Zeh und die vor einer Stunde bekannt gewordene Tatsache, dass der Motorradschütze ebenfalls ein pensionierter Fremdenlegionär war, der im letzten Jahr sechsmal auf den Kameras im Flughafen Tegel aufgetaucht war, hatten Krause überzeugt. Hier war Gefahr im Verzug. Krauses Kontaktmann in der Legion hatte weiterhin ermittelt, dass noch sechs weitere Ex-Legionäre abgängig waren. Mit schwerer Gegenwehr war also zu rechnen. Die Leute der GSG 9 verteilten sich im Dickicht, um sich in einer immer enger werdenden Zangenbewegung heranzuschleichen. Das offene Ende der Zange wurde von zwei Präzisionsschützen gedeckt. Über allem schwebte in dreihundert Metern Höhe eine elektrische Drohne mit den neuen »Flüsterrotoren«, die vom Boden nicht mehr wahrgenommen werden konnten. Bisher war aber keine

Bewegung aufgezeichnet worden. Minute um Minute verstrich, die Zange wurde immer enger, schließlich hatten sie den Eingang erreicht. Merkwürdigerweise stand die alte Bunkertür einen Spalt offen, gerade so weit, dass ein Mann hineinkriechen konnte. Krause ging die Nummer zu glatt.

»Sofort abbrechen, alle Kräfte eine Station zurück. Wir nehmen die ›Krabbe‹.« Die Krabbe war ein für die Terrorabwehr neu entwickelter Roboter, ähnlich dem »Sony-Hund«, nur mit acht Beinen. Dies machte ihn extrem geländegängig und ermöglichte ihm, nahezu rechtwinklig die Wände hochzulaufen. Ausgestattet mit einem hochauflösenden Kamerasystem für Tag und Nacht sowie einer ultraschnellen Datenschnittstelle war er als vorsichtiges Auge für Einsätze wie diesen entwickelt worden. Zwanzig Minuten später rannte der etwa einen halben Meter hohe Roboter wie ein außerirdisches Insekt durch den Schorfheider Mischwald. Krause ließ ihn am Eingang stoppen und vorsichtshalber noch eine Runde um die alte Bunkeranlage drehen. Die vier großen gebogenen Bildschirme im Kommandofahrzeug zeigten, was die Krabbe sah. Aus dem mit Laub bedeckten Boden waren hier und da zackige alte Betonreste zu erkennen, die meisten waren aber stark mit Moos bewachsen, über allem wuchs ein prächtiges Unterholz. Wer nicht wusste, dass hier eine geräumige unterirdische Anlage im Boden schlummerte, wäre achtlos darüber hinweg gelaufen. Der einzige Hinweis darauf, dass hier in der letzten Zeit jemand gewesen war, war ein minimaler Ölfleck unweit des Eingangs, der nur durch die Spektralansicht der Kamera sichtbar geworden war.

Der Computer analysierte die Aufnahme blitzschnell als Automatikgetriebeöl, vermutlich von dem beobachteten Mercedes ML. Krause pfiff leise vor sich hin.

»Na, ich hoffe mal, dass ich mich irre. Sind alle auf Position eins zurück?«

Nach und nach meldeten die Einsatzteams ihre zurückgezogene Position.

»Los, wir schicken die Krabbe rein.« Der Einsatzleiter wollte endlich loslegen. Krause machte ein skeptisches Gesicht und sollte leider Recht behalten. Die Krabbe hatte gerade den Eingang passiert, da erschütterten unglaubliche unterirdische Explosionen das Gelände. Auf dem Bildschirm der Drohne konnte man deutlich sehen, wie die ringförmige Bunkeranlage Stück für Stück aus dem Waldboden herausgehoben wurde und dann in sich zusammenfiel. Dreck, Splitter und Gesteinsbrocken flogen bis in die Rückzugsräume der GSG-9-Leute und verletzten drei Beamte leicht.

»Hoffentlich war da keiner mehr drin.« Krauses Gesicht war weiß wie frischer Kalkanstrich. Er hatte ohne Frage Jan Kurz im Sinn.

»Wir schicken jedes bisschen Erde durch ein Sieb, ich will, dass jede Spur verwertet wird.«

»Die hatten den ganzen Laden vermint!« Der Einsatzleiter hatte seine Stimme wiedergefunden. »Heilige Scheiße, habt ihr so was schon mal gesehen?« Anscheinend war er sichtlich beeindruckt von dem Schauspiel, was ihm soeben geboten worden war. Krause blickte mit verzogenem Gesicht zu mir rüber. Ja, klar hatte ich so etwas schon gesehen. Die Fremdenlegion hatte wahre Spezialisten für solches Feuerwerk. Im Irak hatten sie Bunker um Bunker aus der Wüste gesprengt, moderne Bunker mit Armierungen aus modernen Bunkerbaustoffen. Das hier war nur eine Demonstration ihrer Möglichkeiten gewesen, ein Achtungszeichen, ein »Wir wissen, dass ihr uns auf der Spur seid! Passt auf, dass ihr euch dabei nicht die Finger verbrennt!«.

Krause forderte über einen seiner Kontakte eine Pionierkompanie der Bundeswehr an, die es wirklich schaffte, den kompletten Aushub innerhalb von vierundzwanzig Stunden durch ein »Sieb« zu werfen. Das Sieb hatte in diesem Fall zahlreiche Sensoren und Kameras. Die Spezialisten konnten Entwarnung geben, das einzige frische biologische Material, was gefunden wurde, stammte von einer Katzenfamilie, die sich anscheinend in der alten Anlage ein gemütliches Heim geschaffen hatte. Einige Fetzen einer alten Bandage fesselten Krauses Aufmerksamkeit umso mehr. Die darauf gefundenen DNA-Spuren ließen vermuten, dass sie nach der Amputation des Zehs vom Schäfer Kurz zur Blutstillung genutzt wurde. Eine genauere Untersuchung brachte aber für Krause eine Neuigkeit. Neben den Blutresten waren auf dem winzig kleinen Fetzen Nasenschleimpartikel. Anscheinend hatte man dem Schäfer ordentlich eine verpasst und ihm dabei die Nase gebrochen, eine ziemlich schmerzliche Angelegenheit. Trotzdem lächelte Krause, denn Professor Arndt hatte soeben bestätigt, dass die Spuren nicht älter als drei Tage waren. Jan Kurz lebte also wahrscheinlich noch.

Berlin, Chausseestraße

Krause hatte die letzten achtundvierzig Stunden im Dienst verbracht, Hilde war diese dienstlichen Eskapaden gewohnt, so hatte er ihr nur eine kurze SMS gesendet. Frau Junkers hatte es heute Morgen für nötig befunden, ihm einen Einwegrasierer neben die Keksbox zu legen. Verdutzt nahm Krause die kleine blaue Plastikkonstruktion hoch, zog den Klingenschutz runter und begutachtete die scharf geschliffene Doppelklinge. Verwirrt lief er ins Vorzimmer, wo Frau Junkers ihn verkniffen lächelnd ansah.

»So dringend?«

Ihre Hand wies auf den Spiegel über dem Kaffeeautomaten.

»Okay, so dringend. Hab schon verstanden. Danke, Frau Junkers.« Er holte den Schlüssel von seinem Dienstapartment aus der Jackettasche und verschwand in Richtung Aufzug. Eine halbe Stunde später erschien ein neuer Krause im Besprechungszimmer.

Dr. Hellmer, der Chef für Elektronische Aufklärung des BND, hatte es sich bereits bequem gemacht und begutachtete das Gelee auf dem dunklen Schokokeks akribisch, bevor er sich dann doch lieber für eine Waffel Natura ohne Schokoüberzug entschied. Krause rauschte herein und schloss die Tür geräuschvoll mit einem zackigen Fußtritt.

»Na, Herr Dr. Hellmer, wo brennt's?« Der letzte verbliebene Schokokeks in der Box zauberte ein Lächeln in Krauses frisch rasiertes Gesicht.

»Ich bin mir nicht sicher, ob wir gleich von einem Brand reden sollten, aber bezüglich Ihrer Stichwortsuche zu der BERNFINANZ sind uns einige Dinge ins Auge gefallen. Seit vier Tagen hat sich der E-Mailverkehr mehr als verdoppelt. Das Chiffrierverfahren wurde gegen einen neuen Gigabitschlüssel getauscht, der uns jetzt wirklich nur noch ›böhmische Dörfer‹ erkennen lässt. Des Weiteren scheint sich eine neue Quelle dazugeschaltet zu haben, eine mobile Quelle, die im Norden Ostdeutschlands herumkreist. Die Quelle versucht uns zwar weiszumachen, sie würden aus den Balkanländern senden, aber meine Leute haben dem ›Nest‹ in akribischer Feinarbeit die Tarnkappe abgenommen. Mit anderen Worten, die einstmals lustig vor sich hin plätschernde Quelle summt im Augenblick wie ein Bienenstock. Das muss nichts heißen, aber mein Rheumaknie sagt da was anderes.«

»Ich stimme da völlig mit Ihrem Knie überein, Dr. Hellmer. Haben Sie die Anschlüsse in Bern anzapfen können?«

»Keine Chance, da reinzukommen. Seit den Geschichten mit den Steuer-CDs passen die Schweizer Kapitalsammler auf wie die Schießhunde, dass ihnen keiner mehr in die Karten schaut. Unser Hauptaugenmerk liegt auf den Mobiltelefonanschlüssen, die wir bis jetzt auf der Liste haben. Problem sind die neu hinzugekommenen Prepaid-Handys, manche werden nur einmal benutzt, andere eine Woche. Wir können die Anschlüsse keinen Personen zuordnen. Wer immer dahintersteckt, hat ein solides Grundwissen und einen Plan, leider ist der uns bis heute unbekannt.«

»Danke, das war's erst mal.« Krause entließ Dr. Hellmer und sah hinaus in den trüben Abendhimmel über

Berlin. Noch eine Nacht im Dienstbett? Ach was, man würde ihn auch zu Hause aus dem Bett holen, wenn es ernsthafte Schwierigkeiten geben würde. Er rief Hilde an, um nachzufragen, ob er noch irgendwas mitbringen sollte, bekam aber nur die Ansage, seinen Pyjama und die Unterwäsche nicht wieder im Dienst zu vergessen.

Paris, Flughafen Charles de Gaulle

Karl Oberhofer wartete ungeduldig in der Reihe des Europcar-Schalters. Zwei Mitarbeiter, Dienstagmorgen um acht, zu einer Zeit, in der Geschäftsleute, Außendienstmitarbeiter und Rucksacktouristen nach Mietwagen anstanden, das war einfach unzumutbar, das war, gelinde gesagt, eine Frechheit. Was nützte es, wenn man über eine App in Sekundenschnelle einen Wagen mieten konnte, dann aber eine halbe Stunde vor dem Schalter stand, um überhaupt an den Schlüssel zu kommen. Jetzt bot dieser Idiot von Mitarbeiter seinem verwirrten indischen Kunden noch ein Update auf einen größeren Wagen an, mit Zusatzversicherung selbstverständlich, anstatt sich einfach den Vertrag unterschreiben zu lassen, dem Mann den Schlüssel in die Hand zu drücken und den nächsten der noch wartenden sechs Kunden zu bedienen. Vom zweiten Mitarbeiter war demnächst keine Hilfe zu erwarten, da er anscheinend einen schlechten Tag erwischt hatte und das Formular seines Kunden bereits das dritte Mal neu ausfüllte. Wenn Egli nicht explizit darauf bestanden hätte, dass er auf keinen Fall ein Taxi nehmen sollte, damit seine Wege später nicht verfolgt werden konnten, wäre er spätestens jetzt wütend aus der Halle gefegt.

Eine dreiviertel Stunde später steckte er, ausgebrannt vor Wut, den Schlüssel in den nagelneuen Citroën C2, einen Wagen mit der Größe einer Hutschachtel. Rasselnd sprang der kleine Dieselmotor an, nur siebenhundertachtundsechzig Kilometer auf dem Zähler und klang schon, als würde er auf den Schrott gehören. Oberhofer widerstrebte es förmlich, das Lenkrad anzupacken. Was hatte er Xaver angetan, dass er mit so einer Aufgabe wie dieser hier betraut wurde. Die Erwartung des üppigen Frühstücksbuffets im »Bon Voyage« erhellte seine Miene, und er wühlte sich mehr als eine gute Stunde durch den nach Abgasen stinkenden Morgenverkehr von Paris.

Endlich den Mantel losgeworden und sich mit seinem Gesprächspartner in eine Ecke zurückgezogen, nahm Oberhofer einen tiefen Schluck Orangensaft und biss voller Genuss in ein Honigcroissant. Vier große Bissen später wandte er sich an sein Gegenüber.

»Bourquet, wir ziehen uns zurück. Es steht eine umfassende Reinigung an.« Wortlos schob der dem sonnengebräunten Rentner mit der Kassenbrille ein Couvert zu. Ohne Oberhofer aus den Augen zu lassen, öffnete der sportliche Endsechziger den Umschlag, zog den darin enthaltenen Zettel hervor, warf einen kurzen Blick darauf, schob ihn zurück und legte den Umschlag auf den Tisch zurück.

»Schaut nach einer Endreinigung aus, Dr. Schneider.« Oberhofer nickte, für Bourquet war er Dr. Schneider, ein Geschäftsmann aus dem schönen Walsertal.

»Endreinigung, ja, klingt treffend. Wir hatten in der letzten Zeit einiges Ungemach mit der Vorgehensweise Ihrer Leute, Bourquet. Mein Chef erwartet von Ihnen, dass dieses Mal keine Fehler passieren. Er war ziemlich verstimmt in letzter Zeit, und es wäre gelogen, wenn ich behaupten würde, er hätte nicht darüber nachgedacht, Ihre Dienste durch andere Spezialisten zu ersetzen.« Oberhofer griff sich eine Banane vom Teller, zog die makellose Schale ab und schnitt sie Scheibe für Scheibe in sein Müsli.

»Ich werde mich persönlich darum kümmern, versprochen, Dr. Schneider. Die Legion Secure AG wird Ihren Vertrag erfüllen, wie gewohnt. Entschuldigen Sie, dass ich Sie jetzt allein lasse, Dr. Schneider, aber ich glaube, Ihr Chef erwartet eine umgehende Erledigung.« Der gut eins achtzig große Mann wischte sich mit der Serviette über den Mund und stand auf.

»Große Worte, Bourquet, große Worte, lassen Sie diesmal aber leise Taten folgen, wenn ich bitten darf.« Nickend entfernte sich der Alte.

Oberhofer wusste nicht viel über ihn, nur dass er vor gut zwanzig Jahren ein hohes Tier in der Fremdenlegion gewesen war und heute eine »Dienstleistungsfirma« in einer speziellen Branche führte, einer Branche, in der sich immer mehr osteuropäische und asiatische Mitbewerber um die Aufträge balgten. Bisher hatte Xaver Egli aber an der Zusammenarbeit festgehalten. Nun würde Bourquet hoffentlich beweisen, dass diese Entscheidung richtig war.

Uckermark, Gerswalde

Die Feuerwehr kämpfte seit etwa drei Stunden darum, den heftigen Wohnhausbrand in Gustavsruh davon abzuhalten, auf das dahinter gelegene Waldstück überzugreifen. Das Haus war ohnehin nicht mehr zu retten. Schon als die schnell zusammengetrommelte Horde der Freiwilligen Feuerwehr vor Ort ankam, stand ohne Zweifel fest, dass vom Haus nicht viel übrigbleiben würde. Immer wenn der Löschzug den Brand annähernd unter Kontrolle gebracht hatte, schlug eine mehrere Meter hohe Flammenwand aus dem Kellerbereich, mit einer Hitzewelle, wie sie bei normalen Hausbränden eher ungewöhnlich war. Was immer Dr. Kleinert in seinem Keller gelagert hatte, es waren auf keinen Fall nur Akten und Papiere. Der fehlende Geruch von Ethanol, Diesel oder Benzin ließ bei Brandmeister Eckhard Schröder den Verdacht aufkommen, dass es sich hier um mehr als eine einfache Brandstiftung handeln konnte, außerdem hatten die Pumpen schon den halben Pinnower See abgepumpt, ohne dass ein nennenswerter Löscherfolg zu verzeichnen war. Sechs Stunden später hatten die erschöpften Mannschaften endlich das letzte Brandnest geflutet und stürzten sich ausgetrocknet auf den von Krause-M spendierten Kasten Lübzer Pils.

Achim hatte den Anruf von Eckard Schröder persönlich entgegengenommen und sofort Jens und Jochen Kaufmann, die Spurenspezialisten, zum Brandort geschickt.

Als Schröder die Flasche absetzte und geräuschvoll in die Runde rülpste, war Jochen schon die gemauerte Kellertreppe runter, in der einen Hand seinen Probenkoffer, in der anderen einen sterilen Spachtelsatz. Zwanzig Minuten später erschien er wieder grinsend zwischen den verkohlten Resten der ehemaligen Terrasse.

»Sicher muss ich das noch mal durch den Tester schicken, aber meine Nase sagt mir eindeutig, Safex, Brandmasse A. Einen besseren Beschleuniger findest du in ganz Europa nicht. Absolute Topmarke im Filmgeschäft. Bei der Menge an Spuren, die ich da unten gefunden habe, müssen die mindestens eine Palette Zehn-Kilo-Eimer Brandpaste verstrichen haben. Digga, sag mal hast du irgendwo Transporterspuren gefunden, so 'ne Palette Safex packt man sich nicht einfach mal in seinen Kombi.«

Jens, der Fülligere der Kaufmannbrüder, schoss gerade eine ganze Serie von Fotos einer tief in den Humusboden der ehemaligen Blumenrabatte eingedrückten Spur.

»Goodyear Cargo Vector 2, Erstausrüsterqualität Mercedes Sprinter, kannste aber auch auf einen VW LT ziehen, auf jeden Fall war es keine Nuckelpinne wie ein Caddy oder Vito.« Jens ließ die Kameradrohne starten und schnappte sich einen Schokoriegel, der ganz zufällig im Transportkoffer der Drohne aufgetaucht war. Zufrieden vor sich hin kauend beobachtete er, wie der kleine Flugroboter die von seinem Bruder Jochen programmierte Flugroute absolvierte und hochauflösende Aufnahmen machte. Schönes Spielzeug, das ihnen Witzlers Chef da letztes Jahr zum Jahreswechsel unter den Behördenweihnachtsbaum gelegt hatte.

Sechs Stunden später herrschte doppelte Gewissheit, die Familie Kleinert hatte kein Heim mehr, aber es waren keine Personen zu Schaden gekommen. Von dem

Inventar des Hauses und den zahlreich gelagerten Akten des Rechtsanwalts und Notars war nichts mehr zu gebrauchen. Was die Flammen nicht geschafft hatten, war durch die ungeheuren Mengen an Löschwasser vernichtet worden.

Krause-M erwischte mich kurz vor der A11 auf dem Weg nach Joachimsthal. Er berichtete von dem ungewöhnlichen Brand in Gustavsruh und vermutete wie ich, dass die gründliche Vernichtung der Aktenbestände des Notars unter Umständen in direktem Zusammenhang mit unseren Ermittlungen stand. Die bange, aber nicht ausgesprochene Frage war jedoch, wo waren die Kleinerts abgeblieben und waren sie noch am Leben? Krause-M löste eine Fahndung aus und stellte alle Maßnahmen umgehend in die Cloud. Eine halbe Stunde später meldete sich Krause. Dank der Möglichkeiten unserer IT-Abteilung im Dienst hatte man die Kleinerts aufgespürt, der Ort war jedoch höchst brisant. Sie machten anscheinend Urlaub in Südfrankreich, genauer gesagt in La Madrague am Mittelmeer, nur eine knappe Autostunde von Puyloubier, dem Pensionsheim der Fremdenlegion entfernt. Heute Morgen hatten sie noch zwei Jetski mit einer Kreditkarte bezahlt, blieb die Hoffnung, dass es nur um die Vernichtung der Akten ging. Eine Ansicht, die Krause nicht teilen wollte und konnte. Umgehend aktivierte er seine Kontakte in der Legion. Die meldeten wenig später, dass die Jetski der Kleinerts bereits vier Stunden über die gemietete Dauer hinaus waren. Eine sofort eingeleitete Suche der Küstenwache erbrachte keine Ergebnisse, die

Kleinerts waren anscheinend verschwunden. Während ich für das Schicksal der Kleinerts ziemlich schwarzsah, war Krause, der alte Fuchs, davon noch nicht so recht überzeugt.

»Vielleicht sind sie ja geflüchtet, Witzler. Wenn der Kleinert wirklich der Notar in unserer Geschichte ist, hat er in den letzten Monaten richtig abgesahnt. Vielleicht reicht die Summe sogar, um auszusteigen. Vielleicht haben ihm die Leute von der Legion Secure AG sogar geholfen, von der Bildfläche zu verschwinden, oder aber, na, da will ich noch nicht drüber sprechen.« Krause schnalzte mit der Zunge. »Ich hab da noch was anderes im Hinterkopf, dazu muss ich aber die Mosaiksteinchen erst mal ordnen. Irgendwie passt Mord an einer kompletten Familie nicht ins bisherige Schema. Gewalt ja, aber nicht an wehrlosen Kindern. Ich komme nachher hoch nach Friedrichsfelde. Witzler, können Sie die Rasin-Brüder bitten, etwas zu kochen? Hilde ist bei ihrer Schwester in München, und ich lebe seitdem von Salamibrot und Würstchen. Ich kann kein Schwein mehr sehen, Lamm müsste ja noch genug in der Kältekammer sein. Bin so gegen acht da, bringen Sie Mila mit, die mag doch auch so gerne arabisches Essen. Over und aus.«

Uckermark, Friedrichsfelde

Es war ein überaus leckeres Abendmahl. Lammbraten mit kleinen gebackenen Klößchen aus einer scharfen Zucchini-Kichererbsenpaste, dazu frisch gebackenes Brot und als Nachtisch eine große süße Honigmelone,

die Krause sich einfach aus der »Fressabteilung« des Ka-
DeWe hatte in den Dienst liefern lassen. Die Rasins waren bei der Mengenwahl nicht kleinlich gewesen, und so
konnten wir sogar noch einen Teller für Krause-M in die
Röhre stellen, der seinen Besuch vor einer halben Stunde
angekündigt hatte.

Krause fummelte seit einer Viertelstunde auf seinem
Tablet herum und verzog immer wieder verbissen das Gesicht. Achim hatte mir und Mila die frischen Tatortbilder
aus Gustavsruh gezeigt. Ein leises Klingeln zeigte an, das
Jochen wieder gezaubert hatte. Eine in der Datenmenge
abgespeckte, aber immer noch ziemlich hoch aufgelöste
Simulation der letzten Stunden des Kleinertschen Gehöf-
tes zog an uns vorbei. Highlight war die nunmehr mögliche Anpassung des Films an die jeweilige Tageshelligkeit.
Jochen hatte monatelang daran herumprogrammiert und
musste sich später zum Preis der Überlassung seiner Soft-
warerechte an das FBI einen zeitlich begrenzten Codie-
rungsschlüssel freischalten lassen, um die Zusatzsoftware
in das Simulationsprogramm zu laden. Jetzt war aber
deutlich zu erkennen, dass die sechs Mann am gestrigen
Morgen um kurz nach vier von hinten den Zaun zum
Wald aufgebrochen hatten und dann rückwärts mit dem
Transporter an das große Kellerfenster neben der Terrasse
gefahren waren. Von dort hatte man entladen und die
gut 1,5 Tonnen Brandpaste im Keller verteilt. Die Truppe hatte dazu keine vierzig Minuten gebraucht, was auf
Profis schließen ließ.

»Ich glaube, es geht dem Ende zu.« Zweifelnd drehten
wir uns zu Krause. »Herrgott, nicht, was Sie denken! Ich

meine, ich habe das Gefühl, die Aktion UCKERBIO wird gerade von ihren Initiatoren abgebrochen. Nach gründlicher Sortierung der Hinweise, die mir in den letzten Tagen durch die Hände gegangen sind, komme ich immer wieder zu diesem Ergebnis, und ich weiß nicht, ob ich mich darüber freuen kann. Das Ziehen in meinen Eingeweiden sagt mir, das dicke Ende kommt erst noch. Hier in unserer ruhigen Uckermark wurden ziemliche Schweinereien angestellt, sowohl menschlicher wie auch finanzieller Natur. Ausgelöst durch eine Gruppe skrupelloser Männer, die nicht gerne im Zusammenhang mit derlei Dingen genannt werden will, einfach, weil es schlecht für zukünftige Geschäfte ist. Ausgeführt wurde ein Teil der Schweinereien durch Profis, wie zum Beispiel den Notar Kleinert, den Landrat Elbers im Liegenschaftsamt, die Frau Friedrichs von der Pfandkreditbank oder eben von den Mitarbeitern der Legion Secure AG. Alles Profis, die nicht gerne Spuren hinterlassen. Kurzum, ich bin fest überzeugt, die Initiatoren werden innerhalb kurzer Zeit ›groß reinemachen‹. Uns werden hier die Leichen um die Ohren fliegen wie bei einem Massensterben.«

Achim kniff das rechte Auge zusammen und biss sich auf die Lippe. »Denken Sie dabei auch an uns?«

»Schon möglich. Schließlich sind wir Ermittler und haben einen Großteil dieser Schweinereien aufgedeckt, können sie sogar einzelnen Parteien zuordnen und deren Beteiligung beweisen, was eine sichere Fahndung und Verurteilung für die Betreffenden bedeuten wird. Ja, ich denke schon, dass man versuchen wird, gegen uns vorzugehen, ich bin sogar fest davon überzeugt.«

Mila war bleich geworden.

»Wir werden uns das aber nicht gefallen lassen, oder?« Der kreidebleiche Achim Krause-Marciniak blickte rastlos zwischen Krause und mir hin und her.

»Ich habe während Ihrer Brandbeobachtung eben mal ein Szenario erstellt.« Krause koppelte sein Tablet mit dem großen Monitor über Jans Schreibtisch.

»Wir können davon ausgehen, dass die Kleinerts noch leben, denn man hat mir vor einer Stunde einen interessanten Tausch angeboten. Die Kleinerts gegen Dr. Korn und Jens Dankwart!« Krause verzog spöttisch den Mund. »Witzler, wir haben nach Ihrer hektischen Abreise in Bern die beiden Langwaffenteams vor Ort belassen, um Dr. Korn als Quelle zu schützen. Dass uns Dankwart dabei gleich mit ins Netz gegangen ist, war ein nicht vorhersehbarer glücklicher Zufall. Getreu der Devise, nimm was du kriegen kannst, haben wir uns auch noch die überaus intelligente IT-Chefin der BERNFINANZ geschnappt. Damit stehen der liebe Xaver Egli und seine Getreuen mit ziemlich runtergelassenen Hosen da. Konsequenterweise muss er nun kontern, es ist wie beim Schach, wenn er ein Matt verhindern will, muss er sich was einfallen lassen, um auf ein Remis zu kommen, ein Sieg ist nicht mehr drin. Damit sind alle hier im Raum eindeutig hochwertige Tauschobjekte. Sie können also getrost davon ausgehen, dass man nicht vorhat, uns vorerst zu töten, dazu sind wir zu wertvoll.«

Achim hatte sich auf den zu tief gestellten Bürostuhl gesetzt, ihm war jegliche Spannkraft verlorengegangen, sein Blick war starr auf Krause gerichtet. Ich setzte mich zu Mila auf die Ofenbank am Kamin. Krause fuhr fort.

»Also, ich weiß ja nicht, wie Sie sich fühlen, aber ich für meine Person habe nicht das Gefühl, zum Tauschen geboren zu sein. Es steht mir einfach nicht, und es ist ein Scheißgefühl, nicht wahr, Mila? Lange Rede, kurzer Sinn, ich werde Egli in einem Handstreich die Bauern wegnehmen. Alle unsere ›Tauschobjekte‹ habe ich auf die Reise zu unserem sicheren Haus in Pinnow geschickt, das habe ich auch versteckt durchsickern lassen, ebenso wie die Bereitschaft zur Kooperation und vollständigen Aussage der Betreffenden. Das wäre das endzeitliche totale Fiasko für Egli und die BERNFINANZ AG. Von so einem Schlag erholt man sich nicht wieder. Die einzige Option ist also, unsere Tauschobjekte vorher zu töten, und genau das wird in der nächsten Zeit die Aufgabe der Legion Secure AG sein. Vor zwei Stunden wurde der Abgang weiterer Ex-Legionäre aus Südfrankreich gemeldet. Wenn die Zahlen stimmen, gehen wir im Augenblick von etwa zwanzig erfahrenen Profis aus. Eine nicht zu unterschätzende Streitmacht, auch wenn man auf dem eigenen Brett spielt. Wir sollten uns also vorbereiten.«

Schorfheide, Joachimsthal

»Mila, verdammt noch mal, du wirst im Dienst bleiben. Es gibt in ganz Deutschland kein sichereres Gebäude, abgesehen vom Kanzleramt vielleicht.« Seit etwa einer halben Stunde redete ich auf Mila ein wie auf einen kranken Gaul. Krause hatte mir den eindeutigen Befehl gegeben, Mila in der Chausseestraße unterzubringen.

»Vergiss es, ich lasse mich nicht einfach abschieben in irgendeinen Betonbunker, auf gar keinen Fall. Ich werde nicht dabei sein können, okay, aber ich werde hier in der Nähe bleiben. Es ist mir scheißegal, wie Krause darüber denkt! Ich bin kein Mitglied eures Dienstes, er kann sich seinen verdammten Befehl in den Arsch schieben.«

Trotzig saß sie auf dem Klobecken. »Kannst du vielleicht mal rausgehen! Ich springe schon nicht aus dem Fenster!«

Na, da hatte mir Krause ja was Schönes eingebrockt! Es gab Dinge, die waren einfach nicht zu befehlen. Mila würde ihren Dickkopf durchsetzen. Ich setzte mich gegenüber unserem neuen Bad auf den Sisalläufer, den Gerolf auf Milas ausdrücklichen Wunsch als schmales Laufband über das Parkett gespannt hatte. Die Tür öffnete sich langsam. Meine wunderschöne Schwangere sah mich kopfschüttelnd und mitleidig lächelnd an, wie ich da so auf dem Boden hockte.

»Mensch Andi, kannst du nicht verstehen, dass ich hierbleiben muss? Mein Herz verlangt, in deiner Nähe zu sein, mein Kopf sagt mir auch, dass ich als Schwangere bei dieser Aktion ein Klotz am Bein bin. Verdammt noch mal, ich verstehe sogar Krause. Hilde würde ihm die Ohren abreißen, wenn mir oder dem Kind etwas passieren würde. Glaubst du wirklich, diese Legionäre werden hierher kommen?«

»Was weiß ich, was die für Pläne haben. Auf jeden Fall ist das hier kein sicherer Ort. Wer ordentlich recherchiert, wird unser Haus auf der Karte haben, schließlich wohnen hier zwei der Schlüsselfiguren der Uckerlammgeschichte.

Krause hat von der IT vermehrte Angriffe auf die Melderegister der Region gemeldet bekommen, auf alles, was Hinweise geben kann: Liegenschaftsamt, Stromanbieter, Telekom, Gas- und Wasserbetriebe, das volle Programm. Die BERNFINANZ möchte die Position unserer Figuren auf dem Schachbrett wissen, bevor die Partie in die letzte Runde geht. Du wirst auf keinen Fall hierbleiben! Ich hab schon eine Idee, muss das aber erst mal durchchecken.«

»Ich könnte zu meinem Vater gehen.«

»Der hat auch ›Levandowski‹ am Briefkasten zu stehen, vergiss es.«

Zwei Stunden und eine gute Flasche selbstgemachten Brombeergeist später hatte ich Mila bei Heinrich Gerst untergebracht. Meine erste Idee war Matthias gewesen, aber womöglich hatte jemand von unseren gemeinsamen Brennholzaktionen gehört. Matthias war meiner Meinung nach zwar nicht direkt gefährdet, aber doch eine mögliche Person gegnerischen Interesses. Ihm würde ich auch ein Ferienwochenende antragen müssen. Krause hatte die Idee geboren, latent gefährdete Personen in eine wunderschöne und mit einfachen Mitteln zu sichernden Ferienhaussiedlung in der Sächsischen Schweiz zu verfrachten, auf Kosten des Dienstes, selbstverständlich.

Uckermark, Pinnow

Frank Bruckner sah aus dem sicheren Haus nachdenklich rüber zum Waldrand, bevor er sich wieder der Reliefkarte auf dem Küchentisch widmete. Seine Lippen waren zusammengepresst, seine Finger zeichneten eine direkte Linie vom Waldrand zu unserem Standort.

»Das ist der direkte Weg, das ist jedoch glatter Selbstmord. Ich kann mir nicht vorstellen, dass sie auf breiter Front angreifen werden. Sie haben zwar eine Menge Kräfte zusammengezogen, aber das ist keine Panzergruppe, mit der man einfach vorstoßen kann. Die haben irgendwas anderes in petto.«

Krause sah versonnen in die Morgenröte vor der großen verspiegelten Panzerglasscheibe. »Ist das jetzt die gute oder die schlechte Nachricht?«

»Ich bin mir nicht sicher, Herr Krause. So eine komplexe Angriffssituation hatte ich seit Jahren nicht mehr auf dem Tisch. Mann, Mann, Mann.« Bruckner wiegte seinen kahl geschorenen Kopf hin und her. Er war unser Mann für die militärischen Operationsplanungen und hatte eine Menge Erfahrungen vorzuweisen. Als ehemaliger Angehöriger der KSK-Truppe und späterer Planer im Stab für verdeckte Operationen dieser Spezialtruppe des deutschen Staates hatte er an unzähligen Operationen innerhalb der NATO und darüber hinaus bei Geiselbefreiungen auf der ganzen Welt sein Können immer wieder bewiesen. In den fast fünf Jahren in unserem Dienst waren seine Aufgaben manchmal ungleich komplizierter, aber nie so komplex gewesen. Ein Nachrichtendienst plante Angriff und Verteidigung nun mal selten in Truppenstärke. Krause schob sich den dritten Schokokeks in den Mund und sah über Bruckners Schulter auf den Bildschirm des Laptops.

»Da sind keine Stellungen, und doch fühle ich, dass die uns schon seit Tagen im Visier haben. Irgendwas stimmt da nicht.« Die aktuellen Infrarotaufnahmen der Drohnen, die Krause in einem Umkreis von fünf Kilometern positioniert hatte, gaben keine Hinweise preis. Man erkannte mehrere Wildschweinrotten mit ihren Frischlingen und einige Dorfbewohner, die ihren täglichen Verrichtungen nachgingen. Es war aber kaum anzunehmen, dass sich die Legionäre unters Volk gemischt hatten. Die Felder und angrenzenden Waldränder schienen ›feindfrei‹ zu sein. Bruckner zweifelte aber an der Richtigkeit der Infrarotaufzeichnungen.

»Wir haben es hier nicht mit Amateuren zu tun. Die Legion ist seit ihrem Anbeginn immer eine Truppe gewesen, die als Erste in die Konflikte rein sind und als Letzte wieder raus. Die haben seit jeher immer das modernste Zeug getestet. Die trugen schon vor Jahren Anti-Nightvision-Camouflageanzüge, die mit einem besonderen Gewebe aus Glasfasern eine Erkennung im Infrarotbereich bis auf fünf Prozent herunterdimmten. Fünf Prozent ist nur noch der Hauch eines Schattens. Selbst wenn die da draußen irgendwo auf der Lauer liegen, werden wir die nicht auf den Schirm bekommen. Wir müssen uns irgendetwas anderes einfallen lassen. Nur was?« Bruckner nahm einen tiefen Schluck kalt gewordenen Kaffee und verzog angeekelt das Gesicht. »Ich frage mich die ganze Zeit, wann die endlich angreifen, vielleicht sollten wir unsere Schlagkraft noch einmal erhöhen?«

»Ruhig bleiben, Bruckner, die wollen erst mal verhandeln und so viel wie möglich rausholen. Außerdem haben die auch noch nicht alle Figuren in Position. Die wollen schließlich in unser Haus, aber wir schauen raus. Ich vertraue Ihrer Kräftepositionierung, seien Sie wachsam, aber machen Sie sich nicht verrückt. Dieses Haus ist eine unserer sichersten Bastionen. Schönen Abend noch.« Er klopfte Bruckner väterlich auf die Schulter.

Eberswalde, Landeskriminalamt

»Guten Morgen, Herr Krause-Marciniak, so früh schon im Büro?« Krause-M starrte irritiert auf den Hörer.

»Ja, guten Morgen. Wer spricht?«

»Sicher haben Sie um diese Zeit jemand anderen am Telefon erwartet.« Der Anrufer sprach Hochdeutsch, und doch war ein ganz leichter Schweizer Akzent herauszuhören.

»Ich möchte Ihnen ein Geschäft vorschlagen, Herr Krause-Marciniak. Nun vielleicht nicht direkt Ihnen, aber Sie haben wir als unseren Vermittler gewählt, weil wir davon ausgehen, dass Sie über einen gesunden Menschenverstand verfügen und Ihr Wort ein gehöriges Gewicht in dieser verzwickten Angelegenheit hat. Wir wissen, dass auf Ihrer Seite gewaltigere Mächte eine bestimmende Rolle spielen. Mächte, an die wir nicht herankommen. Daher haben wir diesen Weg gewählt.«

»Darf ich fragen, wer Sie sind? Sie rufen mich hier am frühen Morgen auf meiner geschützten Nummer an, stellen sich nicht vor und erwarten von mir, dass ich für Sie den Vermittler in einer von Ihnen noch nicht benannten Angelegenheit spiele. Ein bisschen viel Geheimnis auf einmal, finden Sie nicht?«

»Ach Krause-M, entschuldigen Sie, wenn ich Sie so vertraulich anspreche. Sie wissen längst, mit wem Sie reden, mein Name tut da überhaupt nichts zur Sache. Als führender Ermittler in Eberswalde kennen Sie alle Nuancen des Uckerlammfalls. Sie müssen jetzt nicht überrascht sein. Wir sind auch Profis, und aus diesem Grund sind wir in der Lage, unsere Position genau einzuschätzen. Wir sind am Ende unserer Reise angelangt, nun gilt es nur noch, die Modalitäten für unseren Rückzug zu verhandeln. Das ist der Grund für diesen Anruf. Ich schicke Ihnen gleich eine leere E-Mail an Ihre Behördenadresse. Sobald Sie Kontakt mit Ihrer Führung aufgenommen haben und Gesprächsbereitschaft besteht, senden Sie uns bitte eine Mail zurück. Wir werden Sie dann zurückrufen. Einen schönen Tag noch!«

Krause-M war unbehaglich. Leiter einer Mordkommission zu sein, war eine Sache, Verhandlungsführer in einer komplexen Ermittlung rund um Mord, Entführung, Erpressung und Wirtschaftsverbrechen eine ganz andere. Er speicherte das mitgeschnittene Telefonat ab, überlegte einen Augenblick, verwarf dann den Gedanken, das Gespräch in der Uckerlamm-Cloud hochzuladen und sendete die MP3-Datei direkt an Krause. Sollte der sich doch, verdammt noch mal, der Sache annehmen und entscheiden, wer wie viel davon wissen durfte, und was die nächsten Schritte sein würden.

Uckermark, Friedrichsfelde

»Es geht los, Witzler.« Krause hatte eben Achims Telefonmitschnitt mehrfach abgehört, und die sofort veranlasste Stimmerkennung über die elitären Möglichkeiten in der Chausseestraße hatte Karl Oberhofer eindeutig identifiziert.

»Krause-M als Verhandlungsführer?«

Krause sah lächelnd auf meine Stirnfalten. »Ein ordentlicher Beamter und sicher nach gründlicher Überlegung ausgewählt.«

»Nach dem schwächsten Glied in der Kette gesucht?«

»Witzler, jetzt ist aber gut. Reden Sie immer so hinter dem Rücken Ihrer Vorgesetzten? Aber ich gebe Ihrer Analyse recht. Ja, gucken Sie nicht so! Krause-M ist eine ziemliche Beamtenpfeife, wenn auch eine liebenswerte. Wenn wir dem den Job überlassen, hat er keine ruhige Nacht mehr. Für die Koordination aufwendiger Mordermittlungen braucht es aber ausgeruhte Besonnenheit und einen klaren Kopf. Also werde ich mir den Job zu gegebener Zeit an Land ziehen.«

Am nächsten Morgen erschien ein DHL-Transporter in Pinnow und übergab Bruckner eine solide Holzkiste. Weder Kiste noch Fahrer hatten in ihrem Leben auch nur eine Stunde für den weltweit agierenden Dienstleister gearbeitet. Einem aufmerksamen Betrachter wären sicher das französische Kennzeichen und die völlig übernächtigten Augen des Fahrers nicht entgangen. Auf Krauses direkte Anweisung hin wurde der Fahrer von einem von Bruckners Leuten ersetzt, der den Sprinter umgehend in die Chausseestraße nach Berlin überführte.

»Witzler, packen Sie mal mit an!« Wir verfrachteten die Kiste in Krauses Kombi.

»Bin in einer guten Stunde wieder zurück, sorgen Sie mal für Frühstück. Ein, zwei Eier und bisschen Käse sollten reichen. Ich bringe Brötchen mit.« Bruckners Torwächter tippte den Code ins Kontrollfeld, und Krause rauschte vom Hof. Zwanzig Sekunden später klemmte sich ein Mercedes Vito mit der Beschriftung einer Prenzlauer Sanitärfirma hinter den A6, Krause war ›safe‹.

Knapp zwei Stunden später tauchte er mit einer riesigen Tüte Brötchen vom Hagenback aus Friedrichswalde wieder auf. Einer von Bruckners Leuten hatte den Lagetisch geräumt und eine kleine Frühstückstafel gezaubert. Gerade als Krause sich sein Brötchen in den Mund schob, gab es einen satten Knall und ein fürchterliches Kreischen. Der Glaseinsatz der bodentiefen Scheibe hatte sich in Faustgröße circa einen halben Meter tief ins Innere verformt.

»Runter!« Bruckner riss den neben ihm sitzenden Krause zu Boden. Der hatte ein schmerzverzerrtes Gesicht, nachdem ihm der brühend heiße Kaffee über den Oberschenkel gelaufen war. *Knärrrrrtsch!*, eine zweite Beule zierte die Scheibe, wieder auf der Höhe von Krauses Gesicht. Bruckner zog den immer noch jammernden Krause über die Bodenfliesen und schob ihn rücksichtslos in den geöffneten Treppenraum, wo er von einem Kollegen übernommen wurde, der ihn umgehend in den MED-Raum brachte, um sich die Verbrühung anzusehen. Ich saß immer noch dicht an die Wand gepresst zwischen einem Sideboard und Bruckners Schreibtisch eingeklemmt. Einer von Bruckners Leuten deutete mir mit einer Geste unmissverständlich an, um Gottes Willen unten zu bleiben. Scherzkeks, als wenn ich auch nur im Entferntesten daran dachte, meine Rübe in die Schusslinie zu bringen. Bruckner hatte kriechend die Lagezentrale erreicht und brüllte Befehle in sein Handy. Augenblicklich jagten vom Dach des gegenüberliegenden Schuppens drei Drohnen in den Himmel, eine vierte, weitaus größere mit zwei Miniraketen folgte mit einem heiseren Fauchen. Bruckners Leute fluchten in der Zentrale. Trotz Millimeter-Radar konnten sie die Herkunft der Geschosse nicht genau ausmachen, nur die sichtbaren Einschläge in die Fenster aus hochzähem Polyesterkarbonat ließen eine ungefähre Richtung erkennen. In diese Richtung jagten die vier Flugobjekte. Bruckners Leute hatten inzwischen draußen einen ihrer schwarzen Mercedes Sprinter vor das beschädigte Fenster bugsiert, um den Schützen die Sicht zu nehmen. Die Schlacht war eröffnet.

Trotz vierstündigen intensiven Sucheinsatzes hatten die Drohnen keinen Erfolg. Bruckner ließ sie aber oben, einzig die Waffendrohne wurde zurückbeordert und stand nun wieder in Bereitschaft. Bruckner war mehr als nervös, und in der Einsatzzentrale knisterte es förmlich vor Spannung. Krause hatte man die Verbrühungen großflächig mit einer grünen, eklig riechenden Salbe eingeschmiert. Er strich immer wieder über die riesigen Beulen in der Scheibe. Tief drinnen konnte man die Geschosse erkennen. Das extrem dehnbare Material hatte die unglaubliche Energie der Hochleistungsgeschosse aufgenommen und sich dabei dicht der Zerreißgrenze angenähert.

»Müssen Vinturezgeschosse sein, Witzler, wie damals bei Ihnen in Kurtschlag, eindeutig Unterschall, keiner der

Posten draußen hat einen Abschussknall oder einen Über-
schallknall gehört. Ist schon eine verdammt gemeine Waffe, diese Russenknarre. Übrigens, wir erwarten einen Gast,
Witzler, er sollte gerade gelandet sein. Bei üblichem Ver-
kehr werden wir ihn in gut anderthalb Stunden hier vor das
Fenster setzen können. Wecken Sie mich in einer Stunde,
damit ich mich vorher noch rasieren kann.« Verständnislos
sah ich meinem, in seinen gelben Badelatschen aus dem
Zimmer trottenden Chef hinterher. War der wirklich so
kaltschnäuzig, oder hatte man ihm Medikamente gegeben?

Die Fuhre rollte knappe zwei Stunden später auf den
Hof. Dem gepanzerten Vito der Sanitärfirma entstieg
ein alter Bekannter aus Bern. Krause hatte Xaver Egli an
seinem Fluchtort in Oberitalien aufspüren lassen und in
eine schnell gecharterte Maschine in Milano gesetzt. Nun
bot er ihm großzügig einen Platz mit einer herrlichen
Aussicht auf die schöne Uckermark an. Einzig die beiden
hässlichen Beulen und der Sprinter vor ihm störten die
entspannte Sicht.

»Na Egli, wie fühlt man sich so auf dem Präsentiertel-
ler? Komisches Gefühl, oder? Leichtes Kribbeln im Rücken? Metallischer Geschmack im Mund?« Krause hatte
auf einem unbequemen IKEA-Küchenstuhl Platz genommen und wurde durch die mindestens einen halben Meter dicke und aus vier Schichten bestehende Sicherheits-
außenwand geschützt.

»Sie sind mir schon ein schönes Früchtchen, Egli.«
Krause schob dem Schweizer einen dampfenden Becher
Kaffee rüber, sorgsam darauf bedacht, mit der Hand
nicht aus der Deckung zu rutschen. »Wie groß ist das

Vertrauen in einen so wechselhaften Zögling wie Oberhofer. Was ist ihm Ihr Leben wert? Ich meine mal, zwei
solcher Geschosse hält das Karbonat schon noch aus, aber
bei einem dritten und vierten Einschlag sollte das Material seine Leistungsgrenze erreichen. Nichts auf der Welt
ist unendlich. Ich mache Ihnen ein einmaliges, zeitbe-
grenztes Angebot, Egli. Sie überlassen uns die komplette
Dokumentation der BERNFINANZ, mit allen Nuancen
und Namen, und ich überstelle Sie nachfolgend den Ermittlungsbehörden der Bundesanwaltschaft. Sollte Ihnen
der Sinn nach Ablehnung stehen, so wird der Wagen die
Sicht auf die Scheibe wieder freimachen, dann überlassen
wir Ihre Überlebenschance dem werten Karl Oberhofer.
Zu welchem Urteil ich bei meinen Einschätzungen im
Fall der Persönlichkeitsstruktur Ihres Intimus gekommen
bin, werde ich für mich behalten. Seien Sie versichert,
ich habe meinen Einsatz schon gemacht.« Krause hob
den rechten Zeigefinger, und der Sprinter rollte zwanzig
Zentimeter zurück. Noch schien Egli Nerven wie Draht-
seile zu haben, auf seiner Stirn zeigten sich jedoch erste
Schweißtropfen. Wieder zuckte der große Wagen zurück
und erste Sonnenstrahlen drangen unbarmherzig durch
das obere Drittel der Scheibe.

»Kommen Sie, Egli, letzter Aufruf!« Ein maskierter Beamter von Bruckners Sicherungsteam hatte Krause ein
Tablet zugeschoben. »Wir haben jetzt die Dokumentation von Ihrem Serversystem runterbekommen. Da wir
davon ausgehen, dass Sie einen Passwortkiller eingebaut
haben, der beim ersten Fehlversuch eine automatische
Dateizerstörung auslösen wird, überlasse ich es Ihnen, das

richtige Passwort einzugeben. Seien Sie gescheit oder tot, Egli. Dass Oberhofer Ihnen eine Wahl lässt, ist so unwahrscheinlich wie die verheißungsvolle Wiederauferstehung.«

In diesem Augenblick brach draußen eine unglaubliche Kulisse los. Die Welt war von Hundegebell, Schüssen, gebrüllten Befehlen, aufheulenden Motoren und Hubschraubergeknatter erfüllt. Der Lieferwagen vor dem Fenster fuhr ruckartig zurück und gab die Bühne für Eglis spektakulären Abgang frei. Der versuchte, sich so weit zusammenzukrümmen, wie es sein durch zahllose Kabelbinder fixierter Körper zuließ. Zwei heftige Einschläge verursachten neue große Beulen im Fenstermaterial, bei der letzten konnte man schon das kupferne Material der Geschossspitze erkennen. Krause schien davon völlig unbeeindruckt und wies mit dem Zeigefinger auf das blinkende Eingabefeld des Tablets. Das dritte Geschoss traf oben in der Ecke, die Scheibe hatte ihre Leistungsgrenze erreicht. Die Kristalle konnten und wollten die eindringende Energie nicht mehr aufnehmen. Mit einem kreischenden Ton riss sich ein großes Stück los und klatschte hinten in die Wand.

Egli sah Krause entsetzt an und diktierte das Passwort: BE3RN64!F#Z.

Datafile open in process!

Ein weiterer Einschlag ließ die Hälfte der Scheibe auf Egli niederregnen. Dem stand die blanke Angst ins Gesicht geschrieben. Er hatte sich bereits eingenässt.

File open!

Ein Logo der BERNFINANZ und die Übersichtsseite des Dokuments erschienen. Ein Zeichen Krauses in

Richtung Bruckner ließ den schweren Schatten des Lieferwagens wieder vor die Scheibe rollen. Krause schnappte sich das Tablet, und ohne einen Blick auf den wachsweißen Egli erhob er sich und strebte der Tür zu.

»Duschen Sie ihn vorher, Witzler, ich möchte nicht, dass die Kollegen vom BKA einen schlechten Eindruck von uns bekommen.«

Krause hatte Egli und Oberhofer überrumpelt. Die Holzkiste, die Krause am Vormittag zu Lochner gebracht hatte, war aus Südfrankreich gekommen. Die Lumpen, die aus der Kiste fielen, waren von der Militärpolizei der Legion in aller Eile zusammengesucht worden und stammten aus den Aufenthaltsbereichen der an der Aktion beteiligten Ex-Legionäre. Lochners Hundemeute war in der Umgebung unseres Hauses auf die Jagd gegangen und hatte die bisher ergebnislose Suche der modernen Drohnen auf eine erfolgreichere natürliche Stufe gebracht. Die Köter trieben einen Legionär nach dem anderen aus dem Loch. Die plötzlich am Himmel erschienenen beiden Kampfhubschrauber hatten die kampferprobten Elitesoldaten von der Sinnlosigkeit einer Gegenwehr überzeugt. Die letzten Schüsse auf die Scheibe waren sorgsam von einem Langwaffenteam des Dienstes abgegeben worden. Krause drängte sich durch den Wall adrenalingeschwängerter Kampfanzüge und riss dem am Boden liegenden Karl Oberhofer mit respektloser Gewalt den Kopf an den Haaren hoch.

»Der Schäfer?«

Oberhofer war völlig überrumpelt und stammelte unverständlichen Kram. Eine unglaubliche Maulschelle Krauses ließ seinen Kopf herumfliegen. Mit geweiteten Augen sah er in Krauses versteinertes Gesicht. Der angelte sich die Glock eines Beamten aus dem Selbstspannholster und drückte Oberhofer die schussbereite Waffe auf die Stirn.

»Forstfachschule!«, stieß der sonst so toughe Schweizer durch die Lippen. Zwei Beamte rissen ihn hoch und warfen ihn ins hintere Abteil eines G-Modells.

Zwei Stunden später war die Wunde des amputierten Zehs gereinigt und Jan Kurz schlief im abgeschiedenen Bereich des Bundeswehrkrankenhauses in Berlin die OP aus. Jan war die ganze Zeit direkt in unserer Nähe in der ehemaligen Forstfachschule der DDR in Friedrichsfelde festgehalten worden, praktisch vor unseren Augen.

Krause, immer noch in tiefer Schuld befangen, saß vor dem Zimmer und wartete auf das erlösende Zeichen der Oberschwester. In den Händen hielt er ein großes Stofftier, ein ›Uckerlamm‹, als würde ein Vater auf das Aufwachen seines Sohnes warten.

Ich raste derweil mit Krauses A6 in halsbrecherischem Tempo zum einzigen Ort, an dem ich jetzt sein wollte, und verlor meine Hyperaktivität erst, als Mila mit einem Lachen in meine Arme sprang. Überglücklich trat ich einen Schritt zurück, und mir schien, als wäre der Bauch in den verpassten Stunden beträchtlich gewachsen. Mila wuschelte schluchzend in meinen Haaren. »Schneiden! Du siehst ja aus wie ein Strauchdieb.«

TEIL 1 DER UCKERKRIMI-REIHE

Mitten in der Schorfheide wird die übel zugerichtete Leiche eines jungen russischen Marineinfanteristen gefunden. Bei der Obduktion findet man Reste einer ausländischen Brotbackmischung in seinen Haaren. Tage später liegt in Berlin Köpenick die nackte Leiche eines ehemaligen KGB-Generals neben einer Mülltonne – mit denselben Mehlspuren. BND-Chef Krause platziert seinen besten Agenten in der Kripo Eberswalde, um der Sache auf den Grund zu gehen. Agent Witzler und seine attraktive Kollegin Mila stoßen dabei auf ein unglaubliches Netzwerk, dessen kriminelle Machenschaften ausgerechnet in der idyllischen Uckermark verwurzelt sind ...

ISBN: 9783743154117

Infos und mehr
Facebook: Max Victor